Kyss by rowohlt POLARIS

Kathinka Engel • Dominik Gaida
Basma Hallak • Franzi Kopka • Ivy Leagh
Kira Mohn • Kristina Moninger • Marie Niehoff
Anya Omah • Gabriella Santos de Lima
Antonia Wesseling • Alicia Zett

# Twelve Months of Romance

12 Monate.
12 Autor:innen. 12 Geschichten.

Kyss

Originalausgabe
Veröffentlicht im Rowohlt Taschenbuch Verlag,
Hamburg, September 2024

Redaktion Kaja Sturmfels & Hannah Jarosch

Covergestaltung ZERO Werbeagentur, München
Coverabbildung Shutterstock
Satz aus der Abril Text
bei Pinkuin Satz und Datentechnik, Berlin
Druck und Bindung CPI books GmbH, Leck
ISBN 978-3-499-01596-0
MIX
Papier | Fördert
gute Waldnutzung
FSC® C083411

# Inhaltsverzeichnis

**Gabriella Santos de Lima**, geboren 1997 in São Paulo, studierte Kreatives Schreiben in Hildesheim. Sie war jahrelang Flugbegleiterin, bevor sie sich ganz dem Schreiben widmete. Mit ihren Romanen für junge Erwachsene stand sie auf der SPIEGEL-Bestsellerliste.

*Januar*

Gabriella Santos de Lima

# New Year's Eve (Airplane Version)

# 1

*Nicht sterben.*

*Du wirst nicht sterben.*

Meine innerliche Stimme sprach mir gut zu, während ich mich ein weiteres Mal vergewisserte, dass ich den Sicherheitsgurt festgezogen hatte. Hatte ich.

Trotzdem war nichts gut. Rein. Gar. Nichts.

Um nicht einer kompletten Angstattacke zu verfallen, holte ich langsam, tief und gleichmäßig Luft. Dann konzentrierte ich mich auf diesen alles entscheidenden Fakt, so wie ich es vor jeder Reise tat: Die Wahrscheinlichkeit eines Flugzeugabsturzes lag bei 0,000005 Prozent.

Ich war nie besonders gut in Mathe gewesen, doch das waren ganz schön viele Nullen hinter dem Komma. Dass ich sterben würde, war – rein logisch betrachtet – *wirklich* unwahrscheinlich. Es gab keinen Grund zur Sorge. Ganz im Gegenteil sogar. Eigentlich hätte ich mir eine Scheibe von meiner Schwester Alex abschneiden sollen, die auf diesen Tag seit Wochen hingefiebert hatte. Das hier war nämlich nicht nur irgendeine Reise, bei der ich meine ältere Schwester in ihrem erwachsenen New Yorker Leben besuchte. Das hier war mein Neuanfang, am allerletzten Tag des Jahres.

Wenn ich tatsächlich nicht sterben würde, würde ich sogar um Punkt Mitternacht am Times Square mit Alex und ihren Bekannten anstoßen. Vielleicht auch auf meinen sechsmonatigen Praktikumsplatz als Assistentin der erfolgreichen Galeristin Erin Sheridan. Ich, Isla Harrington, ein völlig durchschnittliches einundzwanzigjähriges Mädchen aus San Diego, hatte das geschafft. Verrückt, nicht wahr?

Trotz unendlich großer Panik saß ich genau deshalb mit etlichen anderen Passagieren in einer Metallröhre, die in wenigen Minuten in Richtung John F. Kennedy Airport abheben würde. Und dann einfach so in über zehn Kilometer Höhe über den Boden schweben würde. Bei dem Gedanken begannen meine Hände wieder so stark zu schwitzen, dass ich sie mir an der Jeans abwischen musste. Ich meine, ein Flugzeug wog über *zweihundertvierzig Tonnen*. Wie zum Teufel sollten die einfach so in der Luft schweben können? Ohne abzustürzen, durch die Wolken zu krachen und dann auf den Boden zu knallen?

*Nicht sterben.*

*Du wirst nicht …*

Als es in den Lautsprechern knackte, verstummte meine innere Stimme. Krampfhaft blinzelnd starrte ich nach vorne, wobei ich mit meinen schweißnassen Fingern den Sitzgurt weiterhin umklammerte.

*«Meine Damen und Herren, ich begrüße Sie recht herzlich bei uns an Bord. Mein Name ist Daniel Cullingham, und ich bin der Erste Offizier Ihres heutigen Fluges von San Diego nach New York. Unsere Flugzeit beträgt knapp sechs Stunden. Geplante Landung …»*

«Sorry.»

*«… auf die restliche Beladung Ihres Gepäcks, bevor …»*

«Ich glaube, du sitzt auf meinem Platz.»

*«… wir wünschen Ihnen eine angenehme Zeit an Bord!»*

«Entschuldigung?»

Ich war so vertieft in die Durchsage gewesen, dass ich erschrak, als ich plötzlich etwas an der Schulter spürte. Augenblicklich hob ich den Kopf.

Dann starrte ich diesen hochgewachsenen Typen an, der ziemlich genervt auf mich herabsah.

«Sorry», sagte er, allerdings klang es nicht nach einer Entschuldigung, sondern eher nach einem Ich-habe-dich-dreimal-angesprochen-wie-konntest-du-das-nicht-mitbekommen. «Ich wollte dich nicht antippen, aber irgendwie hast du mich nicht gehört.»

«Ja, ähm.» Gott, ich hasste, wie piepsig meine Stimme klang. «Tut mir leid.»

«Okay», murmelte er. «Du sitzt trotzdem auf meinem Platz.»

«W…was?»

Statt mir zu antworten, kramte er bloß sein Handy aus der Hosentasche und hielt es mir unter die Nase.

«Dreiunddreißig B ist mein Platz», erklärte er, während ich sein Ticket überflog.

*San Diego – New York, Boarding Time 2:25 pm, Cameron Cooper, 33 B*

«Oh», flüsterte ich, wobei das Herz mir bis zum Hals schlug und ich beobachten konnte, wie Mr Cameron-angepisst-Cooper die Brauen zusammenzog.

«W…würde … Würde es dir etwas ausmachen, am Fenster zu sitzen, damit ich den Platz hier behalten kann?»

Ich hätte schwören können, ich hätte 33 B reserviert. Am Gang zu sitzen und im Notfall so schnell wie möglich einen der Ausgänge erreichen zu können, gab mir einen Hauch von Sicherheit. Doch die verwirrte Furche zwischen Cameron Coopers Brauen wurde tiefer, bevor er den Mund öffnete und ich mit einem Nein rechnete. Immerhin war er bestimmt eins neunzig, mit sehr langen Gliedern, die er auf dem Gangplatz zumindest nach dem Service ausstrecken könnte.

Wider Erwarten brach er allerdings im letzten Moment

ab, um mich eine Spur zu intensiv zu mustern. Ich spürte, wie sein Blick an meinen verschwitzten Händen hängen blieb. An meinem panischen Gesicht. Und an meinen rot geränderten Augen. Ich konnte nicht anders, als auch ihn kurz zu betrachten. Seine Augen waren dunkelgrün und undurchdringlich, wobei sie in einem starken Kontrast zu seinen tiefbraunen Haaren standen. Er trug eine schlichte Jeans und ein weißes Shirt. Es war überoffensichtlich, dass er für seine definierte Statur ins Fitnessstudio ging. An seinem Bizeps erkannte ich sogar verblasste Dehnungsstreifen, als hätte er sich seine Muskeln zu schnell antrainiert. Alles in allem sah der Typ ziemlich gut aus, aber ...

*Wieso schaut er mich immer noch an?*

Die Frage hämmerte in meinem Kopf, während mein Herz mir gegen die Rippen schlug. Ich wünschte, ich hätte behaupten können, mein rasender Puls wäre meiner Panik zuzuschreiben. Allerdings wäre das eine Lüge gewesen.

Cameron-angepisst-Cooper. Er war schuld.

Es lag nicht unbedingt daran, dass es zwischen uns funkte oder Ähnliches. Ich war einfach leicht einzuschüchtern, insbesondere dann, wenn der Blick eines gut aussehenden Mannes mich streifte, Typ Alle-Mädchen-in-der-Highschool-wissen-wie-er-heißt. Sein Blick brachte mich nicht dazu, in seinen Augen zu versinken und meinen Namen zu vergessen. Er machte mir bloß bewusst, dass ich ziemlich müde, panisch und garantiert nicht gut aussah. Zumindest nicht gut genug. *So wie immer.*

«Okay», sagte er plötzlich leise. «Kein Problem.»

# 2

Aber irgendwie war alles ein Problem.

Zuerst musste ich aufstehen, was mir wenig elegant gelang. Cameron-angepisst-Cooper quittierte meine Ungeschicklichkeit mit einem Augenrollen, von dem ich so tat, als hätte ich es nicht bemerkt.

Lässig schmiss er seinen Rucksack dann in die Gepäckablage, bevor er sich auf den Fensterplatz neben mir quetschte.

Keine Minute später blinzelte ich starr nach vorne und achtete darauf, ihn nicht anzusehen. Da niemand mehr im Gang stand oder einen Platz zum Verstauen für sein Handgepäck suchte, mussten wohl alle Passagiere an Bord sein. Trotzdem tat sich nichts. Es erklang keine weitere Durchsage, und unwillkürlich fiel mir auf, dass der Film zur Aufklärung der Sicherheitsregeln noch nicht abgespielt worden war. Als ich mich mit dem Oberkörper ein paar Zentimeter in Richtung Gang lehnte, erkannte ich, dass die zwei Flugbegleiterinnen entspannt an dampfenden Pappbechern mit dem Airline-Logo nippten.

Meine Hände waren immer noch feucht, doch ich widerstand dem Drang, sie mir an der Jeans trocken zu reiben. Stattdessen war ich versucht, mein iPad mit dem Stift hervorzukramen. Ich musste mich ablenken. Aber wenn ich jetzt zu zeichnen begann, würden die Menschen ringsum vielleicht mitbekommen, *was* genau ich in meiner Freizeit malte und anschließend auf Etsy in Stickerform verkaufte. Eigentlich hasste ich die leicht belustigten Blicke, die meistens daraufhin folgten. Als wäre ich nur eins: lächerlich. Andererseits ging es mir gerade wirklich nicht gut und ...

*«Meine Damen und Herren, hier spricht erneut Ihr Erster Offizier. Leider wird sich unsere geplante Abflugzeit aufgrund einer technischen Störung verzögern. Sobald wir nähere Informationen erhalten, melden wir uns wieder.»*

Noch bevor die Pilotenstimme in den Lautsprechern verstummte, erklangen leise Flüche und lautes Aufseufzen.

Scheiß drauf, dachte ich, als ich mich nach unten beugte und nach dem iPad in meiner Tasche griff. Sollten die anderen mich doch verurteilen. Falls sie mich überhaupt bemerkten. Meine Panik war nicht auszuhalten. Und sie würde noch weniger auszuhalten sein, wenn ich anfing, genauer über das nachzudenken, was der Co-Pilot verkündet hatte.

*Technische Störung.*

Ich meine TECHNISCHE STÖRUNG. Hieß das nicht, das Flugzeug war kaputt? Musste es repariert werden? Was, wenn der zuständige Ingenieur einen Fehler beging, weil er so unter Zeitdruck stand? Was, wenn dieser Fehler fatal war und wir doch abstürzen würden? Was, wenn wir diese 0,000005 Prozent waren?

Meine Atmung beschleunigte sich, ohne dass ich genug Luft bekam.

*Nicht sterben.*

*Du. Wirst. Nicht. Sterben.*

Hastig entsperrte ich mein iPad, bevor ich die ProCreate-App öffnete. Innerhalb weniger Sekunden schien mir mein zuletzt angefangenes Projekt auf niedrigster Helligkeitsstufe entgegen. Eine hellblaue Streichholzschachtel, auf die ich folgenden Spruch gelettert hatte: *Matches to burn down the patriarchy*. Ich war mir sicher, dass dieses Motiv gut in meinem Etsy-Shop laufen würde. Es fehlten nur noch die Feinheiten, wie zum Beispiel die Schattierungen der Streichhölzer. Leicht zitternd setzte ich mich auf und machte mich an die Arbeit, doch leider war das nicht so einfach. Immerhin war es ziemlich kompliziert, meinen Illustrationen filigrane Details hinzuzufügen, wenn ich mich krampfhaft an den Apple-Pencil klammerte, als wäre er mein Anker.

Ich setzte gerade den ersten Schatten, als ich dieses Räuspern neben mir vernahm und aufsah. Lässig lehnte Cameron-angepisst-Cooper sich seitlich gegen das Fenster, wobei sein Blick wie hypnotisiert auf meinem iPad lag. Auf meiner Illustration. Auf meiner Kunst, die mir alles bedeutete, selbst wenn ich im entfernteren Familienkreis dafür belächelt wurde.

*«Isla? Verkauft die nicht irgendwelche bunten und feministischen Sticker auf Etsy? Ich glaube, sie hat einen Sticker, der so etwas wie* waiting for the fall of the patriarchy *besagt. Ich würde sagen, dass sie darauf lange warten kann, haha ...»*

Ich wusste, dass mein Sitznachbar nichts davon sagte. Dass die Worte bloß das Echo meines Onkels bei einem unserer Familien-Barbecues waren. Trotzdem spürte ich Coopers grimmige Ablehnung förmlich in der Luft. Eigentlich hätte ich sie runtergeschluckt und vergessen, bis ich mich alleine in meinem Zimmer befand und dann vielleicht (wieder einmal) eine Sinneskrise durchlebte. Am Ende hätte ich mir womöglich zum hundertsten Mal eingeredet, dass ich den begehrten Praktikumsplatz in der New Yorker Kunstbranche gar nicht verdiente. Dass es sich um einen Irrtum handeln musste. Dass Erin Sheridan die falsche Person ausgewählt hatte.

Aber heute konnte ich das nicht.

«W...wenn du dich schon über meine Illustration lustig machen willst, solltest du dir die Worte wenigstens schon vor deinem Räuspern zurechtlegen, meinst du nicht?»

Ich wünschte, ich wäre cool rübergekommen, mit selbstbewusster Haltung und fester Stimme. Leider klang Letztere immer noch piepsig und viel zu unsicher.

Glücklicherweise kommentierte der Fremde neben mir dies nicht. Stattdessen fuhr er sich mit der Hand erschöpft über das Gesicht. «Gott», murmelte er. «Das hier ist echt nicht mein Job.»

*«Job?»*

Eiskalt überging er meine Frage. Ich beobachtete, wie er sich stattdessen ein wenig aufrichtete und dann auf mein iPad hinunternickte.

«Eigentlich wollte ich dich fragen, wie du irgendetwas auf deinem Bild schattieren willst, wenn du deinen Stift so verdammt fest umklammerst, dass er gleich sowieso in tausend Einzelteile zerspringt. Aber okay.»

Hitze stieg mir in die Wangen. Ich hatte gedacht, er hätte meine Zeichnung zu intensiv beobachtet. Stattdessen waren es meine Finger gewesen. Meine Finger, die so wie alles in mir förmlich vor Panik randalierten.

*Großartig.*

«Du brauchst keine Angst zu haben», sagte mein Sitznachbar. «Das ist alles Routine.»

*«Routine?»*, wiederholte ich schrill, wobei ich nicht einmal versuchte, meine Angst abzustreiten. «Es gibt eine technische Störung.»

«Und auch das ist eine Routine.»

Ich starrte ihn an. «Wir könnten sterben. Ich glaube nicht, dass dir da diese Routinen etwas bringen.»

Er schwieg einen Moment. «Bist du mit dem Auto zum Flughafen gekommen?», fragte er dann.

«Was?»

«Beantworte einfach die Frage.»

Wie arrogant und genervt er klang. Dabei war er derjenige, der diese Unterhaltung durch seinen seltsamen Blick begonnen hatte.

«Du hörst dich wie ein Macho an», flüsterte ich, weil ich nicht anders konnte. «Ich meine: *Beantworte einfach die Frage?*»

«Na ja», schoss er sofort zurück. «Wenn du mit dem Auto zum Airport gefahren bist, kann ich dir erklären, dass die Wahrscheinlichkeit deutlich höher war, dabei zu sterben.»

«Wie aufmunternd», sagte ich trocken.

Abwehrend hob er die Hände. «Ich habe dir gesagt, dass das hier definitiv nicht mein Job ist.»

«Und ich habe immer noch nicht verstanden, was du damit meinst, weil ...»

«Darf ich Ihnen ein Wasser anbieten?»

Ich verstummte, als mir plötzlich die fröhlich lächelnde Flugbegleiterin eine Plastikflasche entgegenstreckte.

«Danke», brachte ich gerade so heraus, ehe ich das Getränk annahm.

Anschließend wandte sich die brünette Frau meinem Sitznachbarn zu. Sie begann mit derselben Floskel, doch brach mitten im Satz ab. «Cameron?» Ihr gesamtes Gesicht hellte sich auf. «Ich wusste gar nicht, dass du auf unserem Flug bist. Warst du über die Feiertage bei deiner Familie?»

Ich verstand nicht, wieso mein Sitznachbar und Maggie – wie ich dem Namensschild der Flugbegleiterin entnehmen konnte – für die nächsten drei Minuten Small Talk führten. Sie stellte ihm Fragen, er antwortete mit «Ja» und «Gut» und «Stressig, aber schön», woraufhin sie von ihren Feiertagen erzählte, die sie offenbar zum ersten Mal mit der Familie ihres Freundes verbracht hatte.

«Wohin ging noch mal unser letzter gemeinsamer Flug?», fragte sie dann. «Punta Cana?»

«Kann sein», murmelte Cameron-angepisst-Cooper, bevor Maggie ihm schließlich das Wasser reichte.

«Sag einfach Bescheid, wenn du irgendetwas brauchst», flötete sie freundlich, ehe sie sich den Reihen hinter uns widmete.

Ich presste meine Finger gegen die Rillen am Flaschendeckel, bis Maggie außer Hörweite war. Diesmal räusperte ich mich. «Eine Bekannte?»

«Arbeitskollegin trifft es wohl besser.»

*Arbeitskollegin?*

Verwundert starrte ich ihn an, so lange, bis er von allein weitersprach.

«Ich bin Pilot.» Er seufzte. «Maggie und ich arbeiten bei derselben Airline. Das hier ist eigentlich mein Arbeitsplatz, okay? Nur mit den Passagieren habe ich normalerweise kaum was zu tun.»

*Er ist Pilot?*

Einige Momente lang blinzelte ich ihn nur an, weil ich mir im Leben nicht vorstellen konnte, dass sich jemand freiwillig täglich in diese Tötungsmaschine setzte. Seltsamerweise hielt er meinen Blick fest. Als hätte er keine Angst, dass jemand zu genau hinsah.

«Lass mich raten.» Plötzlich klang seine Stimme eine Spur zu bitter. «Mein Job ist auf irgendeine verdrehte Weise sexy, und jetzt kannst du dich nicht entscheiden, ob du mich attraktiv finden sollst, obwohl du mich *eigentlich* ziemlich scheiße findest.»

«Nah», widersprach ich ironisch. «Ärzte sind viel heißer als Piloten. Immerhin habe ich Angst vor Flugzeugen. Blut macht mir hingegen überhaupt nichts aus.»

Da hatte ich ihn.

Cameron-angepisst-Coopers Mundwinkel zuckten zwar nicht – das belustigte Funkeln in seinen dunklen Augen konnte er allerdings nicht verstecken. Ich wusste nicht, wen es mehr überraschte: ihn oder mich.

«Gut», erwiderte er. «Da wir das geklärt haben: Was machst *du* denn beruflich?»

«Wird das hier etwa ...», gespielt theatralisch schnappte ich nach Luft, «...eine normale Unterhaltung?»

«Ich befürchte schon.» Schlagartig wurde er ganz ernst. «Ich meine, ich könnte dir die App zeigen, die alle meine Flüge aufzeichnet, damit du siehst, dass ich schon Hunderte Male geflogen bin, ohne dass mir auch nur irgendetwas passiert ist – und das auch mit einigen vorher eingehenden technischen Störungen. Aber etwas sagt mir, dass dich das kein bisschen beruhigen würde.» Er zuckte mit den Schultern. «Also müssen wir uns unterhalten.»

«Wir *müssen* uns unterhalten?»

«Das lenkt dich ab, und alles, was dich ablenkt, lenkt dich von deiner Angst ab. Aber wenn du stattdessen weiter deinen Apple-Pencil umklammern willst, bis er explodiert, nur zu.»

Da.

Da war es schon wieder.

Dieses leicht amüsierte Funkeln in seinen Augen, ohne dass seine Miene eine einzige weitere Regung zeigte. Trotzdem veränderte es etwas in seinem Gesicht.

Sein Blick wurde weicher, heller.

Es war das erste Mal, dass ich Cameron Cooper anschaute, ohne gleich wegsehen zu wollen.

# 3

Unsere Maschine blieb zweieinhalb Stunden regungslos am Boden stehen.

Der Pilot meldete sich drei weitere Male über die Lautsprecheranlage, woraufhin die anderen Passagiere immer nervöser und aufgebrachter wurden. Die Luft lud sich auf, war erfüllt von leisen Telefonaten, in denen hoffnungsvoll davon erzählt wurde, dass man es ja vielleicht doch noch vor Mitternacht nach New York schaffen würde. Cameron-angepisst-Cooper und ich riefen niemanden an. Ich schrieb meiner Schwester bloß eine kurze Nachricht, in der ich sie über die Verspätung informierte, bevor ich mich wieder dem Gespräch mit ihm widmete. Er war immer noch kurz angebunden und wortkarg, und ich sah ihn kein einziges Mal lächeln, doch ...

Ich konnte trotzdem nicht aufhören, mich mit ihm zu unterhalten.

Zum Großteil lag es daran, dass er mir immer weitere Fragen stellte. Um mich abzulenken, natürlich. Das wusste ich. Trotzdem erkundigte er sich nach dem Grund meiner Reise, und ich erzählte ihm von Alex, davon, dass sie es dieses Jahr nicht zu Weihnachten nach Hause geschafft hatte, doch ich es nur halb so schlimm fand. Denn immerhin würde ich sie jetzt in New York besuchen und ziemlich lange bleiben, wenn alles gut ging.

*Vielleicht würde New York auch mein Zuhause werden.*

«Keinen Schimmer, wie ich das Praktikum bekommen habe», gestand ich, als ich ihm davon berichtete. «Ich habe

Kunst studiert, aber ich habe eben nicht Kunst in Rhode Island oder New York studiert. Eigentlich ist nichts in meinem Lebenslauf besonders. Irgendwie hat es trotzdem gereicht, keine Ahnung.»

Nachdem ich verstummt war, ging er nicht, wie davor, sofort zur nächsten Frage über. Stattdessen sah er mich mit einer hochgezogenen Braue an.

«Irgendetwas muss besonders sein, wenn du – ich zitiere – einen der begehrenswertesten Kunstpraktikumsplätze des Landes erhalten hast.»

«So spektakulär ist das jetzt auch nicht», murmelte ich. «Es ist ja nur ein Praktikumsplatz.»

«Wenn ich raten müsste, würde ich sagen, dass du ziemlich gut darin bist, dich schlechtzureden.»

Ich verzog das Gesicht. «Du kennst mich gerade mal zehn Minuten. Ich glaube, das reicht nicht für tiefgehende Spekulationen über mich.»

«Es sind eher sechzig Minuten. Außerdem weiß ich, dass du mich garantiert schon nach drei Sekunden in eine Schublade gesteckt hast.»

«Und die wäre?»

Er zuckte mit den Achseln. «Keine Ahnung. Arschloch vielleicht?»

«Zu meiner Verteidigung», begann ich. «Du bist wirklich ziemlich grimmig.»

«Ist das erste Mal, dass ich das in meinem Leben höre.»

«Haha», machte ich. «Sehr witzig.»

«Aber im Ernst.» Mit einem Mal setzte er sich auf. «Vielleicht solltest du einen Vorsatz fürs neue Jahr fassen. Positiver über sich selbst reden oder so.»

«Glaubst du etwa an Vorsätze?»

«Weiß nicht. Ich meine, Dieses-Jahr-ziehe-ich-im-Fitnessstudio-voll-durch-damit-ich-endlich-nicht-mehr-aussehe-wie-ein-Lauch ist schon etwas Schwachsinn.»

*Das* war *mal dein Vorsatz, nicht wahr?*

Die Frage lag mir auf der Zunge, denn es war offensichtlich, dass es so gewesen sein musste. Die Art, wie er es sagte, die verblassten Dehnungsstreifen an seinem Bizeps. Angestrengt sah ich auf meinen hochgeklappten Tisch, weil mein Blick sonst bestimmt versehentlich an Letzteren hängen geblieben wäre.

«Ist schon krass, dass so viele Neujahrsvorsätze nur mit unserem Aussehen zu tun haben», flüsterte ich stattdessen. «Oder?»

«Ja.»

Er sagte nur das, aber ich konnte nicht widerstehen. Etwas in mir schrie danach, ihn wieder anzuschauen. Ich verstand nicht, wieso. Mein Sitznachbar war ein Fremder. Nächste Woche hätte ich ihn bestimmt wieder vergessen. Trotzdem wollte, vielmehr noch *musste* ich ihn anblicken, wenn er so ernst klang und ich mir sicher war, dass mehr dahintersteckte. Aber natürlich konnte ich nicht herausfinden, was das genau war. Immerhin waren wir das wirklich: Fremde in einem Flugzeug, das weiterhin auf dem Boden stand.

«Und?», fragte ich, weil ich diese seltsame Intensität zwischen uns nicht aushielt. «Hast du etwa schon einen Vorsatz fürs nächste Jahr?»

«Klar», sagte er betont locker. «Vielleicht nicht ganz so sehr wie ein grimmiges Arschloch rüberzukommen?»

Ich rollte mit den Augen, und dem Himmel sei Dank fanden wir danach wieder zu leichteren Gesprächsthemen zurück. Diesmal erfuhr ich persönliche Dinge über ihn. Dass er tatsächlich aus San Diego stammte und seine Familie über die Feiertage besucht hatte, doch seit fünf Jahren in New

York lebte. Cameron Cooper war fünfundzwanzig Jahre alt, hatte seine Pilotenausbildung in Miami absolviert und wirklich kein Fünkchen Angst vor einem Absturz. Oder vor einer technischen Störung. Oder Turbulenzen.

«Du bist aber ganz schön tough», sagte ich belustigt. Doch Cameron lächelte nicht. Natürlich nicht.

Wenn er etwas tief zu fühlen schien, veränderte sich sein Blick, wurde dunkler oder heller.

Ich fragte ihn nach seinen Neujahrsplänen, doch nicht, wieso er nie lächelte. Warum er so grimmig war. Wieso es ihn kein bisschen überraschte, dass ich ihn als Arschloch abstempelte. Ob er wirklich eins war.

Ich wusste nur, dass wir erst aufhörten zu reden, als es wieder in den Lautsprechern knackte.

*«Meine Damen und Herren, ich freue mich, Ihnen mitteilen zu dürfen, dass die Störung behoben wurde. In wenigen Minuten werden wir starten. Wir rechnen mit einer voraussichtlichen Landung in New York um kurz nach Mitternacht und entschuldigen uns vielmals für die Verspätung.»*

Eine Landung kurz nach Mitternacht.

Mein erstes Silvester in New York, und ich würde es gar nicht in New York verbringen.

# 4

Nach der Durchsage des Piloten ging alles ganz schnell. Die Kabine wurde für den Start vorbereitet, ehe die Crew sich vergewisserte, dass alle Passagiere angeschnallt waren. Letzteres erinnerte mich daran, dass wir gleich wirklich losfliegen würden, was wiederum ein unangenehmes Ziehen in meinem Magen auslöste.

«Du musst mir was erzählen», bat ich.

«Ich erzähle dir die ganze Zeit etwas.»

«Nein, etwas richtig Spannendes. Das lenkt mich ab.»

«Also hast du jetzt verstanden, dass du dich ablenken musst?»

Ich schnaubte. «Du bist so besserwisserisch.»

«Das war nicht die Antwort auf meine Frage.»

«Natürlich», sagte ich leise. «Ich wollte malen, bevor du mich angesprochen hast. Schon vergessen?»

Das Flugzeug verließ das Gate, bevor *«Cabin Crew, prepare for departure»* ertönte.

*Nicht sterben.*

*Du wirst nicht sterben.*

*Du wirst WIRKLICH nicht sterben.*

Ich kniff die Augen zusammen, während Gedanken sich in meinem Kopf überschlugen und ich mir schwor, mir ein Leben in New York aufzubauen, um nicht ganz so schnell wieder in einen Flieger steigen zu müssen.

Ich hörte, wie mein Sitznachbar neben mir seufzte. «Was willst du denn wissen?»

«Keine Ahnung.» Meine Atmung wurde flacher, während

ich überlegte, ob es bei jedem Start so unter mir vibriert hatte wie jetzt. «Erzähl mir, wieso du Pilot geworden bist.»

«Ich dachte, du findest den Beruf nicht sexy.»

Da war eine Spur belustigte Herausforderung, auf die ich leider nicht eingehen konnte, weil die Maschine zu rollen begann und ich kurz vorm Hyperventilieren stand.

«Finde ich auch nicht», presste ich hervor. «Glaub mir. Gerade steht er auf der Liste der unsexysten Berufe auf Platz eins.» Fest krallte ich die Nägel in meine Jeans, die Augen immer noch geschlossen, weil ich spürte, wie wir mit mindestens zweihundert Sachen die Startbahn entlangrasten.

*Nicht sterben.*

*Du wirst nicht …*

«Du wirst nicht sterben», flüsterte plötzlich eine Stimme, die nicht in meinem Kopf war, bevor ihr Besitzer meine Hand mit seiner berührte. «Sieh mich an.»

Vehement schüttelte ich den Kopf, während wir abhoben, und es wackelte und ruckelte, und ich war mir sicher, dass ich DEFINITIV sterben würde.

«Ich verspreche dir, dass du nicht sterben und mehr als genug Zeit haben wirst, dich in deinem restlichen Leben nicht mehr ganz so schlechtreden zu können.»

«Das ist nicht witzig», erwiderte ich und öffnete widerwillig die Augen.

«Das war kein Witz, sondern mein völliger Ernst.»

Womöglich hätte ich ihm ein weiteres Mal zu verstehen gegeben, dass er mich gar nicht so gut kennen konnte, um einen Satz wie diesen zu sagen. Aber ich befand mich in einer Ausnahmesituation. Ich war schon damit überfordert, genug Luft zu bekommen.

«Wann hört das Scheißding endlich auf zu wackeln?», stöhnte ich.

«Sobald wir die Reiseflughöhe erreicht haben.»

Ich stieß ein erneutes Schnauben aus. «Danke für die Info, Captain.»

«Bin nur Co-Pilot, aber danke *dir* für die Blumen.»

«Gott, du bist schrecklich.»

«Das höre ich tatsächlich öfters.»

Da schwebte keine Herausforderung mehr zwischen seinen Worten. Seine Stimme war tief und klang mit einem Mal viel zu ernst. Eigentlich war ich zu beschäftigt damit, krampfhaft geradeaus zu starren und nicht zu sterben. Doch ich konnte nicht anders. Irgendetwas in mir wollte erneut, dass ich den Kopf nach links wandte und ihn in genau diesem Moment ansah.

Cameron Cooper.

Er wirkte eine Spur zu nachdenklich, wobei dieser Zug genauso schnell von seinem Gesicht verschwand, wie er gekommen war. So als wollte er ihn überspielen. Ich fragte mich, was dahintersteckte, allerdings verkniff ich es mir erneut.

*Fremde in einem Flugzeug.*

Als das Anschnallzeichen endlich – *endlich* – erlosch, atmete ich erleichtert aus.

«Der schlimmste Part ist geschafft», sagte er, wobei er allerdings vergaß, dass vor uns noch knapp fünf Stunden Flugzeit lagen.

Den Großteil davon verbrachten Cameron und ich überraschenderweise weiterhin vertieft in eine angenehm vor sich hinplätschernde Unterhaltung. Wir plauderten über nichtiges Zeug, ohne uns zu lange anzusehen. Als wäre das gefährlich.

Ich verstand nicht, wieso.

Aber auch das fragte ich nicht.

Ich stellte keine der wichtigen Fragen.

Wir kannten uns ein paar Stunden. Wir waren *wirklich* nichts weiter als Fremde. Und trotzdem wusste ich, dass er ebenfalls eine ältere Schwester hatte, die meine Streichholz-Illustration garantiert lieben würde. Es war nur ein Nebensatz, aber in seiner rauen Stimme, die die ganze Zeit über ernst blieb, hörte es sich an wie ein Kompliment. Wir nippten an unseren Sodas, bevor er gähnte und ich gegen Mitte des Fluges beschloss, dass ich ihn genug mit meiner Panik gequält hatte.

«Ich glaube, ich versuche mich noch mal an meinen Streichhölzern. Dieses Mal sollte ich die Schattierungen schaffen, ohne den Stift zu zerquetschen.»

«Okay», flüsterte er, bevor ich mein iPad wieder aus der Sitztasche kramte.

Für zwei, drei lange Sekunden spürte ich seinen dunklen Blick weiterhin auf mir. Keine Ahnung, wieso mein Herz so laut pochte. Keine Ahnung, wieso mir wärmer wurde. Doch ich dachte auch nicht weiter darüber nach, weil nun der Moment kam, in dem er die Augen schloss und ich den Stift ansetzte.

In der restlichen Flugzeit finalisierte ich nicht nur meine Streichholzschachtel, sondern entwarf vier weitere Sticker im selben Farbschema. Ich überlegte, sie als Bundle anzubieten, und widerstand dem Drang, darüber nachzudenken, wie meine Zukunft aussehen würde. Immerhin gab es in Alex' Wohnung nicht genug Platz für meine Versandstation, so wie ich sie mir in meinem Kinderzimmer bei meinen Eltern aufgebaut hatte. Eine eigene Wohnung in New York zu suchen, war unumgänglich, aber wer fand schon eine bezahlbare Wohnung in New York? Insbesondere dann, wenn die Person keine durchschnittlich gut bezahlte Festanstellung besaß, sondern eine befristete Praktikumsstelle? Ich verharrte mit meinem Apple-Pencil über dem Bildschirm, während meine Gedankenspirale mich in sich einsaugen wollte. Ich war sogar gewillt, nachzugeben, doch ...

*Vielleicht solltest du einen Vorsatz fürs neue Jahr fassen. Positiver über sich selbst reden oder so.*

Erschrocken wandte ich mich nach links, doch mein Sitznachbar schlummerte lediglich friedlich vor sich hin. Ich war mir sicher, dass die Stimme eines fremden Mannes garantiert nicht wie ein Echo in mir nachhallen sollte.

*Scheiße.*

Hastig erhob ich mich, um ein wenig Abstand zu gewinnen. Mir die Beine in Richtung Toilette vertreten erschien mir wie eine gute Idee. Die Flugbegleiterinnen lächelten mich an, ehe ich im Waschraum verschwand.

Kurz darauf betätigte ich die Spülung und spritzte mir am kleinen Waschbecken gerade Wasser ins Gesicht, als dieses Knistern in dem Lautsprecher ertönte.

*«Sehr geehrte Fluggäste ...»*

Wieder war es der Erste Offizier, der uns darüber informierte, dass der Sinkflug soeben eingeleitet wurde. Vierzig Minuten, verkündete er. Dann würden wir landen. Ich trocknete mir die Hände ab, trat aus dem engen Raum und wollte gerade einen weiteren Schritt in Richtung Kabine machen, als das Flugzeug plötzlich fiel.

DAS FLUGZEUG STÜRZTE AB. DIE TECHNISCHE STÖRUNG WURDE NICHT BEHOBEN. ICH WÜRDE STERBEN, GENAUSO WIE ...

«Hab dich.»

Mein Herz pochte mir bis zum Hals, als ich plötzlich eine starke Hand an meiner Schulter spürte, die mir Halt gab. Mit weit aufgerissenen Augen starrte ich wieder dem Gesicht entgegen, das so grimmig und faszinierend zugleich war. In derselben Sekunde fiel mir auf, dass das Flugzeug wieder ruhig durch die Nacht glitt. Es war nur ein kleiner Ruck gewesen. Eine winzige Turbulenz, die wahrscheinlich niemanden beunruhigt hatte außer mich.

*Alles ist in Ordnung.*

Bis es das mit einem Mal nicht mehr war.

Schlagartig realisierte ich nämlich, dass Cameron und ich uns zu nah waren. Viel, viel, viel zu nah. Näher als Flugzeugnähe, wo Sitznachbarn sich versehentlich minütlich mit den Oberschenkeln streiften. Mein Sitznachbar hatte mich absichtlich berührt. Und hielt mich immer noch fest, seine Finger an meiner Schulter. Sein Griff war fest und sanft zugleich, selbst wenn das eigentlich keinen Sinn ergab. Mein Blick zuckte von meiner Schulter hoch zu seinem Gesicht.

*Oh Gott.*

Sein Blick.

Wie dunkel er war.

Ich schluckte, er musste es auch gespürt haben. Dieses Etwas zwischen uns. Ruckartig ließ er mich nämlich los und steckte die Hand in seine Jeanstasche, so als befürchtete er, er könnte mich sonst wieder berühren.

«W…was machst du hier?», fragte ich.

«Ich …» Er musste sich räuspern, seine Stimme klang unendlich rau. «Ich hab mir ein Wasser geholt.»

Cameron schaute auf seine andere Hand hinunter. Tatsächlich umklammerten seine Finger eine Plastikflasche. Sie hatte dieselbe Tönung wie meine Streichholzschachtel.

Ich wusste nicht, wieso mir das so auffiel.

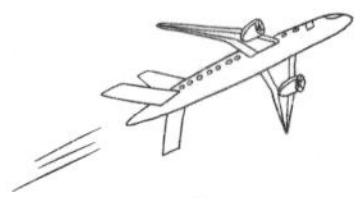

# 5

ZEHN», rief eine Weile später plötzlich jemand von vorne, als wir wieder auf unseren Plätzen saßen.

Ich lehnte mich ein wenig näher in Camerons Richtung, um so einen besseren Ausblick aus dem Fenster zu haben. Trotz meiner riesigen Flugangst wollte ich den Anblick von New York bei Nacht nicht verpassen.

«NEUN!»

Alle Lichter im Flugzeug gingen an.

«ACHT!»

«Weniger als fünf Minuten», flüsterte er mir zu.

«SIEBEN!»

Die Passagiere zählten kollektiv bis Mitternacht runter, doch mir war nur wichtig, dass ich bald endlich wieder sicheren Boden unter mir spüren würde.

«SECHS!»

Aber gerade als wir uns New Yorks Skyline noch weiter näherten, stellte ich fest, dass es zweifellos einen Vorteil hatte, an Silvester um kurz vor zwölf in dieser riesigen Stadt zu landen. Offiziell fehlten noch einige Sekunden bis Mitternacht, doch ich beobachtete trotzdem, wie unzählige Raketen über Wolkenkratzern explodierten.

«FÜNF!»

«Wow», hauchte ich.

«VIER!»

«Krass», flüsterte Cameron zurück, der seit unserer Begegnung im hinteren Bordabteil noch eine Spur penibler darauf achtete, mich auf gar keinen Fall zu berühren.

Als hätte er dieses Etwas zwischen uns tatsächlich ebenfalls gespürt.

Dieses Etwas zwischen uns, das keine explosive Rakete oder ohrenbetäubendes Feuerwerk war. Aber dieses Etwas, das vielleicht ein Funke sein könnte.

«DREI!»

«Und?», fragte er leise. «Bist du bereit für New York?»

«ZWEI!»

Ein Kribbeln breitete sich in mir aus.

«EINS!»

«Ja», flüsterte ich.

Ringsum ertönte ein Gemisch aus Neujahrswünschen, und Cameron wandte seinen Blick vom Fenster ab. Als er mich ansah, bemerkte ich, wie sein Kehlkopf hüpfte.

«Frohes neues Jahr», sagte er, während hinter ihm ein kunterbuntes Farbspiel am Himmel aufging.

Sein Blick verhakte sich mit meinem, mein Herz pochte mir bis zum Hals. Das Flugzeug sank tiefer und tiefer, und einen Moment lang hatte ich keine Angst vor einem Absturz, sondern davor, in New York heil anzukommen, nur um dann am Erwachsenenleben kaputtzugehen. Dabei sah Cameron mich immer noch an. Und ich nur ihn. Dann setzten wir auf der Landebahn auf, und alle jubelten. Erst da gelang es mir, ihm ebenfalls ein frohes neues Jahr zu wünschen.

«Siehst du», meinte er wenig später, als der Airbus seine Parkposition erreicht hatte. «Du bist nicht gestorben. Ich hab's dir gesagt.»

Ich hob eine Braue. «Vielleicht sollte dein Jahresvorsatz lauten, weniger allesbesserwisserisch zu sein.»

«Weniger Macho, weniger Arschloch, weniger allesbesserwisserisch», zählte er auf. «Ich würde sagen, ich habe die Qual der Wahl.»

Als ich lachte, zuckten seine Mundwinkel – kein Lächeln, schon gar kein richtiges Lachen, doch definitiv ein Fast-Grinsen.

In den nächsten Minuten wurde es hektisch um uns herum. Menschen erhoben sich, um ihre schweren Taschen und Koffer aus den Gepäckablagen zu stemmen und dann aus dem Flugzeug zu verschwinden. Über uns wurden wahrscheinlich weiterhin Raketen in die Luft gejagt, doch von dem Neujahrszauber war in dieser Kabine nichts mehr zu spüren. Menschen stiegen aus und eilten dann weiter, so, wie sie es immer taten.

Es war ein neues Jahr, aber immer noch dieselbe Welt.

«Danke», sagte ich, kurz bevor ich aufstand.

Mein Noch-Sitznachbar deutete eine abwinkende Geste an. «Nicht dafür», erwiderte er, aber ich dachte an all die unzähligen Minuten, in denen er mich durch seine Fragen davon abgehalten hatte, vor Angst fast umzukommen.

Für mich war das nicht *nichts*.

Ich erhob mich wie in Zeitlupe, während er nicht einmal versuchte, zu übertünchen, wie er mich dabei beobachtete. Sicherlich regte ich die Passagiere weiter hinter uns auf, weil ich den Weg blockierte, doch ... Keine Ahnung.

War das tatsächlich alles?

«Und du?», witzelte ich deshalb. «Bleibst du hier sitzen?»

«Ich gehe mit der Crew raus. Geht schneller.»

«Ach so, okay.» Keine Ahnung, wieso meine Finger sich krampfhaft ineinander verhakten. «Na dann, mach's gut?»

Innerlich verfluchte ich mich dafür, dass meine Verabschiedung wie eine Frage klang. Und da war dieser Moment, diese klitzekleine Sekunde, in der er den Mund öffnete und ich mir sicher war, dass er mich nach meiner Nummer fragen würde.

Allerdings überlegte er es sich im allerletzten Moment wohl doch anders, denn ...

«Wie heißt du eigentlich?»

Wie ich hieß? Wusste er das denn nicht? Nein, erinnerte ich mich. Nein, darüber hatten wir gar nicht geredet. Er wusste persönliche Details über mich, wie zum Beispiel, dass ich viel zu gut darin war, mich kleinzureden.

Aber er kannte meinen Namen nicht.

«Isla», sagte ich.

«Isla», wiederholte er leise, doch bei ihm, mit dieser rauen Stimme, klang mein Name irgendwie anders.

«Also dann», sagte ich, wobei ich ein Winken andeutete.

Und da war ebenfalls dieser verräterische Teil in mir, der dachte, nein, hoffte sogar, er würde mich aufhalten, jetzt endlich nach meiner Nummer fragen. So wäre das doch im Film gewesen, nicht wahr?

Doch das hier war nur mein Leben. Und ich war noch immer viel zu aufgewühlt, um auch nur darüber nachzudenken, den Mut aufzubringen, ihn selbst um seine Nummer zu bitten.

«Mach's gut, Isla», flüsterte er.

Seine Stimme hallte in mir wider, während ich ihm den Rücken zukehrte. Keine Ahnung, ob er mir hinterhersah. Keine Ahnung, ob er auch dieses seltsame Gefühl im Bauch hatte. Allerdings gab ich alles, um mich an diesem Gedanken nicht aufzuhängen. Er war mein Sitznachbar gewesen. Wir hatten uns unterhalten. Wir hatten uns verabschiedet. Wir würden uns nie wiedersehen.

Ich beantwortete die Nachrichten meiner Freundinnen, Eltern und Schwester, wartete geduldig auf meinen Koffer und stellte mir vor, wie ich in spätestens zwei Stunden den Rest der Neujahrsnacht am Times Square verbringen würde.

Mit Alex. In New York, wo vielleicht wirklich alles gut werden könnte.

***

Es war 01:04 Uhr, als ich die U-Bahn-Station erreichte. Ich blickte auf die Anzeigetafel. Zwei Minuten noch. Neben mir telefonierte eine Frau und lachte über etwas, das ihr Gesprächspartner zu ihr sagte. Da bemerkte ich etwas in meinem Augenwinkel – nicht etwas, *jemanden*.

Blinzelnd wandte ich mich nach links. Es war derselbe Moment, in dem auch er den Kopf hob.

«Isla?», fragte er überrascht.

«Cameron?», fragte ich zurück.

«Fuck», murmelte er.

Ich verstand nicht, wieso sein Fluchen so erleichtert klang. Ich verstand auch nicht, wieso er plötzlich mit dem Rucksack über der Schulter auf mich zukam. Drei Schritte entfernt blieb er vor mir stehen, bevor er sich in den Nacken fasste. Über dem Shirt trug er jetzt einen Pullover, und seine Augen wirkten müde, aber irgendwie auch so wach.

«Ich weiß, es klingt komisch und vielleicht willst du das gar nicht, aber ...» Er holte tief Luft. «Ein Teil von mir hat mich gerade ziemlich gehasst, weil ich mich nicht getraut habe, dich nach deiner Nummer zu fragen. Also ...»

Er verhaspelte sich ein bisschen, während ich heftig schluckte. Der Boden unter uns vibrierte, weil gleich die Bahn einfahren würde. Und ganz ehrlich? Ich wusste nicht, ob alles in New York gut gehen würde. Ob ich eine Wohnung finden würde. Ob ich genug Geld verdienen würde. Ich hatte keine Ahnung, ob ich Cameron Cooper womöglich wirklich kennenlernen würde. Herausfinden würde, was hinter seiner grimmigen Fassade steckte und wieso er sich selbst ständig als Arschloch betitelte, aber mir gesagt hatte, ich sollte mich weniger schlechtreden. Würde ich erfahren, wieso er mit diesem merkwürdigen Unterton über das «heiße» Ansehen seines Jobs geredet hatte? Oder wieso sein Lächeln so selten war? Keine Ahnung. Ich hatte ebenfalls keine Ahnung, ob er diesen Einblick in sein Leben überhaupt zulassen würde. Ob ich es wollen würde.

Ich wusste so wenig.

Aber dafür wusste ich, dass die Bahn direkt vor unseren Nasen hielt und ich tatsächlich hier war. Ich hatte mich getraut, meinen Traum zu verfolgen, indem ich mich als Assistentin von Erin Sheridan beworben hatte. Ich hatte mich getraut, von zu Hause auszuziehen. Ich hatte mich getraut, in den Flieger zu steigen.

Ich hatte mich getraut, hier zu sein.

Und jetzt, jetzt traute ich mich noch ein bisschen mehr.

«Ja», sagte ich. «Ja, ich würde dir gerne meine Nummer geben.»

Cameron-angepisst-Cooper lächelte nicht, aber er ließ seine Mundwinkel zucken, und seine gesamte Miene hellte sich auf.

Als sich die Türen öffneten, stiegen wir ein.

«Happy New Year!», rief ein leicht betrunkener Fahrgast uns zu, während wir uns wie automatisch nebeneinandersetzten.

**Antonia Wesseling** wurde 1999 geboren. Schon als Kind erfand sie Geschichten und fing später an, Jugendbücher zu veröffentlichen. Mittlerweile ist sie Bestsellerautorin von New-Adult-Romanen. Außerdem bloggt sie auf YouTube (@tonipure), auf Tiktok und Instagram (@antoniawesseling) über Bücher, das Schreiben und andere Themen, die ihr wichtig sind.

Februar

Antonia Wesseling

# Ein Match kommt selten allein

# Liz

Seit ich denken kann, verbringe ich meine Freitage bei Oma Wilma. Mit einer Tasse Holundertee und selbst gebackenen Keksen haben wir nicht nur für jeden Französischtest gelernt, sondern auch meinen ersten Liebeskummer besprochen.

Vor einigen Monaten nahm meine Oma mich schließlich für ein Gespräch beiseite. «Liz, ich muss dich etwas fragen.»

Ich rechnete bei ihrer ernsten Miene mit weiß Gott was und war beinahe erleichtert, als Oma bloß wissen wollte, ob ich etwas dagegen hätte, wenn ihr wöchentlicher Häkelkurs nicht nur zu ihr ins Wohnzimmer verlegt werden, sondern auch an *unseren* Freitagen stattfinden würde.

«Nun ja, wenn du damit hoffst, mich loszuwerden, dann musst du dir aber etwas Besseres einfallen lassen», habe ich gescherzt. «Dir ist hoffentlich klar, dass ihr nun eine Teilnehmerin mehr gewonnen habt.»

So fing es also an, und die Häkelgöttinnen Agnes, Susi, Helga und Oma Wilma versuchen seitdem, mir ihr Handwerk näherzubringen. Man würde meinen, dass ein knappes halbes Jahr reicht, um sich die notwendigen Skills im Häkeln anzueignen. Doch was das grüne Ding in meiner Hand angeht, das eigentlich eine Schildkröte werden sollte ... Nun ja, ich bin mittlerweile felsenfest davon überzeugt, dass sich an seiner Entwicklung zum dreibeinigen Frosch nichts mehr ändern lässt. Vielleicht bin ich aber auch ungewöhnlich talentfrei. Was nicht weiter schlimm ist, denn im Grunde genommen profitiere ich bei meiner Kursteilnahme ja vor allem von den gebündelten Lebensweisheiten vier weiser Frauen im besten Alter.

«Sollte unsere Liz mal einen Jungen mitbringen, muss er erst einmal an ihren Omas vorbei», bemerkt Susi gerade und widerspricht damit direkt meinem Gedanken. Vergiss, was ich gesagt habe ... Manche dieser Lebensweisheiten sind kein bisschen weise, sondern vor allem: absolut überflüssig.

«Definitiv», stimmt Helga zu.

«Ihr überseht da einen wesentlichen Punkt. Eure Liz hat gar nicht vor, jemanden kennenzulernen», werfe ich nur beiläufig ein, während ich versuche, einen besonders hartnäckigen Knoten zu entwirren.

Wenn sich vier Frauen, von denen zwei bereits an der Achtzig kratzen, etwas in den Kopf gesetzt haben, ist allerdings jeder Widerspruch zwecklos.

«Ich finde, du solltest nicht nur mit deinen Omas Zeit verbringen, sondern auch mal auf eine Feier gehen», hält Helga dagegen.

Ich schnaufe. «Vielleicht habe ich im Häkeln meine Bestimmung gefunden.» Amüsiert hebe ich meine Froschkröte in die Luft. Ja, eindeutig meine Bestimmung.

«Beim Häkeln lernst du aber nie jemanden kennen», fällt mir jetzt auch noch meine Oma in den Rücken.

Empört sehe ich sie an. «Was soll das denn heißen? Du sagst doch selbst, dass du keinen Mann brauchst.»

«Das ist etwas anderes», weicht meine Oma aus. «Ich hatte eine große Liebe im Leben. Deinen Großvater. Du bist einundzwanzig, mein Kind. Da steht dir die Welt offen.»

«Das Alter spielt dabei doch gar keine Rolle», lenke ich von mir ab. «Weißt du, was ich denke? Du beharrst nur darauf, dass ich jemanden kennenlerne, weil du dir insgeheim selbst einen Partner wünschst.»

Mit diesem Kommentar stoße ich in ein ungeahntes Wespennest. Plötzlich sind Omas Freundinnen außer sich vor Begeisterung.

«Oh ja, das wäre doch mal was. Unsere Wilma geht auf ein romantisches Rendezvous.»

«Date», korrigiere ich. «Heute nennt man so was eher ein Date.»

«Richtig», wirft Susi ein. «Meine Enkelin hat ihre Freundin auch über so ein Date kennengelernt. Und jetzt erwarten die beiden ihr erstes Kind.»

«Die beiden?», will Helga wissen. «Wie können zwei Frauen denn gemeinsam ein Kind bekommen?»

«Oh, das ist ganz einfach», erklärt Susi. «Heutzutage gibt es da verschiedene Wege. Das nennt sich dann Regenbogenfamilie.»

Helga nickt interessiert. «Das ist ja großartig. Und wie kommt man zu so einem Date? Der Rudi hat mich damals bei den Pfadfindern angesprochen. Macht man das heute noch so?»

«Viele nutzen dafür mittlerweile das Internet», erkläre ich.

«Oder das Glück flattert von selbst ins Haus», murmelt Susi, die gerade in der Tageszeitung blättert. «Schau mal! Diese Anzeige hier ... Das ist eine Einladung für so ein Date, oder?»

Während die alten Damen die Köpfe neugierig über die Zeitung beugen, verpasse ich meinem Frosch ein zweites Auge. Als die anderen mit ihrem aufgeregten Getuschel beginnen, werde ich allerdings auch neugierig.

«Was steht denn da?»

In ihrer kollektiven Aufregung ist Susi die Einzige, die mich an dem Gespräch teilhaben lässt. «Hier sucht ein sympathischer Mann ein Date für den Valentinstag. Ich finde, das klingt nach genau dem richtigen für Wilma. Vincent, 1959 geboren in Köln. Er mag Musik, geht gerne auf Reisen und scheint ein echter Romantiker zu sein. Immerhin sucht er ganz offen nach der Liebe.» Susi seufzt. Wahrscheinlich stellt sie sich bereits den Beginn einer Nicholas-Sparks-Romanze vor.

«Und ist da auch ein Bild bei?», will ich wissen.

«Wozu denn ein Bild?» Helga klingt, als hätte ich den Kontostand des Herrn erfragt. Dabei sehe ich an meiner Frage nichts Ungewöhnliches.

«Na, damit wir uns ihn ansehen können?»

«Papperlapapp. Wilma muss ihn kennenlernen und sehen, ob es passt», erklärt Agnes. «Am Ende des Lebens spielt es sowieso keine Rolle, wie du aussiehst. Man muss ehrlich miteinander sein, den Humor teilen und sich auf den Partner verlassen können. Alles andere ist zweitrangig.»

Okay. Ganz unrecht hat sie damit wahrscheinlich nicht.

«Na gut. Dann wirst du ihn wirklich anschreiben, Oma?», führe ich das Gespräch zurück zu der einzig entscheidenden Frage.

Bislang habe ich nämlich das Gefühl, dass Helga, Susi und Agnes diesen wesentlichen Punkt noch übersehen haben.

«Ach, wieso sollte ich? Ich brauche keinen Mann. Ich bin glücklich mit euch. Wenn ich ins Konzert gehen möchte, gehe ich mit einem von euch, oder ich frage Herrn Streumeister.»

«Niemand geht mit seinem verheirateten Gärtner ins Konzert!», bemerkt Agnes.

«Doch! Ich tue das. Und ich tue das sehr gerne!», erklärt Oma.

«Aber Wilma, kein Wunder, dass deine Lizi so ein schlechtes Bild von Männern hat. Wenn sich ihre Großmutter so gegen die Liebe wehrt ...»

«Ähm ... Ich schätze, das hat andere Gründe.» Ein Schatten legt sich auf mein Herz. Ein Schatten, der mir in den letzten Jahren ziemlich vertraut geworden ist.

«Ist das so, Liz? Habe ich dir dieses Bild vermittelt?»

«Na-hein», beteuere ich.

«Nun ja ... Also ein Rendezvous am Valentinstag ist ja schon etwas Schönes. Aber denkt ihr nicht, der Herr ist etwas zu jung? 1959 ... Das klingt noch so ... jugendlich, meint ihr nicht?»

«Das sind nur sechs Jahre, Wilma. Frauen leben länger als Männer. Das ist also nicht komisch, sondern langfristig gedacht. Du musst ihm dein Alter ja nicht auf die Nase binden. Meiner Meinung nach gehst du gut und gerne auch für siebzig durch. Steht da denn eine Telefonnummer bei?»

Wieder stecken die Freundinnen ihre Köpfe über der Zeitung zusammen. «Nee, nur so eine Internetadresse.»

«Die ist für E-Mails», korrigiert Oma. «So was hast du doch auch, Lizi, oder? Dann kannst du diesem Vincent eine Nachricht schicken?»

Ich bin kurz davor, einfach mit dem Kopf zu schütteln. Aus Prinzip, weil ich nicht will, dass irgendwer am Tisch meint, mir mit dieser Aktion etwas beweisen zu müssen. Gleichzeitig möchte ich nicht die Spielverderberin sein.

«Sicher. Du musst nur sagen, was ich schreiben soll.»

Es braucht eine halbe Stunde, bis Oma und ihre Freundinnen sich auf einen Dreizeiler geeignet haben.

Lieber Vincent,
ich habe deine Anzeige in der Zeitung gesehen und
würde gerne dein Valentinstags-Date sein.

Wenn du dir vorstellen kannst, mich zu treffen, dann gib mir gerne Bescheid.
Deine Wilma.

Als ich die E-Mail absende, erwarte ich nicht viel. Ich feile im Kopf bereits an einer sensiblen Erklärung, in der ich klarmache, wie wenig ernst es die Männer heutzutage meinen, da vibriert mein Smartphone. Eine neue E-Mail. Ganze zwei Minuten, nachdem wir unsere Anfrage abgesendet haben.

Offenbar ist Ghosting eine Erfindung der Jugend.

Liebe Wilma,
cool, dass du dich meldest.
Wie wäre es mit 15 Uhr im *Liebevoll*?
Die haben da ein gutes Angebot.
Liebe Grüße
Vincent

«Wie modern», beginnt Susi zu quietschen. «Rudi hat solche Wörter wie ‹cool› direkt abgelehnt. Dabei habe ich ihm immer gesagt, wir müssen alle mehr mit der Zeit gehen.»

Helga nickt. «Genau aus dem Grund ist es vielleicht gar nicht schlecht, dass er etwas jünger ist. Wenn er Englisch kann, könnt ihr gemeinsam reisen und euch zumindest etwas verständigen. Franz hat immer ewig gebraucht, bis er die richtigen Übersetzungen im Wörterbuch rausgesucht hat.»

Ich unterdrücke ein Grinsen. Die vier malen sich ja schon eine ganze Zukunft aus. «Also sage ich zu?»

«Aber natürlich!»

Während ich unsere Antwort eintippe, schlage ich Oma vor, sie am Mittwoch nach der Uni abzuholen, um sie pünktlich zum Café zu bringen.

«Das würdest du machen, Liz? Das wäre wunderbar. Du weißt ja, deine Großmutter hat es nicht so mit den vielen Buslinien und unterschiedlichen Richtungen.»

«Kein Problem.»

Zugegeben, mein Vorschlag hat noch einen anderen Grund: Wenn ich Glück habe, kann ich einen kurzen Blick auf diesen Unbekannten werfen. Nur zur Sicherheit. Fest steht nämlich schon mal eins: Was auch immer ich von der Liebe halten mag ... Bei meiner Oma hat sie sich gefälligst zusammenzureißen.

# Vincent

«Ihr habt was?»

Ich sehe die Jungs an, als bestünde noch ernsthafte Hoffnung, dass sich das Ganze als ein schräger Scherz entpuppt.

«Jetzt entspann dich mal. Wir haben es gut gemeint. Und so, wie es aussieht, bist du der Einzige von uns, der dieses Jahr ein echtes Valentinstags-Date hat», erklärt Robin. «Lena ist den ganzen Tag im Krankenhaus und wir sehen uns erst am Abend. Ich überrasche sie höchstens nach der Arbeit mit einem schönen Essen.»

«Und ich stehe hier den ganzen Tag hinter der Theke. Dafür sind wir diesen Monat ordentlich im Plus. Carmens Idee mit den Cupcakes hat jede Menge Bestellungen generiert.»

In den letzten Tagen kamen unzählige Bestellungen für die Valentinstags-Cupcakes rein, die als kleine Überraschung für Freund oder Freundin ausgeliefert werden. Der Absender hatte die Möglichkeit, eine persönliche Nachricht zu verfassen, die unseren Päckchen beiliegt.

«Na, dafür kannst du deine Freundin von der Kohle bald schick zum Essen einladen.»

«Ich wünschte. Wir müssen sparen. Das *Liebevoll* braucht dringend einige Reparaturen, die ordentlich in die Tasche gehen werden. Aber mal sehen, einen Lovebird haben wir immerhin unter uns.»

Damit soll dann wohl ich gemeint sein.

«Ich kann echt nicht glauben, dass ihr das wirklich gemacht habt. Eine Anzeige in der Zeitung? Wer in unserem Alter hat heute noch eine Tageszeitung abonniert?»

«Du hast gesagt, dass deine potenzielle Freundin intelligent sein sollte. Wir haben uns halt Gedanken gemacht.»

«Das nächste Mal wäre es mir lieber, wenn ihr euch keine macht. Schon gar nicht, wenn es um mein Liebesleben geht», brumme ich.

«Vielleicht wird es kein nächstes Mal mehr geben, weil diese Wilma dich vollkommen von den Socken haut», triumphiert Robin.

Wilma also ... Wie schön, dass ich eine Stunde vor meinem Date zumindest ihren Namen kenne.

«Wobei ich wette, sie kann nicht annähernd mit der hübschen Blondine mithalten, die dir ihre Nummer als Trinkgeld dagelassen hat», erinnert Max anklagend an eine Situation, die erst vor zwei Wochen passiert ist.

«Wäre sie die Richtige gewesen, hätten wir uns auch so noch mal wiedergesehen», argumentiere ich schwach.

Robin schnauft. «Du alter Romantiker. Dir ist schon klar, dass die Frau fürs Leben nicht morgen einfach so vor deiner Tür steht, oder?»

Ich verdrehe die Augen und gehe zurück in die Küche, um die Bestellungen von Tisch sieben abzuholen.

Hätte ich heute Morgen damit gerechnet, ein spontanes Date zu haben, hätte ich mir mit der Wahl meiner Klamotten mehr Mühe gegeben. Jetzt trage ich eine einfache Jeans und ein Hemd, dessen Ärmel bei der Arbeit meist etwas hochgekrempelt sind. Andererseits ... Die hübsche Blondine, wie Max sie genannt hat, wurde durch meinen rauen Look auch nicht abgeschreckt. Zumal es mir eigentlich auch egal sein könnte. Egal, was Robin oder Max sagen ... Die Liebe lässt sich nicht erzwingen.

***

Als ich nach meiner Schicht um Punkt 15:00 Uhr aus der Küche komme, ist Robin längst verschwunden und Max in einer Telefonschleife gefangen. Ich trete hinter die Ladentheke und kann nicht verhindern, dass mein Blick immer wieder Richtung Eingang huscht. Bei jedem eintreffenden Gast ziehe ich kurz in Betracht, meinem unfreiwilligen Date gegenüberzustehen.

Um kurz nach drei öffnet sich schließlich die Ladentür, und eine ältere Dame betritt das Café. Sie trägt einen feinen Wintermantel und fällt insbesondere deshalb auf, weil unsere durchschnittlichen Gäste hauptsächlich Studierende sind.

Weil mein Date es mit der Pünktlichkeit scheinbar nicht ganz so genau nimmt, schnappe ich mir ein Tablett und begrüße die Dame höflich. «Warten Sie noch auf jemanden?»

Kaum habe ich die Worte laut ausgesprochen, ärgere ich mich über die blöde Formulierung. Sollte sie allein gekommen sein, habe ich sie hoffentlich nicht in Verlegenheit gebracht.

«Ein Tisch für zwei Personen, bitte», zwinkert sie mir zu. «Ich habe ein Rendez... ein Date.»

Ich schenke ihr ein extra breites Lächeln und begleite sie an einen Tisch im hinteren Teil des Cafés. Hier ist es wesentlich ruhiger als im Eingang.

Es vergehen zehn Minuten, in denen Max' Großvater auftaucht.

Er ist körperlich noch ziemlich fit und unterstützt seinen Enkel, wo er kann. Normalerweise ... Heute ist es die ältere Lady, die seine Aufmerksamkeit geweckt hat. Sicheren Schrittes geht er an ihren Tisch und setzt sich nach einer kurzen Begrüßung zu ihr. Während ich mich frage, wie ich Max erklären soll, dass ihn seine helfende Hand anscheinend versetzt hat, wird die Tür des Cafés einen schmalen

Spalt geöffnet und eine junge Frau mit schulterlangen, braunen Haaren huscht hinein. Sie wirkt, als befände sie sich auf der Flucht. Beim kurzen Mustern schätze ich sie auf Anfang zwanzig, also unwesentlich jünger als ich. Als sie einen flüchtigen Blick über die Tische wirft, revidiere ich meine Vermutung. Nicht auf der Flucht. Sie sucht hier jemanden.

Ich will gerade fragen, ob ich ihr helfen kann, da kommt mir ein Gedanke. Kann es sein, dass das Wilma ist?

Jetzt kommt sie auf die Theke – und damit auch auf mich – zu und ich bin wie erstarrt.

Mein Herz klopft auf einmal bis zum Hals. Fuck, warum sieht sie so gut aus? Weiche Gesichtszüge, lange schwarze Wimpern ... Nein, das kann nicht wahr sein. Wenn eine Frau wie sie auf die Zeitungsanzeige meiner Freunde reagiert hat, dürfte nun jede Datingplattform einpacken.

«Bist du ... wegen ...», nuschle ich, als sie vor mir zum Stehen kommt. «Wilma?» Der Name ist schneller über meine Zunge, als ich nachdenken kann. Wow, Vincent ... Das war so dermaßen unbeholfen, dass ich mir am liebsten selbst eine verpassen würde.

Das Gesicht des Mädchens erhellt sich etwas, und ich ... Ich kann noch viel weniger glauben, dass das hier passiert.

Das Lächeln, das sich auf ihren Lippen abzeichnet, ist so ziemlich das Süßeste, das ich je an einer Frau gesehen habe. «Scheint so, als hätte sie bereits den ganzen Laden aufgewühlt.»

Moment mal ... «Sie?»

«Meine Großmutter. Bitte sag mir, dass sie den Leuten hier nichts über dieses Valentinstags-Date erzählt hat.»

Ich verstehe nur Bahnhof. «Deine Großmutter ist hier?»

«Ähm ... Ja? Du hast doch gerade ihren Namen gesagt.»

«Wilma?»

Das Mädchen nickt zögerlich, dann geht ein Leuchten durch ihre Augen. «Oh sorry, ganz verpeilt. Du hast ja keine Ahnung, wer ich bin.» Sie streckt mir ihre Hand entgegen. «Aliza, eigentlich Liz.»

Verdattert nehme ich ihre Hand entgegen. «Na dann, willst du dich zu ihr setzen?»

Liz schüttelt verwirrt den Kopf. «Quatsch. Sie darf auf keinen Fall wissen, dass ich noch hier bin. Streng genommen bin ich so was wie ihre Security. Date-Security.» Sie fährt sich etwas verlegen durchs Haar.

Habe ich das gerade richtig verstanden? *Wilma* ist ihre Großmutter? Ihre *Großmutter* und nicht sie hat ein ... ein ... «Date... was?»

«Na, Date-Security. Das, was in den meisten Fällen eine beste Freundin machen würde, übernehme in unserer Situation ich. Wenn ich ehrlich bin, habe ich nämlich so meine Zweifel, dass ihre Freundinnen den gleichen Scanner-Blick für so was besitzen, der ihrer Enkelin zur Verfügung steht.»

«Einen Scanner-Blick?» Aus meiner Frage ist gleichermaßen Verwirrung wie Belustigung rauszuhören.

«Ich erkenne Typen, die ein falsches Spiel spielen, auf hundert Meter Entfernung.»

«Wow, das klingt nach einem beeindruckenden Talent.»

«Wenn man die Männer in meiner Familie kennt, nennt man es wahrscheinlich eher Überlebensreflex.»

«Klingt, als wärst du nicht die größte Befürworterin der Liebe», sage ich und versuche schleunigst, meine Gedanken zu sortieren. Wieso meldet sich eine Großmutter auf die Anzeige meiner Freunde?

«Oh, ich finde die Liebe wunderbar. Vor allem dann, wenn Leute es ernst mit ihr meinen.»

«Und das tun zu wenige?»

Es muss ein Missverständnis sein. Ein ziemlich schräges Missverständnis, das ich schleunigst aufklären sollte ...

«Bitte erwarte nicht, dass ich auf diese Frage ehrlich antworte.» Liz' Augen wandern über die Tafel, auf der Max' Freundin Carmen mit Großbuchstaben unsere Valentinstags-Cupcakes beworben hat.

«Dann gehe ich davon aus, dass du davon keinen bestellen willst? Vielleicht würde sich dein Freund über die romantische Geste freuen.»

«Kein Bedarf», kommt es mit einer Schärfe zurück, die ich unfreiwillig heiß finde. Zugegeben, das war nicht mein bester Schachzug, um herauszufinden, ob sie vergeben ist.

«An einem Freund oder einer romantischen Geste?»

«An beidem. Schon gar nicht heute.»

Nicht der beste Schachzug, dafür aber effektiv.

«Valentinstag ist die dämlichste Erfindung, die jemals eine Person hatte. Reine Geldverschwendung.» Sie hält inne. «Sorry, damit meine ich nicht eure Cupcakes. An jedem anderen Tag würde ich vielleicht sogar einen kaufen.»

«Schon okay. Deine Großmutter hat hier also ein Date?», taste ich mich an ein aufklärendes Gespräch ran.

Ich hoffe, dass Liz den Anflug von Nervosität in meiner Stimme überhört.

Sie schaut in Richtung des Tisches, an dem die ältere Lady eben Platz genommen hat.

«Kannst du mir was zu dem Typen sagen, der da bei ihr sitzt?»

«Du meinst Willi?»

«Willi? In seiner Suche meinte der Typ doch, er heißt Vincent.» Liz reißt die Augen auf. Fuck. Dass die Jungs für diese Anzeige meinen echten Namen genutzt haben, hätte ich mir vielleicht denken können.

«Vielleicht hat er sie nicht selbst geschrieben und das war ein Missverständnis.»

Verdammt! Das ist mir jetzt irgendwie rausgerutscht. Denn zugegeben, der Begriff Missverständnis beschreibt die Tatsache, dass sich mein Date in eine Ü70-Omi verwandelt hat, ziemlich bescheiden.

«Na ja, mir soll's recht sein. Hauptsache, er meint es ernst mit meiner Oma.»

«Also wegen Willi musst du dir keine Sorgen machen. Mein Kumpel Max ist sein Enkelsohn, ihm gehört das *Liebevoll*.»

«Ah, verstehe. War die Anzeige auch seine Idee?»

Ich werfe einen unauffälligen Blick in Richtung von Wilma und Willi. «Könnte man so sagen, ja.» Wer hätte gedacht, dass Max' Opa mir mein Date vor der Nase wegschnappt?

«Habe ich mir gedacht. Die E-Mail klang irgendwie nicht nach einem Rentner.»

Oh Gott ... Was haben Robin und Max bloß geschrieben? Ich sollte das Ganze einfach schnell aufklären.

«Und du? Hast du auch ein Valentinstags-Date?», wechsele ich stattdessen das Thema.

«Was an dem Satz ‹Ich habe mit diesem Konsumfest nichts zu tun› hast du nicht verstanden?», kommt es von Liz zurück.

«Sorry! Du hast recht.» Ehe ich weitersprechen kann, klingelt die Glocke über der Tür und ein Paketlieferant hievt seinen voll beladenen Karren rückwärts ins Café. «Kann ich die Kisten hier einfach abstellen?»

Überrascht runzele ich die Stirn. «Hier? Sie sollten die doch ausliefern.»

«Nix da! Ich habe die Anweisung, die Dinger ins Café zu bringen.» Der Typ hält mir einen Wisch unter die Nase. «Das müsst ihr schon selbst machen. Nicht meine Aufgabe, verstehst du?»

Ich seufze, werfe einen entschuldigenden Blick zu Liz und halte den Kopf in unser Hinterzimmer. Leer. Wahrscheinlich hat Max einen Anruf von Carmen bekommen und hat sich zum Telefonieren kurz aus dem Staub gemacht.

«Was soll das sein?», höre ich Liz hinter mir fragen.

«Hundert Cupcakes mit kitschiger Glasur», beantwortet der Lieferant ihre Frage. Als er mich bemerkt, hebt er eine Augenbraue. «Also ... Was ist jetzt? Hier stehen lassen oder wieder mitnehmen?»

Erleichtert, dass die Gäste im Café noch nichts von der Unruhe mitbekommen haben, quittiere ich dem Lieferanten die Annahme.

«Tut mir leid», sage ich leise an Liz gewandt. «Ich hätte mich gerne noch länger mit dir über ... Großeltern, Kapitalismus und Kontaktanzeigen unterhalten ... Aber ich fürchte, ich habe jetzt erst mal ein Problem!»

«Wer hätte gedacht, dass sechzehn Kilogramm Schokocreme jemals ein Problem darstellen würden?», murmelt Liz.

«Hm?»

«Das sind sechzehn Kilogramm an Cupcakes mit Schokocreme. In jedem Karton sind laut Packung zwei Kilos. Und ich zähle ... acht.»

«Oh, okay, ja. Ich fürchte, für mein Fahrrad werden diese sechzehn Kilogramm ein noch größeres Problem darstellen», erkläre ich und hebe die obersten beiden Kartons an.

«Na schön.» Liz tastet ihre Hosentaschen ab und zieht schließlich ein Haarband hervor. Unschlüssig, was sie vorhat, beobachte ich, wie sie ihre dunklen Haare zusammennimmt und in einen Pferdeschwanz knotet. «Wenn wir beide jeweils vier nehmen, sollte es passen. Ihr habt doch sicher noch ein zweites Fahrrad?»

«Du willst mir beim Austeilen helfen?»

«Nein, ich möchte Gänseblumen pflücken gehen», antwortet sie ironisch und nimmt einen Karton hoch. «Worauf wartest du noch?»

# Liz

Kann es sein, dass du dich bisher noch gar nicht vorgestellt hast?», frage ich beim Betreten des Schuppens.

«Oh, sorry!», erklärt er. «Ich heiße Vi… Vic.»

«Nur Vic oder Victor?», kombiniere ich.

«So nennt mich eigentlich niemand.»

«Geht mir mit meinem Namen nicht anders. Eigentlich war ich für alle immer nur Liz.»

«Sehr gut, *nur Liz*, dann bringen wir die Arbeit mal hinter uns, okay?»

Vic belädt nacheinander unsere Fahrradkörbe, dankt mir noch mal für meine Hilfe und faltet dann eine Liste auseinander, auf der offenbar die Kundenadressen stehen.

«Lass mich mal …», fordere ich ihn auf.

«Hey, das sind Kundendaten!»

«Du hast also vor, mir beim Anhalten jedes Mal die Augen zu verbinden?»

Das Argument scheint ihm einzuleuchten.

Er lockert seinen Griff, sodass ich ihm das Papier zwischen Daumen und Zeigefinger entziehen kann.

«Oh wow, die erste Adresse ist meine alte Englischlehrerin. Sie schickt einen Kuchen an den Schulleiter? Dabei erwarten sie und ihr Mann doch ein Kind.»

Als Vic mir hektisch das Papier entreißen will, lache ich los. «Entspann dich, ich habe den Namen Vanessa Friedrich noch nie in meinem Leben gehört.»

Die Erleichterung auf Vics Gesicht bringt mich zum Kichern.

Unsere erste Lieferung führt uns zu einer kleinen Wohnung am Stadtrand. Ein dichter, grauer Schleier bedeckt den Himmel. Der Wind ist schneidend, und er pfeift um die Ecken der Gebäude. Weil wir niemanden persönlich antreffen, stellen wir das kleine Päckchen mit Cupcake samt Botschaft vor die Tür.

An der zweiten Adresse macht uns eine ältere Dame auf. Ihre Augen leuchten, als sie die Cupcakes sieht. «Für mich? Oh, das ist ja entzückend! Wer hat die denn bestellt?» Aufgeregt faltet sie das kleine Kärtchen auseinander. «Das ist so typisch für ihn. Emil, ich habe doch gesagt, dieses Jahr keine Überraschungen», ruft sie über die Schulter zurück in die Wohnung. Die Freude in ihrer Stimme ist nicht zu überhören. «Danke, ihr Lieben. Möchtet ihr vielleicht noch reinkommen?»

Überrascht von so viel Herzlichkeit sehe ich zu Vic, der schnell den Kopf schüttelt. «Wir müssen weiter, Frau Habich. Aber bis bald!»

Als wir wieder auf unseren Fahrrädern sitzen, seufzt Vic.

«Sie und ihr Mann kommen häufiger ins Café. Wobei die Besuche immer seltener werden. Ihr Mann ist vor einiger Zeit an Alzheimer erkrankt. Die Symptome werden immer stärker.»

«Das ist ja schrecklich.»

«Schon. Gleichzeitig ist es unglaublich herzzerreißend, dass er heute an sie gedacht hat. Auch wenn es sein kann, dass er sie nächstes Jahr nicht einmal erkennt, geschweige denn weiß, was Valentinstag ist.»

Ich nicke nachdenklich. «Macht ihr das jedes Jahr? Die Aktion mit den Cupcakes, meine ich?»

«Nein, dieses Jahr zum ersten Mal.» Vic sieht aus, als müsste er überlegen. «Max' Mutter ist letztes Jahr gestorben.

Das *Liebevoll* war ihr Herzstück, also hat Max es nicht über sich gebracht, es zu verkaufen.»

«Oh, das ist furchtbar. Tut mir leid.»

Vic nickt. «Du kannst dir sicher vorstellen, dass das für ihn alles andere als einfach war. Zumal es finanziell auch schon einige Male sehr knapp war. Max' Freundin hatte die Idee mit den Cupcakes. Es passt eben gut zum Charakter des Cafés, ein bisschen Liebe zu verteilen.»

«Die Idee ist toll. Aber warum ausgerechnet an Valentinstag?»

«Warum nicht?», will Vic wissen.

«Weil man sich doch auch an jedem anderen Tag etwas schenken kann. Wieso muss es dafür einen besonderen Anlass geben?»

In Vics Augen flackert etwas auf, das ich nicht sofort deuten kann. Ist es Belustigung? Nein! Neugier? Echtes Interesse? «Was ist der eigentliche Grund hinter deiner Abneigung?»

«Ich ...», setze ich aus einem Impuls an. Gleich im nächsten Augenblick bin ich jedoch überrascht. Wieso um alles in der Welt sollte ich mit einem Fremden über meine intimsten Gefühle sprechen? «Habe ich doch gesagt. Mich nervt der Kapitalismus.»

Ich rechne damit, dass er nachhakt und mich mit meiner ziemlich ausgelutschten Erklärung nicht davonkommen lässt. Doch zu meiner Verwunderung nickt er einfach nur, zieht unsere Liste hervor und liest die nächste Adresse vor. Wir klappern nach und nach unzählige Haustüren ab, wobei ich feststelle, dass die Beschenkten unterschiedlicher kaum sein könnten.

Als wir ein Studierendenwohnheim erreichen, bei dem wir gleich mehrere Bestellungen abliefern sollen, biete ich

Vic an, mit den restlichen Cupcakes bei den Fahrrädern zu bleiben.

Durch die verglaste Tür sehe ich, wie er eine Treppe hochgeht. Seine Jeans und das hochgekrempelte Hemd verleihen ihm einen lässigen, aber gepflegten Look. Er wirkt auf eine unaufdringliche Art und Weise attraktiv, was mich unerwartet fasziniert.

Ich zücke mein Smartphone und registriere mit Schrecken, dass wir schon fast eineinhalb Stunden unterwegs sind.

Dass meine Oma noch nichts von sich hat hören lassen, interpretiere ich erst mal positiv.

Vic ist schon mindestens zehn Minuten verschwunden, da öffnet sich die große Eingangstür und zwei Mädchen treten ins Freie. Erst auf den zweiten Blick sehe ich, dass die Ältere der beiden einen unserer Cupcakes in der Hand hält.

«Das ist doch unglaublich süß, oder? Zuerst dachte ich, es ist nur ein Scherz, aber das ist eindeutig Sebastians Schrift», höre ich sie aufgeregt sagen.

Ich sehe den beiden Mädchen nach und ertappe mich bei einem Seufzen.

«Na, wer entdeckt denn da seine romantische Ader?»

Erschrocken fahre ich zusammen. Vic ist hinter mir aufgetaucht.

«Vergiss es!», winke ich ab.

«Was denn? Ist doch schön, wie die Leute sich freuen, findest du nicht?»

«Wie du meinst», murmele ich und sehe rasch zur Seite.

«Nächste Station, die Innenstadt», verkündet Vic und schwingt sich wieder auf sein Fahrrad.

Die Straßen werden belebter, je näher wir dem Stadtzentrum kommen. Die Menschen eilen vorbei, viele tragen Blumen oder kleine Geschenke.

Ich bin gerade dabei, zwei kleine Päckchen mit Cupcakes aus dem Karton zu nehmen, da hält ein Jogger auf unserer Höhe des Bordsteins.

Der junge Mann nimmt sich die Kopfhörer aus dem Ohr und zeigt auf die restlichen Kuchen. «Entschuldigung, aber ihr seid doch vom *Liebevoll*, oder?»

«Genau», eilt Vic mir zu Hilfe.

«Ich bin vor lauter Stress nicht dazu gekommen, vorbeizuschauen. Ist es möglich, noch einen Cupcake zu kaufen?», fragt er zögerlich. «Ich... Ich würde der jungen Frau bei mir im Haus gerne eine Freude machen.» Er zögert kurz, dann zeichnet sich ein verlegenes Lächeln auf seinen Lippen ab. «Nennt mich einen Feigling, aber ich überlege seit Wochen, wie ich sie am besten ansprechen könnte.»

Wir tauschen einen kurzen Blick aus, bevor Vic antwortet: «Klar, kein Problem. Wir haben noch ein paar übrig.»

Während ich das kleine Kärtchen aus einem der Päckchen mit den liebevoll verzierten Cupcakes hole, kann ich nicht umhin, ein Grinsen zu unterdrücken. «Möchten Sie eine Nachricht hinterlassen?»

Der Mann nickt. «Vielleicht meine Telefonnummer? Dann kann sie selbst entscheiden, ob sie sich meldet, und ich erspare uns ein unangenehmes Gespräch im Hausflur.»

Zum Glück hat Vic einen Stift dabei. Wir verabschieden uns von dem Mann und ziehen los, um unseren neuen Auftrag zu erfüllen.

Die junge Frau öffnet uns persönlich die Tür, sichtbar überrascht von unserem unerwarteten Besuch. In ihren Armen hält sie ein kleines Kind, das neugierig auf den farbenfrohen Mini-Kuchen in meiner Hand schaut.

«Der ist für mich? Aber von wem?», fragt sie aufgeregt, als ich ihr den Cupcake reiche.

«Es liegt eine Nachricht bei», antworte ich mit einem Lächeln, das sich gruselig echt anfühlt. Beinah, als würde mir das hier ein klitzekleines bisschen mehr Spaß machen, als ich anfangs geplant habe.

Die Augen der jungen Frau huschen über den Flur zur Nachbarstür, bevor sie sich ein letztes Mal bei uns bedankt. Wenn da nicht mal jemand einen Verdacht hat ...

# Vincent

Während wir die letzten Bestellungen ausfahren, beginnt es immer mehr zu dämmern. Die Straßenlaternen werfen bereits warmes Licht auf die Straßen.

Wir erreichen den Neumarkt um kurz vor halb sechs. Liz hat sich den Schal bis über die Nase gezogen, und ich bin froh, wenn wir endlich wieder zurück im warmen Café sind.

Andererseits komme ich nicht drum herum, mir die Frage zu stellen, ob ich Liz danach noch mal wiedersehen werde.

Zuerst einmal müsste ich ihr vielleicht die Sache mit meinem echten Namen beibringen.

«Sieh nur, die hier haben wohl eine kleine Delle bekommen. Meinst du, die könnt ihr im Laden noch verkaufen?», fragt Liz, löst eine Hand vom Lenkrad und hält mir einen Karton voller Cupcakes unter die Nase, die zum Glück nur als Ersatz gedacht waren.

«Hm ... Wohl eher nicht. Aber wenn du magst, kannst du welche essen.»

Liz überlegt nicht lange. «Ich glaube, ich habe eine noch bessere Idee.»

Ich will gerade nachfragen, da tritt Liz kräftiger in die Pedale. Sie hält erst an, als uns eine ältere Frau mit Rollator entgegenkommt.

«Entschuldigen Sie!» Liz nimmt einen Cupcake aus dem Karton. «Wir sind vom Café *Liebevoll* und haben von unserer Valentinstags-Aktion noch ein paar Muffins übrig. Also dachten wir, dass wir Ihnen damit vielleicht eine Freude machen dürfen?»

Die Dame kneift die Augen zusammen, dann erhellen sich ihre Gesichtszüge. «Das ist aber freundlich. Vielen Dank.»

Liz erwidert die Worte mit einem Strahlen, das ich so den ganzen Tag noch nicht an ihr gesehen habe.

Die nächsten Minuten halten wir immer öfter an, um Passanten, die allein unterwegs sind, mit einem Cupcake zu überraschen.

Am Domplatz sehen wir einige Obdachlose, eingehüllt in ihre Decken. Wir öffnen den Karton und verteilen die restlichen Cupcakes. Die Reaktionen sind herzerwärmend – überraschte Blicke, die sich in dankbares Lächeln verwandeln.

Mit leeren Kartons machen wir uns schließlich auf den Rückweg.

Wir nehmen gerade eine Abbiegung, als ich plötzlich ein seltsames Geräusch von Liz' Fahrrad höre. Ein kurzer Blick nach unten bestätigt meine Befürchtungen: ein platter Reifen.

«Oh nein, das gibt's doch nicht», stöhnt sie frustriert im selben Moment.

Ich halte an und begutachte den Reifen. «Shit. Sieht so aus, als müssten wir die letzten Meter laufen.»

«Zum Glück ist es nicht mehr so weit.»

Wir schieben die Räder nebeneinander her über den Gehweg.

«Die Idee mit dem Verschenken ... Das war schön», durchbreche ich die plötzlich aufkommende Stille zwischen uns.

Liz lächelt. «Danke.» Erneut entsteht zwischen uns ein kurzes, nicht unangenehmes Schweigen.

«An unserer Schule gab es früher diese Aktion. Für einen Euro konnten wir einander Rosen zuschicken. Jedes Jahr an Valentinstag sind die Schulsprecher mit einem großen Korb in die Klasse gekommen und haben Blumen verteilt. Die beliebtesten Mädchen banden ihre Rosen zu einem Strauß zusammen und liefen den ganzen Tag damit über den Schulhof. Ich kam mir irgendwann so bescheuert vor, weil ich nie auch nur eine einzige Rose bekam, dass ich mir zwei Jahre nacheinander selbst eine geschickt habe und vor meinen Freundinnen so tat, als käme sie von einem anonymen Verehrer.»

«Das ist der Grund, weshalb du den Tag so furchtbar findest?»

Liz nickt. «Es hat sich jedes Jahr so erniedrigend angefühlt. Als hätte jeder jemanden, der an ihn denkt, mit Ausnahme von mir.» Sie lacht trocken auf. «Total albern, ich weiß.»

«Finde ich nicht.»

Überrascht sieht sie mich an.

«Das ist nicht albern. Das ist ... nachvollziehbar. Nicht, dass ich das Argument mit dem Kommerz nicht verstanden hätte ... Aber das hier ... Das klingt noch echter.»

«Ich schätze, ich habe all die Jahre nur dieses eine Gefühl damit verbunden. Zu sehen, wie vielen Menschen wir heute eine Freude machen konnten ... Das war schön.»

Liz schaut auf und unsere Blicke treffen sich.

«Willst du vielleicht noch etwas trinken? Zum Aufwärmen, meine ich ...»

«Gern.» Ihre Augen leuchten auf, und sie antwortet mit dieser sanften Stimme, die mich irgendwie berührt. «Aber zuerst würde ich gerne nach meiner Oma sehen. Nicht, dass sie mit eurem Willi durchgebrannt ist.»

Ich muss lachen. «Daran hege ich meinen Zweifel. Willi ist ein guter Kerl.»

Als wir das Café betreten, ist es still und leer, abgesehen von Willi und Liz' Oma, die an dem hintersten Tisch sitzen.

«Oh, ich habe ganz vergessen, mich zu melden», sagt Liz'

Oma zu ihrer Enkelin. «Wir haben uns so herrlich unterhalten.» Ihr Blick geht zu Willi, der verlegen nickt.

Seine Aufmerksamkeit richtet sich nun auf mich. «Entschuldige, Vincent. Max hat schon mit mir geschimpft, als er gehört hat, dass du allein los bist.»

Ich erstarre. Fuck. Das war er wohl ... Der Moment, den ich hätte verhindern müssen. Schuldbewusst sehe ich zu Liz, deren Gesichtsausdruck von Verwirrung zu Überraschung und schließlich zu einem Anflug von Belustigung wechselt.

«Vincent also?»

Ich sehe mich gezwungen zu nicken, ein wenig beschämt, dass ich das Thema nicht früher angesprochen habe. «Es tut mir leid. Ich ... Ich fürchte, ich schulde dir eine Erklärung.»

«Das stimmt.» Sie grinst. «Aber zuerst würde ich die heiße Schokolade nehmen.»

Wir bestellen unsere Getränke bei Max, der sich für unseren Einsatz bedankt, und ich beginne zu erzählen, wie die Anzeige zustande kam. Liz hört aufmerksam zu, ihr Lächeln wird immer breiter. «Das ist ja eine komische Geschichte», sagt sie lachend. «Aber irgendwie auch ...»

«Romantisch?», beende ich ihren Satz mit einem amüsierten Grinsen.

«Ein Match kommt selten allein», mischt sich Wilma ein.

«Ein Match?» Liz hebt verwundert die Augenbrauen.

«Das Wort habe ich von Willi. Ich denke, ich kann mir einiges an Englischkenntnissen von ihm abgucken. Seine verstorbene Frau war Amerikanerin.»

«Engländerin», korrigiert dieser mit hochroten Wangen.

Liz lacht, und ich kann nicht anders, als mitzulachen. Es ist ein perfekter, unerwartet heiterer Abschluss für einen Tag, der so anders verlief, als wir beide ihn uns hätten vorstellen können.

**Alicia Zett** wurde 1996 geboren, hat Film studiert und arbeitet derzeit bei einem lokalen Fernsehsender. Wenn sie nicht gerade auf ihren Social-Media-Kanälen (@aliciazett) über queere Bücher, Filme und Serien spricht, verbringt sie ihre Tage am liebsten mit langen Spaziergängen in der Natur, dem Erstellen von Buchplaylisten oder stundenlangen Gesprächen mit ihren Freund:innen. Alicia schreibt Bücher, die sie selbst in ihrer Jugend gebraucht hätte. Nun nutzt sie ihre Geschichten, um zu zeigen, dass Liebe in allen Formen und Farben existiert.

März

Alicia Zett

# Nummer fünf

Schon mein ganzes Leben lang bin ich die Nummer fünf. Alles begann damit, dass ich als fünftes Kind in eine laute, chaotische Großfamilie geboren wurde. In gewisser Weise wurde mein Schicksal also schon bei meiner Geburt besiegelt.

Wenn es in der Grundschule darum ging, die zwei Doppeltische in der letzten Reihe zu besetzen, dann war kein Platz für mich. In der Mensa saß ich an dem seltsamen Platz am kurzen Tischende, während sich die anderen vier gegenübersaßen und ihr Essen teilten.

Am Schlimmsten war es jedoch, wenn wir auf Klassenfahrten fuhren und es mal wieder nur Viererzimmer gab.

Es scheint fast so, als sei unser Leben darauf ausgelegt, dass wir uns in Gruppen mit gerader Anzahl bewegen. Zugabteile zum Beispiel: Vierer. Die perfekte Belegung einer Picknickdecke: vier Personen. Selbst die perfekte Bilderbuchfamilie besteht im Grunde aus zwei Elternteilen und zwei Kindern.

Daraus lässt sich der einfache Schluss ziehen: Es ist scheiße, eine Nummer fünf zu sein.

Aber hier bin ich und halte den Zettel mit der kleinen schwarzen Fünf in den Händen, als wäre es mein kostbarstes Gut. Weil diese Fünf zum ersten Mal etwas Gutes bedeutet. Weil sie meine Eintrittskarte zu einem Treffen mit Renè Blue ist. Meine Chance, dass sie von meiner Existenz erfährt.

Wer ist Renè Blue? Ich könnte einen ganzen Vortrag darüber halten, aber sind wir ehrlich, dafür reicht meine Aufmerksamkeitsspanne nicht aus, also kommen hier die hard facts:

René Blue ist dreiundzwanzig, Fantasyautorin der berühmten *Phönixschwingen*-Saga und außerdem mein Frauen-Crush Nummer eins seit vielen Jahren.

Eventuell bin ich etwas obsessiv, wenn es um sie geht, aber Tatsache ist, dass ich während meiner Schulzeit als Nummer fünf nicht viele andere Hobbys hatte. Mir blieben nur Bücher und peinliche Fixiertheiten auf Frauen, die ich niemals im Leben treffen würde.

Aber das könnte sich heute ändern. Wieder sehe ich auf den Zettel in meiner Hand und wälze mich auf dem Bett hin und her.

«Was denkst du, sollte ich ein Oberteil mit Ausschnitt tragen?», frage ich und sehe zu Sophie. Wir befinden uns wie immer in ihrem Zimmer, weil das deutlich aufgeräumter ist als meines. Ein Beth-McCarthy-Song läuft im Hintergrund, während sie Mails auf ihrem Laptop beantwortet. Seit dem Verlagspraktikum hängt sie dauernd an dem Teil und seit der Vorbereitung auf die Buchmesse sowieso. Ich kriege sie kaum noch zu Gesicht, also freue ich mich auf die nächsten Tage, die wir zusammen über die Messe laufen werden.

«Willst du, dass sie dir direkt auf die Brüste starrt?», fragt Sophie, ohne sich zu mir umzudrehen.

«Vielleicht.» Ich grinse. «Wer weiß, wenn sie uns zur Begrüßung alle umarmt, berührt mein Dekolleté ihres, und dann ...»

«Robyn, du sexfantasierst schon wieder.»

«Ich bin einfach frustriert, ja? Ich vergöttere diese Frau, aber sie weiß nicht einmal, dass ich existiere.»

Nun dreht Sophie sich doch auf ihrem Stuhl um und mustert mich über den Rand ihrer Brille hinweg. Ihre schulterlangen blonden Haare hat sie zu einem Dutt gefasst, der sich bereits aufzulösen beginnt.

«Heute wird sie erfahren, dass du existierst.»

«Ich weiß», sage ich träumerisch, rolle mich wieder auf den Rücken und atme Sophies vertrauten Geruch ein. Sophies Bett riecht immer gut, weil sie es alle zwei Wochen neu bezieht – etwas, von dem ich weit entfernt bin. Ich liebe auch ihre vielen kleinen Kissen, die einem das Gefühl geben, darin zu versinken. Seit wir in einer WG wohnen, habe ich schon öfter hier geschlafen als in meinem eigenen Bett, aber Sophie hat nichts dagegen, sie meint, solange ich nicht schnarche, sei alles gut.

«Wenn du dich noch fertig machen willst, solltest du das jetzt tun. In einer halben Stunde müssen wir los.»

«WAS?»

«Ich habe dir doch gesagt, ich betreue heute den Live Talk auf Bühne drei.»

«Shit.» Ich springe auf und überlege panisch, was ich als Erstes machen soll. Duschen, Haare waschen oder erst ein Outfit rauslegen? Ich stürme in mein Zimmer und durchsuche meinen Schrank. Wieso habe ich keine heißeren Klamotten? Mein Schrank hängt voll mit Holzfällerinnenhemden, einfarbigen Shirts und Cargohosen – ja, ich bin ein Klischee. Hätte ich doch mal auf Mama gehört, als sie meinte, ein paar schicke Sachen braucht jeder Mensch. Ob Sophie mir etwas leihen würde? Egal, erst mal duschen.

Als ich gerade dabei bin, meine kurzen Haare in die perfekte wuschelig-geordnete Form zu bringen, die nur dank Haarwachs zu erreichen ist, klopft Sophie an die Badezimmertür.

«Noch zehn Minuten.»

«Ich schaff das nicht, Soph!»

«Ich hab dir ein Outfit aufs Bett gelegt», flötet sie, und ich kann das Lachen darin hören.

«Du bist meine Retterin.»

Als die Haare endlich ordentlich liegen, trete ich, nur in Unterwäsche bekleidet, aus dem Bad und renne fast in Sophie hinein, die gerade mit dem Handy am Ohr im Flur auf und ab geht.

Ich pfeife anerkennend und zeige auf ihr Outfit. «Nice», forme ich lautlos mit den Lippen. Sie trägt eine grau karierte Anzughose, ein weißes Top und einen schwarzen Blazer. So schick habe ich sie noch nie gesehen. Ihre Wangen nehmen einen zarten Rosaton an, wie immer, wenn ich ihr ein Kompliment mache. Die Verlegenheit überspielt sie allerdings perfekt, indem sie weiter in ihr Handy spricht und mir nur ihren Mittelfinger hinhält.

Das Outfit, das sie mir rausgelegt hat, ist perfekt. Natürlich. Hellblaue Levis, weißes Shirt und mein Lieblingshemd: grün-beige kariert. Fehlen nur noch die Silberkette, ein paar Ringe, und ab dafür.

Ich betrachte mich im Spiegel. Ob ich Renè so auffallen werde? Ich weiß, dass sie auf androgynere Frauen steht, ihre letzte Freundin sah mir sogar ein wenig ähnlich. Wir haben fast dieselbe Frisur: braune Locken, Undercut. Aber vielleicht ist das auch ein Nachteil. Mist, was, wenn sie nicht an ihre Ex erinnert werden möchte? Hätte ich die Haare heute glätten sollen? Dafür ist es jetzt zu spät.

Ich sprühe ein winziges bisschen Parfüm auf meinen Hals, dann greife ich mir mein Lieblingsbuch ihrer Reihe und packe es in meinen Stoffbeutel. Wenn sie sich heute nicht unsterblich in mich verliebt, dann hoffe ich wenigstens auf ein Autogramm und ein Foto.

Objektiv betrachtet weiß ich, dass mein Fangirl-Modus

lächerlich ist. Ich bin einundzwanzig, eine erwachsene Frau. Aber ich kann es nicht abstellen. Renè hat mich durch meine Schulzeit gebracht. Ihre Bücher haben mir ein Zuhause gegeben, einen Zufluchtsort. Vor ein paar Jahren habe ich ihr einmal einen Brief geschrieben und versucht, darin zu beschreiben, was mir ihre Bücher bedeuten. Er war lang und kitschig, und insgeheim hoffe ich, dass sie ihn nie gelesen hat, aber damals tat es gut, all das in Worte zu fassen. Wie allein ich mich an manchen Tagen fühlte. Wie unsichtbar und ungeliebt.

Das habe ich mittlerweile abgelegt. Ich weiß, dass ich liebenswert bin, und ich sehe gut aus, denke ich. Verglichen mit meinem sechzehnjährigen Ich auf jeden Fall. Die rosa Blüschen konnten nur schrecklich an mir aussehen. Mein Körper war noch nie dafür gemacht, sich in solche Klamotten zu pressen.

Ich brauche Renès Bücher also nicht mehr, um vor meinem Alltag zu fliehen. Der ist okay. Ich mag das Studium, habe in Sophie die beste Freundin gefunden und date sogar ab und zu. Renès Bücher lese ich dennoch. Weil ich dadurch das Gefühl habe, ihr näher zu sein. Ihr in den Kopf sehen zu können.

«Robyn, ich verlasse in dreißig Sekunden die Wohnung.»

Wieso nur muss sie immer so überpünktlich sein?

«Ich kommeee!», rufe ich, werfe mir den Stoffbeutel über die Schulter und lasse meine zehn Beanies auf dem Bett zurück. Auf der Messe wird es ohnehin zu warm für eine Mütze sein, diese Entscheidung kann ich nicht innerhalb von dreißig Sekunden treffen.

***

Zurück zur Nummer fünf. Sophie ist auch eine. Am ersten Tag der Uni haben wir uns aufeinander zubewegt wie zwei Magnete. Seitdem hängen wir aneinander. Es verbindet, wenn du dein Leben lang ignoriert wurdest.

Wir studieren beide Anglistik, wobei Sophie vollkommen in dem Studium aufgeht und ich nur deshalb hier bin, weil ich absolut keine Ahnung habe, was ich sonst machen möchte. Aber das ist schon ok. Irgendwann werde ich meine Bestimmung finden, so sagt man es doch zumindest, oder?

Sophie hat mir schon am ersten Tag unseres Studiums von ihrem Traum berichtet, einmal in einem großen Publikumsverlag zu arbeiten. Und wenn ich mir das so anschaue, dann ist sie nicht mehr weit davon entfernt. Und dieser Traum passt zu ihr. Sie ist die organisierteste Person, die ich kenne. Fleißig, immer pünktlich. Und liebt alles, was mit Büchern zu tun hat. Immerhin das haben wir gemeinsam. Bücher liebe ich auch. Aber nicht so sehr die ganzen Klassiker, die wir im Studium lesen müssen. Ich bin eher für den Spice zu haben, für die queeren Liebesgeschichten.

Mit Sophie zusammenzuwohnen, tut mir dennoch gut. Sie bringt Routine in meinen chaotischen Alltag. Sosehr ich unseren Putzplan auch verachte, oder ihre morgendlichen Weckanrufe, wenn ich um 10 immer noch nicht aus dem Bett aufgestanden bin. Tief in mir weiß ich, dass es mir nur dabei hilft, ein geordneteres Leben zu führen.

Und ohne Sophie wäre ich heute gar nicht hier. Sie hat mir den Bloggerinnenausweis besorgt, der mir Zutritt zu den VIP Areas der Leipziger Buchmesse verschafft.

Genauer gesagt interessiert mich nur eine dieser VIP Areas, die, in der Renè Blue sitzen wird. Ihr neuer Roman *Schweif der Dämmerung* erscheint pünktlich zur Buchmesse, und zu diesem Anlass hat sie einige Events. Eines davon ist eine Signierstunde für ausgewählte Blogger:innen. Ich wurde natürlich nicht dafür ausgewählt, aber dank Sophie habe ich es auf die Liste geschafft. Ich hoffe nur, keine der anderen bloggenden Personen fragt mich nach dem Namen meines Instagram-Accounts, denn dann muss ich zugeben, dass ich seit Mai 2018 sage und schreibe fünf Bilder gepostet habe und keines davon ein Buch beinhaltet.

Ich blicke mich um und versuche herauszufinden, mit wem ich es hier zu tun habe. Da ist eine hochgewachsene junge Frau mit pinken Haaren, einem weit ausgeschnittenen Kleid und Doc Martens. Ich glaube, ich habe sie online schon einmal irgendwo gesehen, weiß aber nicht, wie sie heißt. Hinter ihr stehen zwei kichernde Menschen, die Fanshirts tragen.

Seit über einer Stunde stehe ich nun schon in der Schlange und warte darauf, dass Sophie endlich auftaucht. Doch das tut sie nicht. Stattdessen werde ich erneut von der Seite angerempelt, und so langsam macht mich das echt wütend. Können all diese Menschen nicht normal laufen? Ja, die Gänge sind eng. Ja, es sind viele Menschen unterwegs, aber Himmel, achtet bitte darauf, dass ihr nicht gegen fremde Körper stolpert. Ist das zu viel verlangt? Ich meine, würde Renè Blue in mich hineinstolpern, ich würde mich nicht beschweren, ich würde sie liebend gerne an mich ziehen oder auch nur ein paar Sekunden ihren Körper auf meinem spüren ... Okay, Tagträume aus!

«Entschuldige, der Live Talk ging länger als gedacht. Hi erst mal.» Sophie löst sich aus der Menge und strahlt mich an. Endlich ein normaler Mensch! Ich umarme sie stürmisch.

«Wofür war das denn?», fragt sie belustigt.

«Ich freue mich einfach, dich zu sehen.»

«Wir haben uns vor einer Stunde noch unterhalten.»

«Ja, und diese Stunde war definitiv zu lang. Sieh dich nur an, du siehst so professionell aus!»

Sophie errötet, grinst aber. «Danke. Vor dir steht die professionellste Verlagspraktikantin der ganzen Messe.» Sie salutiert und richtet ihren Ausstellerinnenausweis.

«Denkst du, sie lassen uns direkt um drei rein?», frage ich.

«Wenn das die Uhrzeit ist, die auf deinem Ticket steht, dann ja.» Sophie löst ihre Haarspange, sodass die blonden Strähnen locker auf ihre Schulter fallen.

«Weißt du denn gar keine Details über den Ablauf? Ich muss mich seelisch darauf vorbereiten, gleich auf sie zu treffen.»

Sophie zückt ihr Diensthandy. «Laut Plan wurden zehn Blogger*innen ausgewählt, Renè zu treffen. Sie wird Bücher signieren, Fotos machen und bei einem gemeinsamen Mittagessen Fragen beantworten.»

«Mittagessen? Du hast nicht gesagt, dass wir gleich zusammen essen werden!»

Ich spüre, wie die Panik in mir hochkriecht. Schon heute Morgen habe ich keinen Bissen herunterbekommen, weil ich zu aufgeregt war.

«Auf deinem Ticket steht wortwörtlich *Meet&Eat.*» Sophie tippt auf das weiße Ticket in meiner Hand.

«Das muss ich überlesen haben», sage ich atemlos und blicke dann wieder zu meiner besten Freundin. «Ich kann das nicht, Soph.»

«Und ob du das kannst. Sie ist auch nur ein Mensch, das weißt du, oder?»

«Ja, aber ihre Bücher bedeuten mir so unendlich viel. Ich weiß nicht, wie ich die Schulzeit ohne sie überlebt hätte. Das klingt dramatisch, ist aber die Wahrheit.»

Sophie nickt, denn sie kennt die Geschichte. Auch sie wurde in der Schule gemobbt. Nur, dass es bei ihr um ihre kleinen Brüste und ihre Schüchternheit ging und bei mir … Na ja, jemand hatte den Liebesbrief gefunden, den ich an meine Englischlehrerin geschrieben hatte, und das reichte aus. *Die Menschen werden immer Dinge finden, die sie an dir auszusetzen haben,* meinte meine Mutter damals. *Lass das nicht zu sehr an dich heran.* Sie hatte gut reden, immerhin war sie eine beliebte Schülerin gewesen. Die tolle Nummer zwei, die zu jeder Party eingeladen wurde und die niemand hasste, weil sie nicht die Nummer eins war, auf die man eifersüchtig sein konnte. Sie hat nie verstanden, wieso mir das Getuschel so zusetzte. Wieso ich mich ausgegrenzt fühlte. Sophie schon. Deshalb bin ich so dankbar für unsere Freundschaft. Jede andere Freundin würde mich auslachen, weil ich in meinem Alter eine Autorin vergöttere, die nicht einmal weiß, dass ich existiere. Aber nicht Sophie. Sie steht dabei direkt neben mir.

«Danke, dass du das mit mir durchstehst», sage ich und lege meinen Kopf auf ihre Schulter. «Ich verspreche, das nächste Mal begleite ich dich zu einer Signierstunde deines Crushs.»

«Das dürfte schwer werden, diese Person gibt leider keine Signierstunden.»

Schon vor Wochen ist mir klar geworden, dass Sophie verliebt ist. Ihre Spotify-Playlists waren sehr aussagekräftig, und dann noch dieser verträumte Blick und die minimale Unordnung, die sich in ihren Alltag geschlichen hatte. Aber sie wollte mir einfach nicht verraten, wer die Angebetete war. Mittlerweile ist das zu einem Running Gag zwischen uns geworden. Ich versuche herauszufinden, auf wen sie steht, und warte nur darauf, dass sie sich irgendwann verplappert.

«Also ist es keine Autorin», meine ich und tippe die neue Info in mein Handy ein.

«Oh mein Gott, führst du diese Liste immer noch?», fragt sie entrüstet.

«Ich arbeite mit dem Ausschlussprinzip. Irgendwann werde ich dich entlarven, Sophie Lorentz.» Bei den letzten sechs Worten tippe ich ihr spielerisch gegen das Schlüsselbein und beobachte voller Genugtuung, wie sich die kleine Falte auf ihrer Stirn bildet.

«Ehrlich gesagt, ich glaube, so langsam komme ich dem Ziel immer näher. Nicht mehr lange, und ich kenne ihren Namen.» Ich scrolle meine Liste bis nach oben durch.

«Ach ja? Was weißt du über sie?», fragt Sophie und versucht, einen Blick auf mein Handy zu erhaschen.

«Das wüsstest du wohl gerne.» Ich strecke ihr die Zunge raus, und in diesem Moment tritt ein Verlagsmitarbeiter aus der Tür. Sofort verstummen die Blogger:innen vor mir, und auch ich richte mich kerzengerade auf.

«Renè ist nun bereit, Sie zu empfangen. Treten Sie bitte einzeln durch die Tür und geben Sie Ihre Rucksäcke und Taschen bei mir ab.»

«Wow, die machen echt keine halben Sachen, was?», frage ich.

«Nope. Immerhin ist das hier die VIP Area.» Sophie grinst und gemeinsam rücken wir nach vorne auf.

Als ich dem Mitarbeiter mein Ticket und meine Tasche reiche, winkt er uns beide durch die Tür. Und dann sind wir drin.

Der Raum ist quadratisch, mit hohen Decken und dunkelblauem Teppichboden. Das Licht ist gedimmt, und an den Wänden hängen riesige Plakate von Renès neuem Buch. Da sind Illustrationen, die im Dunkeln leuchten, Phönixschwingen, die sich über die komplette linke Wandseite ziehen, und eine riesige Buchpyramide vor uns. Gut hundert Bücher müssen dort aufeinandergestapelt sein. Mich überkommt der seltsame Drang, ein Buch von ganz unten herauszuziehen und die Pyramide so zum Einsturz zu bringen. *Reiß dich zusammen, Robyn, das kannst du jetzt echt nicht bringen!*

«Cool, oder? Daran haben wir gestern den ganzen Tag gearbeitet», erklärt Sophie.

Ich fahre zu ihr herum. «Du wusstest hiervon? Du hast hier mitgeholfen?»

«Ich wollte dir die Überraschung nicht verderben.» Sie grinst.

«Wieso mache ich kein Praktikum bei diesem Verlag?»

«Weil du dann jeden Tag um sieben aufstehen müsstest.»

«Auch wieder wahr.» Ich sehe mich weiter in dem Raum um. Zu meiner Linken steht ein rechteckiger Tisch, auf dem schwarze Taschen aufgereiht sind. Das sind bestimmt die berühmt-berüchtigten Goodie Bags mit allerlei Zusatzartikeln zum Buch. Exklusives Material, das nur wenige erhalten. Meine Finger beginnen zu kribbeln.

Aber die Taschen interessieren mich gerade nicht allzu sehr. *Wo ist Renè?*

Leise Musik wird über Lautsprecher abgespielt. Bestimmt handelt es sich dabei um den Soundtrack zum Buch. Renè ist neben ihrem Beruf als Autorin auch als Sängerin tätig und schreibt eigene Lieder für ihre Bücher. Wie cool ist das bitte?

Hinter mir wird die Tür geschlossen und der Mitarbeiter tritt vor uns. Neun andere Blogger:innen stehen mit mir in einem Halbkreis und sehen sich bewundernd in dem Raum um.

«Herzlich willkommen. Wir freuen uns sehr, Sie heute zu diesem exklusiven Event begrüßen zu dürfen. Mein Name ist Pierre Dietz, und ich übernehme die Leitung der Veranstaltung. Kurz ein paar organisatorische Dinge. Sie werden gleich im hinteren Bereich des Raumes die Möglichkeit haben, eine Kleinigkeit zu essen und sich über die Bücher auszutauschen. Renè wird dort zu Ihnen stoßen. Bitte fragen Sie, ehe Sie ein Foto von ihr machen. Instagram Stories sind natürlich gerne gesehen. Markieren Sie bitte den Verlag und nutzen Sie das Hashtag ‹SchweifDerDämmerung›. Nach einer halben Stunde werden Ihnen die Goodie Bags überreicht, und Renè signiert Ihnen Ihre Bücher. Dann endet die Veranstaltung. Sollten Sie Fragen haben, wenden Sie sich gerne an mich. Das wäre auch schon alles. Viel Spaß!» Er klatscht einmal in die Hände, und hinter ihm wird ein großer, lang gezogener Tisch erhellt, auf dem dunkle Tücher und silbernes Geschirr liegen. Alles farblich perfekt abgestimmt mit dem Cover des Buches.

Ein paar der Mädchen vor mir quietschen begeistert auf. Okay, ganz ruhig, gleich ist es so weit. Gleich treffe ich auf Renè.

Sophie und ich folgen den anderen und suchen auf dem Tisch nach unseren Namensschildern. Renè wird am linken Ende sitzen und ich ... sitze fast direkt neben ihr. Oh mein Gott! Als ich mich auf dem gepolsterten Stuhl niederlasse, stoße ich gegen eins der Tischbeine und die Gläser klirren gegeneinander. Alle Augen richten sich auf mich. Na wunderbar.

«Sorry», murmle ich und streiche die Tischdecke glatt, um etwas zu tun zu haben.

Sophies Hand legt sich auf meinen Unterarm. «Alles gut?»

«Mir ist dezent übel», gestehe ich und blicke auf den leeren Stuhl rechts von mir, auf dem gleich Renè Platz nehmen wird.

«Hier, trink erst mal was.» Sophie greift nach der Wasserkaraffe und befüllt mein Glas, ehe sie sich selbst einschenkt.

Doch gerade, als ich danach greifen will, ertönt ein leises Zischen, eine Nebelmaschine wird angeworfen und aus dem wabernden, silbergrauen Rauch tritt eine Gestalt.

Renès lange Haare sind kobaltblau gefärbt, sie trägt eine enge schwarze Lederhose und ein fast durchsichtiges Wickeltop mit silbernen Fäden, die über ihren nackten Bauch fallen.

Mein Puls ist instant bei 200 und mein Mund staubtrocken. Es sollte verboten werden, so gut auszusehen. Ihre sturmgrauen Augen ruhen eine Sekunde auf mir, ehe sie zu ihrem Platz läuft und sich auf dem Stuhl niederlässt. Irgendwie hatte ich sie mir größer vorgestellt, aber das ist sicher oft so, wenn man eine Person nur von Fotos aus dem Internet kennt.

«Hallo.» Selbst ihre Stimme ist eine Erscheinung. Rauchig, tief und kühl.

Ein paar Vereinzelte erwidern ihre Begrüßung. Ich schaffe es nur, meine Hand zu heben. Gott, bin ich erbärmlich.

«Gefällt euch das Setting? Ich habe gestern noch ewig an der Deko gefeilt.»

«Sie ist erst heute früh angereist», murmelt Sophie, doch ich überhöre ihren Einwurf. Sicher hat Renè im Vorfeld bereits viel bei der Planung geholfen.

«Also dann, habt ihr keinen Hunger?» Renè zeigt auf die ausladenden Etageren vor uns. Kleine Häppchen, Gebäck und Süßspeisen in kleinen Gläschen stehen dort und warten darauf, verzehrt zu werden. Doch ich greife nicht danach, weil ich Angst habe, zu kleckern.

Vor anderen Menschen zu essen, hat für mich etwas sehr Intimes. Vor Sophie habe ich damit keine Probleme, aber die anderen neun am Tisch kenne ich gar nicht, und Renè soll nicht denken, dass ich nur wegen der Häppchen hier bin.

«Ihr seid so still. Wollt ihr keine Fragen stellen?» Renè schenkt sich von der dunklen Schorle ein und lädt dann ihren Teller mit so ziemlich allem voll, was der Tisch zu bieten hat.

«Ich ... Ich würde gerne wissen, wie du immer wieder auf deine Ideen kommst? Ich habe all deine Bücher gelesen, und ich frage mich, was dich dazu inspiriert», meldet sich eine junge Bloggerin schüchtern zu Wort.

Renè seufzt, und erst denke ich, dass ich mich verhört habe, doch dann rollt sie auch noch mit den Augen. «Eine originellere Frage fällt euch nicht ein? Kommt schon, das ist immer das Erste, das alle fragen.» Sie sieht zu dem Mitarbeiter des Verlags, und schnell tritt der hervor und sortiert die Notizzettel in seinen Händen.

«Ihr könntet über die Vielschichtigkeit deiner Antagonisten sprechen. Gerade die dunkle Hexe im neuen Buch hat viel mit dir gemacht, oder?»

Renès Augen leuchten auf, und die nächsten zehn Minuten hält sie einen Monolog darüber, wie wichtig ihr diese Hexe ist und was sie den Lesenden damit sagen will. Es ist spannend, keine Frage, aber ich muss immer wieder zu der Person sehen, die die erste Frage gestellt hat. Ganz offensichtlich zwingt sie sich, ihr Lächeln aufrecht zu halten. Musste Renè sie so anfahren? Klar, die Frage war wirklich nicht originell, aber trotzdem.

Der Rest des Essens verläuft wie geplant. Renè beantwortet weiter Fragen der Blogger:innen, und ich finde ihre Antworten auch wirklich interessant, aber bei alldem haftet eine gewisse Überheblichkeit an ihr. Außerdem finde ich es echt unsexy, wie sie isst. Dieser Gedanke überrascht mich selbst. Aber es stimmt. Wer stopft sich denn einfach so einen gefüllten Muffin in den Mund? Dafür gibt es Gabeln! Und dann kaut sie nicht einmal lang genug, ehe sie weiterspricht.

Sie ist nach wie vor extrem attraktiv, und der Geruch ihres Parfüms ist betörend, aber trotzdem werde ich das ungute Gefühl nicht los, dass hier neben mir ein ganz anderer Mensch sitzt als der, den ich mir in all den Jahren vorgestellt habe.

Sophie neben mir löffelt gerade eins der Dessertgläschen aus und stößt sanft mit ihrem Bein gegen meins. Ich weiß, was sie mir damit sagen will: *Stell eine Frage.* Aber ich kann nicht. Weil ich Angst habe, dass Renè auch über meine Frage die Augen rollt. Ich will nicht plump und unoriginell wirken.

«Dann gehen wir nun zum Signieren über. Jede von Ihnen erhält ein kostenloses Exemplar des neuen Buches. Stellen Sie sich bitte in einer Reihe auf.» Der Mitarbeiter reicht Renè einen Signierstift und räumt den Tisch vor ihr leer. Die anderen Blogger:innen sind in der Zeit bereits aufgesprungen und bilden eine Schlange. Mir fällt auf, dass die Person, die die erste Frage gestellt hat, ganz nach hinten geht. Sophie und ich stellen uns hinter sie.

«Wieso hast du ihr keine Frage gestellt?», fragt Sophie, sobald Renè uns nicht mehr hören kann.

«Mir ist keine eingefallen, die gut genug war.»

Die Person vor mir dreht sich um. «Ist besser so. Ich wünschte, ich hätte gar nichts gesagt.»

«Aber deine Frage war doch gut», sagt Sophie sofort und lächelt sie an. «Du hast dich als Erste getraut, das erfordert Mut.»

«Oh, danke.» Die Person schenkt Sophie ein schüchternes Lächeln und dreht sich dann wieder nach vorne.

«Schön gesagt», raune ich in Sophies Ohr. Wieso konnte Renè nicht so reagieren?

Langsam bewegt sich die Schlange nach vorne. Es dauert etwas, da jeder ein Foto mit Renè machen möchte, und auf einmal bin ich wieder aufgeregt. Gleich werde ich ganz dicht neben ihr stehen. Okay, sie hat sich am Esstisch nicht so verhalten, wie ich es mir vorgestellt hatte, aber das zeigt doch eigentlich nur, dass sie ein normaler Mensch ist. In meinem Kopf habe ich sie einfach zu sehr glorifiziert, das passiert schon mal.

«Kannst du gleich das Foto von Renè und mir machen?», frage ich und reiche Sophie mein Handy. «Achte drauf, dass meine Augen offen sind und ich ... na ja, halbwegs okay aussehe.»

«Das dürfte schwer werden.»

«Hey!» Ich ramme ihr meinen Arm in die Seite und sie kichert.

«Keine Sorge, wie gesagt: Vor dir steht die professionellste Verlagspraktikantin. Fotografieren ist quasi mein zweites Standbein.»

«Fotografiert dein Crush auch gerne?», frage ich ganz nebenbei.

«Sie macht auf jeden Fall viele Outfitfotos von sich.»

«Oh, also selbstverliebt. Ich weiß ja nicht, ob das so gut ist.»

Sophie lacht. «Wer steht hier immer stundenlang vor dem Spiegel und fotografiert sich?»

«Erwischt.» Ich stimme in ihr Lachen mit ein.

«Soll ich den Punkt für dich auf deine tolle Liste schreiben?»

«Damit du sie lesen kannst? Nein, nein, das mache ich später.»

Sophie zieht einen Schmollmund, doch dann wird die Person vor uns zum Signieren aufgerufen und mich trennen nur noch wenige Sekunden von meinem gemeinsamen Foto mit Renè. Meine Hände beginnen zu schwitzen und kurz wird mir leicht schummrig zumute. Vielleicht hätte ich doch etwas essen sollen, aber das hole ich gleich im Anschluss nach. Jetzt zählt erst einmal das Foto.

Renè signiert das Buch und steht dann auf, um sich neben die bloggende Person zu stellen. «Nein, nein, stell dich rechts von mir hin. Das ist meine Schokoladenseite. Genau. Und vergiss nicht, mich zu verlinken. Ich weiß nicht, ob ich es reposten werde, das hängt davon ab, wie gut das Licht auf dem Bild ist. Das nur als Info für dich.»

Gott, war sie schon immer so eingebildet? Ich will nicht so über sie denken, aber sie macht es mir gerade wirklich schwer. Da steht ein Fan neben ihr und freut sich unheimlich, sie zu sehen, und sie redet die ganze Zeit nur über den perfekten Kamerawinkel.

Und dann bin ich an der Reihe. Mit zitternden Beinen laufe ich zu ihr und reiche ihr das Buch.

«Du bist eine von der schüchternen Sorte, oder?» Ihr Mund kräuselt sich, als sie mir einen kurzen Blick schenkt, und ich spüre, wie ich knallrot anlaufe. Flirtet sie gerade mit mir?

«Ich lese deine Bücher, seit ich sechzehn bin. Sie haben mir durch viele schwere Zeiten geholfen und irgendwie auch zu meinem Coming-out beigetragen.» Na bitte. Zwei ganze, vollständige Sätze.

Renè schenkt mir wieder dieses dünne Lächeln. «Das freut mich zu hören. Wobei ich dir sagen muss, dass ich selbst der Meinung bin, ein Coming-out wird überbewertet. Viele meiner Figuren sind queer, ja, aber das war nie wichtig für die Geschichten.»

«Klar, das verstehe ich.» Wobei ich nicht sagen würde,

dass ein Coming-out überbewertet wird. Mir hat es sehr viel bedeutet und vielen, die ich kenne, ebenfalls.

«Also, was ist? Willst du jetzt ein Foto oder nicht?» Sie sieht zu Sophie, die hinter mir steht. Ach so, stimmt, da war ja was.

«Gerne.» Ich trete um den Tisch herum und stelle mich neben sie. Wieder atme ich den Geruch ihres Parfüms ein, doch dieses Mal ist er mir zu viel. Zu schwer, zu blumig. Mein Magen rumort, doch ich will mir nichts anmerken lassen. Als Renè ihren Arm um meine Taille legt, warte ich auf das Prickeln. So oft habe ich mir diesen Moment vorgestellt. Ihre Finger auf meiner Haut. Ihr Körper ganz nah an meinem. Doch es passiert nichts.

Sophie geht vor uns in Position. «Sorry, irgendwie hängt die Kamera gerade», entschuldigt sie sich.

Renè seufzt hörbar und ich verkrampfe mich.

«Ah, jetzt geht es. Wartet, jetzt hattest du die Augen zu, Renè.»

«Wie schwer kann es sein, ein Foto zu machen?», murmelt Renè, und die Ungeduld ist deutlich herauszuhören. Und irgendwo habe ich Verständnis für sie. Das hier ist sicher nicht ihr erstes Event, sie redet den ganzen Tag über mit Fans, muss Fotos machen und für die Kamera lächeln. Aber das hier sind meine wenigen Minuten mit ihr, und irgendwie fühle ich mich ... nicht gewertschätzt.

Und dann sagen Leute immer, triff niemals deine Vorbilder, es wird dich nur enttäuschen. Tja, hätte ich mal auf die gehört.

«Ich weiß nicht, was passiert ist, aber dein Handy reagiert nicht mehr.» Sophie sieht untröstlich aus, und ich würde sie am liebsten in den Arm nehmen.

«Ist okay», sage ich und will gerade zu ihr gehen, da reißt

Renè ihr mein Handy aus der Hand und beginnt selbst auf dem Display zu tippen.

«Wir machen einfach ein Selfie. Das sollte doch nicht so schwer sein.»

Sie presst ihre Wange an meine, ich sehe meinen gequälten Gesichtsausdruck und ihr aufgesetztes Lächeln in meinem Bildschirm gespiegelt.

Ich hätte es niemals für möglich gehalten, aber hier stehe ich, neben Renè Blue, und möchte einfach nur weg von ihr.

Wenige Sekunden später ist es geschafft. Der Mitarbeiter reicht mir meine Goodie Bag, und Sophie und ich gehen Richtung Tür. Ich bin noch immer überfordert von dem, was gerade passiert ist. War das vielleicht ein schlechter Traum? Das Adrenalin rauscht durch meinen Körper, weil ich so wütend darüber bin, wie Renè mit Sophie umgegangen ist.

Als ich nach dem Türgriff greifen möchte, wird mir auf einmal schwarz vor Augen, und meine Beine tragen mich nicht mehr.

«Robyn!» Sophie klingt seltsam verzerrt.

«Nicht schon wieder. Security, hier ist eine zusammengebrochen.» Renès Stimme klingt gleichgültig und kühl.

***

Ich weiß nicht, wie viele Minuten vergangen sind, doch als ich wieder klar denken kann, liege ich auf einer weichen Unterlage und Sophies Gesicht schwebt über mir.

«Bin ich im Himmel?», versuche ich einen Scherz zu machen und bin erstaunt darüber, wie rau meine Stimme klingt.

«Wir sind im Erste-Hilfe-Raum.» So langsam nehme ich meine Umgebung wahr. Weiße Decke, grelle Neonlampe, Gummiboden und irgendwo in der Ferne das vertraute Stimmengewirr der Messe. Wir sind also immer noch auf dem Gelände.

Was ist passiert?

Langsam setzen sich die Bruchstücke wieder zusammen. Renè, das VIP-Event, Sophie, die ein Foto von uns machen wollte. Sophie, die jetzt neben mir steht und deren Gesicht ganz blass ist. Einzelne Strähnen haben sich aus ihrem Dutt gelöst und fallen ihr in die Augen.

«Bitte sag mir nicht, dass ich vor Renè Blue ohnmächtig geworden bin.»

Sophie verzieht das Gesicht. «Du bist vor Renè Blue ohnmächtig geworden.»

Ich vergrabe mein Gesicht in meinen Händen.

«Aber hey, jetzt wird sie sich an dich erinnern.»

«Das ist nicht lustig, Soph.»

«Ich lache auch nicht. Ich hatte echt Angst um dich.»

Ihre warme Hand findet meine und drückt sie leicht.

«Ehrlich gesagt bin ich froh, dass ich zusammengebrochen bin. Ich hätte es da drinnen keine Minute länger ausgehalten.»

Sophie mustert mich interessiert. «Wieso das denn?»

«Weil sie schrecklich ist? Hast du das nicht bemerkt? Wie sie mit dieser bloggenden Person umgegangen ist. Oder wie sie mit dir geredet hat! Ernsthaft, die Frau ist die Überheblichkeit in Person. Wieso lachst du denn?»

«Weil ...» Sophie versucht, eine ernste Miene aufzusetzen. «Weil ich erleichtert bin, dass du es endlich siehst.»

«Warte mal ... Du wusstest, dass sie schrecklich ist?»

«Na ja, ich habe sie ein paarmal auf Events getroffen, aber du warst immer so besessen von ihr. Hast sie im wahrsten Sinne des Wortes vergöttert. Ich dachte, du musst es mit eigenen Augen sehen.»

Okay, das ergibt Sinn. Ich weiß nicht, ob ich ihr geglaubt hätte, wenn sie mir nur davon erzählt hätte.

«Ich bin so blöd. Wie konnte ich nur all die Jahre auf sie stehen?»

«Liebe macht blind. Der Satz stimmt in deinem Fall wohl.»

Wieder vergrabe ich mein Gesicht in den Händen.

«Aber nicht bei dir, oder? Die Person, auf die du einen Crush hast, ist bestimmt keine eingebildete Autorin?»

«Nein, nur leider etwas schwer von Begriff.»

«Na, daran kann man ja arbeiten», meine ich und setze mich etwas auf, um nach dem Glas Wasser zu greifen, das neben meiner Liege steht. Erst jetzt fällt mir auf, dass wir ganz allein sind.

«Willst du den Punkt nicht auf deine Liste schreiben?», fragt sie und reicht mir mein Handy.

«Du könntest mir auch einfach sagen, wer es ist, weißt du? Ich hoffe nur, sie ist gut genug für dich, sonst muss ich mal ein Wörtchen mit ihr reden.»

Sophie lacht und setzt sich neben mich auf die Liege.

«Na los, lies mir deine tolle Liste vor. Wenn du am Ende immer noch nicht draufkommst, dann verrate ich es dir.»

«Deal.»

Ich öffne die Notizenapp, füge die zwei neuen Erkenntnisse hinzu und lese mir die Liste danach mit Sophie durch:

- *Langschläferin*
- *Hasst Small Talk*
- *Liebt Bücher, aber keine Klassiker*
- *Begeisterungsfähig und immer ehrlich*
- *Selbstverliebt*
- *Keine Autorin*
- *Begriffsstutzig*

«Ist es diese neue Kellnerin, die du so süß fandest?»

«Nein.»

«Kathi aus dem Sokrates-Seminar?»

«Sie liebt Small Talk, schon vergessen?»

«Oh Gott, stimmt. Sie hat den ganzen Tag nur über das anstehende Gewitter geredet.» Ich verziehe das Gesicht bei dem Gedanken an diese lästige Konversation.

«Na schön. Ich gebe auf. Sag es mir einfach, ja?»

Sie seufzt, doch aus ihrem Mund klingt es so viel liebevoller als aus Renès.

«Hier kommt der letzte Punkt für deine Liste: Sie ist meine beste Freundin.» Sophies Augen lächeln unsicher, doch sie weicht meinem Blick nicht aus.

Ich starre sie voller Unglauben an. Sophie ist meine beste Freundin. Meine Nummer fünf. Habe ich jemals daran gedacht, wie es wäre, mit ihr zusammen zu sein? Natürlich. Sie ist der tollste Mensch, den ich kenne. Aber ich dachte, sie mag mich nur freundschaftlich.

«Oh Gott, ich hätte nichts sagen sollen. Jetzt wird es awkward zwischen uns, tut mir leid.»

Sie will aufstehen und sich von der Liege erheben, doch ich greife nach ihrer Hand, ziehe sie zu mir zurück, sodass sie halb auf mir landet und sich mit ihrer freien Hand neben mir abstützen muss.

Wir waren uns schon oft nah, haben beieinander geschlafen, und ich kenne jeden Zentimeter ihres Gesichts auswendig. Dennoch ist es nun etwas anderes, ihre Lippen so nah vor mir zu sehen. Ihren Atem auf meiner Haut zu spüren.

Wieso habe ich das hier nicht kommen sehen? Bei Sophie fühle ich mich immer sicher, muss mich nie verstellen. Wie konnte ich all die Jahre über so blind sein?

«Begriffsstutzig, ja?», frage ich.

«Schon ein wenig. Ich dachte, es wäre offensichtlich, wie verknallt ich in dich bin.» Sie grinst und beißt sich auf die Unterlippe.

Eine Sekunde später küsse ich sie.

Fünf plus fünf. Eine perfekte Zehn.

**Basma Hallak** wurde 1996 als Tochter palästinensischer Eltern in Berlin geboren, wo sie Bibliotheks- und Informationsmanagement studierte. Wenn sie nicht gerade am Schreibtisch hockt, trifft man sie in Buchhandlungen stöbernd und Iced Coffee schlürfend in Berlin. Auf @basmasbooks teilt sie ihren Schreib- und Lesealltag.

April

Basma Hallak

# Ein Engel(bert) für Yara

## Eine etwas andere Office Romance

Mir bleiben vermutlich noch ungefähr sechzig gute Jahre, bevor mich der Tod holen kommt. Sechs Jahrzehnte, in denen ich lieben, hassen, lachen, cringen und tausend andere Dinge tun kann, zu denen einem die Instagramposts raten, bei denen «Inspiration» oder «Weisheit» in den Hashtags steht. Im besten Fall werde ich ein sehr langes Leben voller Erkenntnisse, Metamorphosen, Selbstfindungen und Nervenzusammenbrüchen führen – in einer noch unklaren Reihenfolge. Nur eins ist mir bereits jetzt, mit meinen zuckersüßen zweiundzwanzig Jahren klar: Nichts wird diesen Moment jemals an Peinlichkeit übertreffen.

Die Türen des Fahrstuhls schließen mit einem leisen Pling, und ich ziehe mir die angestaubte rote Cappy tiefer ins Gesicht. Ich habe sie gerade auf der Fußmatte des Lieferautos – ein räudiger, zerbeulter Twingo – gefunden. Keine Ahnung, ob es Zufall ist oder zum Geschäftsmodell meines Vaters gehört, ausschließlich Männer mit schwindendem Haaransatz und Geheimratsecken einzustellen, aber als kleines Kind konnte ich die vielen Fahrer unseres Restaurants *Anwar Hayati* nur an der Farbe ihres Cappys unterscheiden.

Die Kabine ist rappelvoll mit den gleichen Leuten, mit denen ich hier fast täglich stehe – wenn ich meinen faulen Hintern in das schuhkartongroße Archiv dieser Anwaltskanzlei schleppe. Heute ist mein erster freier Tag seit Ewigkeiten, aber ich bin trotzdem hier, um meinen Kollegen das Essen auszuliefern. Ich schätze, als Kind von Gastronomen ist man immer ein bisschen mehr mit dem Konzept der Ausbeutung vertraut als mit Freiheit.

Der Fahrstuhl klettert von Stockwerk zu Stockwerk, während die bleischweren schwarzen Styroporkisten voller Shish-Tawuk-Spieße, warmem Fladenbrot, Falafel-Sandwiches und Tabbouleh beinahe dafür sorgen, dass mir die Schultern auskugeln. Doch lasse ich mir nichts anmerken, um einer Unterhaltung zu entgehen. Das wirkt zwar immer ein bisschen unsozial, aber ich bin einfach nicht stark genug für diesen erzwungenen Small Talk, bei dem alle Beteiligten insgeheim beten, dass die rote Zahl über der Fahrstuhltastatur sie endlich erlöst. Statt mein Gesicht also in meinem Handy zu vergraben – wie ich es sonst tue –, starre ich mit gesenktem Blick auf die teuren Lederschuhe der Umstehenden und die gedeckten Farben ihrer Anzughosen, inklusive der obligatorischen Bügelfalte. Casual Chic bedeutet in dieser Kanzlei bloß, die Cartier-Manschettenknöpfe in der Stadtvilla am Lerchesberg zu lassen und viel zu günstiges arabisches Fastfood zu bestellen, um dann die vier Euro Trinkgeld von der Steuer abzusetzen. Wie es die schuftende Arbeiterklasse schon immer getan hat. Nicht.

*Leon & Later* ist eine von gefühlt hunderttausend renommierten Frankfurter Anwaltskanzleien, die jedes Jahr in Wirtschaftsmagazinen, die ausschließlich andere Anwälte lesen, für ihren krassen Umsatz gelobt werden. In einem schmerzhaft schönen Gebäude direkt am Eisernen Steg mit Blick auf die Skyline kümmern sich knapp vierhundert Mitarbeitende um die Anliegen des kleinen Mannes (haha, schön wär's) und betreuen nebenbei ein bis tausend Geldmagnaten, die sich mit ihren Verwandten seit einigen Generationen um ein luxuriöses Haus am Genfer See streiten. Diese Auseinandersetzungen gibt es in meiner Familie auch, nur geht es bei uns um kleine, schlecht gepflegte Grundstücke irgendwo in der Heimat, in die seit zehn Jahren niemand einen Fuß gesetzt hat.

Endlich erreiche ich mein Ziel, das bei der Bestellung in das Lieferando-Bemerkungsfeld notiert wurde. Etage sieben.

Ausgerechnet Etage sieben.

Der Fahrstuhl öffnet sich und spuckt mich direkt in die Empfangshalle, wo ich hoffentlich das Essen abliefern, das Geld kassieren und direkt wieder abhauen kann. Etwas Blumiges, gemischt mit aufgewärmtem Erbseneintopf und Filterkaffee, steigt mir in die Nase. Der Empfangstresen steht inmitten eines fast klinisch weißen Raumes, die einzigen Farbtupfer sind der riesige kanariengelbe Narzissenstrauß in einer gläsernen Vase und ein geflochtener Bambuskorb, in dem kleine Schokohäschen und Marzipaneier liegen. Mehrere Flure gehen von hier ab. Zum Kopierraum, zur Teeküche, zu den Büros und nicht zu vergessen zu den besonders protzigen Versammlungssälen, die ausschließlich für Vertragsunterzeichnungen genutzt werden, bei denen anschließend mit teurem Champagner angestoßen werden kann. Und einer der Flure führt zu meinem Archiv, in dem ich mich hier täglich hinter einer blauen, leicht schiefen Tür verstecke.

Der Empfang ist nicht besetzt, dafür herrscht vor der Teeküche reger Betrieb. Ich höre die vertrauten schwatzenden Stimmen und das ein wenig zu falsche Lachen, und der Wunsch, die Kisten auf den Boden zu scheppern, wird übermenschlich.

Ich überschlage in meinem Kopf die Optionen, die mich vielleicht doch noch vor dieser Peinlichkeit bewahren könnten, bevor ich sie wieder verwerfe. Ich kann nämlich weder wieder rausspazieren – laut Lieferando-Ortung bin ich bereits hier –, noch kann ich das Essen irgendwo abstellen und wegrennen, weil es nicht bezahlt ist und mein Vater mich zwingen würde, zurückzufahren. Und die Summe selbst zu übernehmen, wäre, auch wenn es meinen Kontostand empfindlich senken würde, zwar theoretisch möglich. Aber gerade als mir die Idee kommt, muss ich feststellen, dass ich die Aufmerksamkeit der Anführerin der Teeküchenclique erregt habe. Sonja. Mein persönlicher, stets nasal sprechender, passiv-aggressiver Bürodrache, der auf mich zukommt, während die anderen beiden Kolleginnen im dahinterliegenden Kopierraum verschwinden.

«Hey», sage ich und räuspere mich, damit meine Stimme tiefer und weniger nach mir klingt. «Ich habe hier eine Essenslieferung, die am Empfang zugestellt und bezahlt werden soll.» Hätte ich eine Hand frei, würde ich mir damit fett auf die Stirn hauen. Ich klinge nicht nur einfach nicht wie ich – ich klinge wie jemand, der den Weihnachtsmann zu imitieren versucht.

Sonja schweigt, bevor sie ein albernes Schnauben von sich gibt.

«Yara? Bist du das etwa unter der schmutzigen Mütze?» In mir wächst das Bedürfnis, den Kopf in den Nacken zu legen und die angestaute Frustration herauszustöhnen.

«War heute nicht dein freier Tag? Hast du dich spontan für eine Umschulung entschieden? Oder ist das ein Aprilscherz?»

*Ja*, denke ich. *Kannst du dich bitte totlachen?* Natürlich sage ich das nicht. Ich verkneife es mir auch, sie nachzuahmen, obwohl mich ihr nie wirklich beleidigender, aber immer irgendwie stichelnder Tonfall geradezu dazu auffordert. Stattdessen stelle ich die Kisten – meine Arme sind sowieso kurz davor abzubrechen – auf den weißen glänzenden Fußboden und presse die Lippen zusammen. Ich könnte mir auch Schöneres vorstellen, als ausgerechnet heute hier zu sein. Um diesen Urlaubstag habe ich mich mit Meike aus der Buchhaltung gestritten, weil sie ihn eigentlich gerne gehabt hätte, um den Geburtstag ihres Hamsters zu feiern (ich wünschte, *das* wäre ein Aprilscherz). Und Streiten in der Bürowelt gestaltet sich anders als in der normalen Welt. Primär bedeutet es, passiv-aggressive Mails hin und her zu schieben, jemanden wieder zu siezen, obwohl man ihn bereits seit Monaten duzt, und plötzlich außergewöhnlich viele Ausrufezeichen zu benutzen. Was ich deutlich anstrengender finde, als sich einmal richtig anzuschreien und mit Türen zu knallen. Aber ich habe es trotzdem auf mich genommen – ich *musste* es auf mich nehmen. Vor allem nach den letzten Monaten.

«Ich liefere Essen für das Restaurant meiner Familie aus», antworte ich und beobachte, wie sich Sonjas rot geschminkter Mund vor Überraschung öffnet. «Oh, das hast du ja noch gar nicht erzählt.» Sie sieht ein wenig beleidigt aus, aber ich bin zu müde und zu niedergeschlagen für eine schnippische Antwort wie «Hatte ich auch niemals vor», weshalb ich es bei einem langsamen Nicken belasse. Ich weiß, ich wirke nicht gesellig oder nett. Mir ist auch bewusst, dass ich für die meisten aus dem Büro wie ein ultra-schüchterner, leicht asozialer Aktenvampir rüberkomme. Was nicht ganz falsch ist. Man entscheidet sich nicht, Archivarin zu werden, weil man gerne *was mit Menschen* macht – aber ich habe hier tatsächlich versucht, Freunde zu finden. Mich zu integrieren. Ein wertvolles Teammitglied zu sein und der ganze Quatsch, den Stellenausschreibungen heutzutage von einem verlangen. Aber um ehrlich zu sein, wusste ich bereits nach zwei Mittagessen mit der Sonja-Clique, dass ich meinen abgepackten Vier-Euro-Salat in Zukunft mit Freuden über vergilbten Unterlagen im Archiv verspeisen würde.

Ganz davon abgesehen, dass sie jedermanns Essverhalten schamlos kommentieren (Bist du auf Diät? Ist das nicht ein bisschen viel für eine Person? Du isst aber langsam. Du bist ja richtig am Schlingen. Das sieht irgendwie fade aus. Oh, das riecht aber streng), haben mir nach zwanzig Minuten ihrer wahllosen Lästereien die Ohren geklingelt. Ihr gemeines Gelaber ist zudem unfassbar willkürlich. Als wäre ich wieder in der Schule, aber die Mobber verstecken ihre Feindseligkeit hinter einem viel zu breiten Lächeln, zahlen Steuern und haben Kinder, denen sie das Gegenteil beibringen sollten. Am Anfang dachte ich, es wäre nur diese Gruppe, diese Etage, diese Firma, aber langsam glaube ich, es ist einfach eine Tatsache, die man schlichtweg vor jeder heranwachsenden Person geheim zu halten versucht, um sie nicht abzuschrecken, aber: Das Arbeitsleben ist eine Aneinanderreihung von Leuten, die man im besten Fall in Ordnung findet und vor denen man sich im schlimmsten Fall versteckt.

«Hast du eine Ahnung, wer bestellt hat und bei wem ich das Geld bekomme?», frage ich, öffne die erste Kiste und stelle die zahlreichen roten Tüten und Verpackungen auf den Tresen.

«Nein, habe ich nicht.»

«Okay.»

«Ich mache heute keine Mittagspause.»

«Okay.»

«Der Papierberg geht fast bis zur Decke und die schmeißen mich mit Mails nur so zu. Da bin ich mal zwei Minuten eine rauchen und schon sind wieder fünf neue Mails im Postfach. Brauchst dich nicht wundern, wenn die mich in ein paar Wochen in die Burn-out-Klinik bringen. Fast achtzig Plusstunden muss ich wieder abbauen, aber wie denn bitte?

Ich bekomme ja nicht mal einen Urlaub durch, weil der Laden ohne mich nicht läuft.»

Ich halte in meiner Bewegung inne und sehe zu ihr hoch. Es ist schon seltsam, nach meiner gewöhnungsbedürftigen Unizeit, in der jeder mit einer 4.0 geflext und insgeheim ein Wettbewerb stattgefunden hat, wer die Klausurenphase am meisten vernachlässigen kann, hier zu landen. Denn zwischen diesen magischen Wänden gehört es schon fast zum guten Ton, mit unbezahlten Überstunden und einem künftigen Burn-out zu prahlen. Und das alles für einen Laden, der nicht mal warten würde, bis deine Leiche erkaltet, um eine Stellenausschreibung auf StepStone hochzuladen. In meiner ersten Zeit hier habe ich noch versucht, dagegen anzureden. Ich meine, jedes Unternehmen versucht einen mit dieser «Wir sind eine Familie»-Masche zu ködern, aber bietet einem für die grenzenlose Loyalität nicht mehr als einen wöchentlichen Obstkorb, den man sich mit einem ganzen Stockwerk teilen darf. Ich dachte, ich wäre mit meiner Meinung nicht allein. Doch ich habe mich geirrt. Die Wahrheit ist nämlich, dass die meisten bei *Leon & Later* an einem überausgeprägten Derek-Shepard-Syndrom leiden. Sie *wollen*, dass ohne sie nichts läuft. Sie wollen unersetzbar, grenzenlos überarbeitet und chronisch unterbezahlt sein. Es ist ihnen egal, dass sie Dinge erledigen, die nicht ihre Aufgabe sind – sie wollen einfach dafür bemitleidet werden. Also gehe ich nicht auf Sonjas Gejammere ein und scanne meine Umgebung nach jemandem ab, der sich für das Essen verantwortlich fühlt. Es hätte mir gerade noch gefehlt, die auf dem Bestellschein angegebene Nummer anrufen zu müssen.

«Aber das ist doch komisch, dass du heute arbeitest. Ist heute nicht euer Fest? Müsstest du nicht gerade mit deinen Eltern feiern?»

Ihre Worte überrollen mich wie ein beschissener Güterzug. Einer von denen, die so lang sind, dass er bei einer Durchfahrt am Bahnhof über zehn Minuten braucht. Mehrere Augenblicke stehe ich mit geöffnetem Mund da und starre sie an. Ist das ihr Ernst? Ist das die Art von feinfühligem Verhalten, die sie in den freiwilligen Sensibilitätsworkshops lernt, die sie nur besucht, um anschließend darüber zu meckern, wie viel zusätzliche Zeit sie ihr stehlen? Ich presse die Lippen aufeinander, und meine Hand wandert zu meinem flau gewordenen Magen. Was hätte ich auch erwarten sollen von jemandem, der die letzten dreißig Tage über hundert Mal «Und bei eurem Ramadan, da trinkt ihr nicht mal Wasser und esst den ganzen Tag nichts? Das klingt ja grausam» zu mir sagt, um anschließend stolz zu erzählen, dass sie intermittierendes Fasten für sich entdeckt hat?

Da fragt man am besten nicht.

«Oder feiert man dieses Zuckerfest nicht mehr, wenn die Mutter ...» Ihre Worte verlieren sich in dem Kreischen in meinem Kopf.

Das mit meiner Mutter ist die einzige persönliche Sache, die hier über mich bekannt ist, weil ich mich selten mit Small Talk aufhalte, die Teeküche während der Pausenzeiten meide und den Weg zum Drucker jedes Mal im Sprint zurücklege. Ich wünschte, sie wüssten es nicht, aber eine kurzfristige Beurlaubung wegen eines Todesfalls fällt hier nicht unter «diskret zu behandelnde Angelegenheiten». Nur dachte ich, ich hätte die ungefragten Umarmungen, tränenreichen Beileidsbekundungen und unpassenden Bemerkungen längst hinter mich gebracht. Offenbar nicht. Aber ich habe gerade nicht die mentalen Kapazitäten, um mich weiter über Sonja aufzuregen. Denn ja, doch, auch mit einer toten Mutter ist Eid al-Fitr noch ein Festtag. Und auch ohne Mutter habe ich noch einen Baba, mit dem ich ihn zelebrieren sollte. Mit dem ich an einem hübsch gedeckten Frühstückstisch sitzen und anschließend das Grab meiner Mama besuchen sollte, um sie in Ehren zu halten. Stattdessen bin ich von der Moschee, in der das Eid-Gebet stattgefunden hat, direkt ins Restaurant gefahren. Ohne mich richtig anzusehen, hat mein Vater mir das schwarze Lederportemonnaie und den Autoschlüssel in die Hand gedrückt, als wäre das normal. Dabei hat er diesen Tag, seit ich denken kann, mit Mama und mir verbracht. Ist mit uns zum Gebet gefahren, hat mit uns an dem überteuerten Mahagonitisch gefrühstückt und ist unserer seltsamen Tradition nachgekommen, alle tragisch-romantischen Bollywood-Filme mit Shah Rukh Khan am Stück durchzuschauen. Natürlich beschwerte er sich jedes Jahr über finanzielle Einbußen, über unsere «Mädchenfilme» und unser anschließendes Geheule. Und trotzdem war er jedes Jahr der Erste, der die Popcornschüssel aus dem Schrank holte und die Kissen für uns aufschüttelte. Doch dieses Jahr vergieße ich meine Tränen alleine, ohne den warmen Körper meiner Mutter neben meinem und ohne vorher miterlebt zu haben, wie sie die kitschigen Dialoge auswendig mitspricht. Dieses Jahr werde ich mit brennender Seele Bestellungen an glücklichere Familien ausliefern, zu denen meine nicht mehr gehört.

Sonja berührt mich grob am Arm, und ich schrecke hoch. «Ich bewundere wirklich, wie stark du bist, Yara.» Ihr Tonfall ist so süßlich, dass mir schlecht wird. «Wenn ich mir vorstelle, meine Mutter zu verlieren, und dann an einen Feiertag denke, den man doch genau mit ihr verbringen würde …»

Ich schüttle den Kopf, doch ihre Worte finden trotzdem in mein Ohr, schneiden sich von dort bis in mein Herz, bluten in meine Seele und hinterlassen unwiderrufliche Schäden.

«Entschuldige mich», stammele ich, ehe meine Beine mich wegtragen. Ich schmeiße mich gegen die schwere Holztür und stolpere ins Treppenhaus, das mich endlich aus diesem stickigen, Sonja-verseuchten Raum bringt. Mein viel zu schneller Atem echot über die nackten Etagenwände. Mit an die Wand gepresstem Rücken rutsche ich auf die kühlen Fliesen und spüre, wie der raue Putz die feine Baumwolle meines nagelneuen weißen Kleides, für das ich beinahe mein ganzes Gehalt ausgegeben habe, zerstört. Gott, dabei hätte ich das doch kommen sehen müssen. Wer zum Teufel trägt seine neuesten und schönsten Sachen, um sie den Tag über räudigen Hausfluren und dem penetranten Geruch von Frittieröl auszusetzen? Aber ... ich konnte einfach nicht anders. Mich an diesem Tag herauszuputzen, ist mir anerzogen worden.

Stimmen kriechen die Treppen hoch, kommen immer näher, und mir bricht der Schweiß aus. Mit letzter Kraft stemme ich mich hoch und sprinte die Stufen hinauf. Immer höher, bis meine Knie weich sind und mein Atem so knapp, dass ich mich am kühlen Metall des Treppengeländers festhalten muss, um weiter voranzukommen. Etage für Etage, bis mein angestrengtes Schnaufen durch das Treppenhaus hallt. Ich höre, wie jemand von weiter unten mit besorgter Stimme fragt, ob ein Krankenwagen benötigt wird, doch ich mache mir nicht die Mühe, zu antworten. Ich komme oben an und werfe nur einen flüchtigen Blick auf die Zahl und das kleine Schildchen mit dem Hinweis «Dachterrasse», bevor ich die rote Stahltür aufstoße.

Die Luft steht. Da ist kein peitschender Wind, der mir den Nackenschweiß trocknet oder so was wie semisauberen Stadtsauerstoff in meine Lungen pumpt. Der Frühling hat gerade erst begonnen, doch die Sonne wirft bereits Blasen auf den asphaltierten Boden. Nichts Neues, dass die globale

Erwärmung uns zwei Jahreszeiten gestohlen und bloß tödliche Kälte und schmelzende Hitze hinterlassen hat. Ich laufe zur gemauerten Brüstung und sehe elf Stockwerke hinab, auf das aufwendige Osterfest, das sich über das breite Ufer des Mains bis zum Eisernen Steg zieht. Bierbänke, kleinere Fahrgeschäfte und Fressbuden verstopfen das halbe Viertel. Eine Geräuschwolke von zu lauten Stimmen, zu gewollten Lachern und blecherner Mainstream-Popmusik hüllt alles ein und steigt zu mir hinauf. Ich wende den Blick dem viel zu blauen Himmel zu, bevor ich tief einatme. Ich wusste, dass es eine verdammt beschissene Idee war, herzukommen. Im Gegensatz zu meinem Baba ersticke ich mit der Arbeit nämlich keine Erinnerungen an meine Mama, ich hole sie hervor. Diese Schicht wird mich körperlich und seelisch so runterbrennen, dass ich am Ende des Tages nur noch ein Wrack aus Schweiß, Tränen und beißender Sehnsucht sein werde. Wobei ... Das bin ich jetzt schon. Ich kralle meine Finger um die Brüstung, sauge die abgestandene Luft in meinen Bauch ... und schreie. Ich schreie, so laut ich kann, zerreiße damit den Himmel und hinterlasse ein Salzwasser-Gefühl in meinem Hals. Das Lachen und die angeregten Unterhaltungen von unten versiegen für einen Moment. Meine Stimme, mein Schrei, der kraftvoller ist als alles, was ich mir zugetraut habe, rauscht durch die Menge, prallt an den Gebäuden der Umgebung ab, summt wie ein Echo über den Main, bevor er wie ein Regenschauer in den räudigen Gullys dieser Stadt wieder verschwindet.

Bei dem Gedanken, die perfekten Erinnerungen an diesen Tag in ihren sorglosen Köpfen da unten beschädigt zu haben, ergreift mich perverse Befriedigung. Ich fühle mich mächtig, weil ich sie aus ihrem Glück und ihrer Freude gerissen habe. Genau das Gleiche, was mir die Realität vor fünf

Monaten mit Mamas Tod angetan hat. Schmerzlich wird mir bewusst, dass ich die Hoffnung hatte, wenigstens heute, an ihrem Lieblingstag, ein wenig dieser Zerrissenheit lindern zu können. Ich schlucke, mein Hals ist kratzig von dem frustrierten Schluchzen, was seit heute Morgen darin hängt. Ich bin so verdammt hungrig, dass ich das Gefühl habe, kein Essen der Welt wird mich satt machen können. Das Lachen von unten stellt sich wieder ein, das Leben der Leute geht weiter – während in meinem noch immer dieser ozonlochgroße Riss klafft. Wut, Trauer und noch mehr Wut beißen sich in meine Wangen.

Ich reibe mir mit den Fäusten in kreisenden Bewegungen über die Augen, drehe mich um und bleibe wie vom Donner gerührt stehen. Vor mir, etwa drei Meter entfernt, steht jemand – oder viel eher lehnt er mit verschränkten Armen an der Stahltür. Meine Kinnlade klappt auf, als ich langsam und mit erschreckender Sicherheit begreife, dass ich ihn auch noch kenne. Groß, breite Schultern, markanter Kiefer, hellbraune Haare, die nicht ganz zu seinem dunklen Bart passen, und irritierend klare, babyblaue Augen. Wenn er mir nicht schon unzählige Male aufgefallen wäre – sein Büro ist auf dem gleichen Flur wie das Archiv –, hätten sein perlweißes Hemd, der perfekt sitzende dunkelblaue Anzug und die charmant nachlässig gebundene Krawatte ihn als einen der Junganwälte dieser Kanzlei verraten. In einer Hand hält er eine rote Plastiktüte, in der eine Aluminiumschale liegt. Eine von denen, die ich gerade auf den Empfangstresen gestellt habe.

«Hey», sagt er mit rauchiger Stimme, bevor sich einer seiner Mundwinkel hebt und sich ein Grübchen an genau dieser Stelle in die Wange drückt. «Stör ich?»

Er versucht locker zu klingen, aber in seinen Augen steht

eine Ernsthaftigkeit, die nicht dazu passt. Ich starre ihn einige Sekunden vollkommen überfordert an und beobachte, wie auch seine Miene ins Wanken gerät.

«Hey», antworte ich schließlich langsam und zittrig. «Wie lang bist du denn schon –»

«Lang genug.» Zusammengezogene Augenbrauen. Kein Lächeln mehr. Er macht einen Schritt auf mich zu, weg von der Tür.

«Freut mich für dich.» Keine Ahnung, was ich da labere und woher ich das Selbstbewusstsein nehme, ihn zu duzen – er trägt immerhin einen Anzug und sieht auf wirklich gut aussehende Weise wichtig aus. Seine Brauen heben sich langsam, und Hitze steigt mir in den Kopf. Ich glaube, es ist Zeit, abzuhauen und den restlichen Tag für eine Amnesie zu beten.

«Schönen Tag noch», presse ich schließlich heraus, undeutlich, verwässert, floskelartig. Ich haste in seine Richtung und strecke die Hand nach dem Griff der Stahltür, vor der er steht, aus, in der sicheren Erwartung, dass er mir höflich aus dem Weg gehen wird.

«Warte.»

Ich halte inne. Nicht unbedingt, weil ich will oder das Bedürfnis verspüre, diesen Moment in die Länge zu ziehen. Sondern weil ich die groteske Angst entwickelt habe, dass er mich für einen Eindringling halten könnte, der zum Spionieren hier ist, und dem er dann hinterherrennen würde, um ihn (mich!) zu Boden zu tackeln. Und auch, wenn der Gedanke, ihm so nah zu sein, an sich nicht ganz unangenehm ist, wäre dieses Szenario wohl doch eher schmerzhaft als aufregend.

«Die Tür scheint kaputt zu sein, sie geht nicht von außen auf.»

«Nicht dein Ernst ...» Natürlich versuche ich es trotzdem und verwandle die nächsten Minuten in ein fremdschamerregendes Spektakel für uns beide. So stehen wir die nächste Minute da. Er mit gehobenen Brauen, schräg gelegtem Kopf und gerunzelter Stirn und ich mit den Händen um den Türgriff, zitternden Muskeln und laut schnaufend.

«Die geht nicht auf», keuche ich schließlich und presse mir die Hand in die Seite.

«Da wir das jetzt geklärt haben», entgegnet er trocken. Im nächsten Moment bewegt er sich in Richtung Brüstung, breitet seine Anzugjacke auf dem Boden davor aus und setzt sich darauf, ehe er die Aluminiumschale aus der Tüte zieht.

«Hast du Hunger?», fragt er, während er den Behälter, in dem sich Falafel-Bällchen, kleine Teigtaschen und eine Portion Tabbouleh befinden, öffnet und in die Mitte stellt.

Dann stützt er seine Arme auf die Knie und sieht auffordernd von mir zu dem kleinen Fleck auf seiner Anzugjacke, der anscheinend für mich reserviert ist. Ich runzle die Stirn und rühre mich nicht von der Stelle. Wir sind hier ausgesperrt ... und er will picknicken? Wo lernt man diese Art der Gelassenheit? Auf einer Baldrianplantage?

«Hast du kein Handy dabei, damit wir jemanden anrufen können?»

«Nein», sagt er ruhig und streicht sich das Haar aus der Stirn. «In meiner Pause will ich nicht erreichbar sein.»

«Meins ist im Auto», füge ich hinzu, obwohl er nicht gefragt hat und ihn das auch nicht zu interessieren scheint, und dann fällt mir ein, dass das Lieferhandy noch am Empfang liegt. Scheiße. Mein Vater ertrinkt wahrscheinlich gerade in den ganzen Bestellungen. Ein Teil von mir will zu ihm, um ihm genau den Tag zu geben, den er scheinbar braucht – einen, bei dem es um schöne Familienmomente fremder

Leute geht. Der andere will ihn leiden sehen, weil er den Tag nicht nur in meinen, sondern auch in Mamas Albtraum verwandelt hat.

«Bald wird jemand für eine Raucherpause auftauchen. Ich bezweifele, dass wir hier oben sterben werden.» Er lächelt leicht, und ich wette, er muss sich ermahnen, nicht deeskalierend beide Daumen auszustrecken, weil ich noch immer wie ein nervöses Wiesel die schwitzigen Hände an meinem Kleid reibe.

Schließlich seufze ich. «Ich arbeite auch hier, weißt du. Ich bin nicht irgendeine Person, die bloß auf diesem Dach ...», *rumschreit*, «...den Ausblick genießt.»

Sein Gesichtsausdruck wird wieder ernst, und die Augen sehen einen kleinen Moment weniger himmelblau und mehr gewitterblau aus. Dann sieht er mich an. Richtig an. Von oben bis unten, und ich widerstehe diesem toxischen Drang in mir, den Bauch einzuziehen.

«Ich weiß, wer du bist.» Seine Stimme ist wieder tief und auf eine ungeschliffene Art rau.

Ich öffne den Mund, aber mein Kopf ist zu leer für eine Antwort. «Ach ja?»

«Ja», sagt er bloß, und ich frage mich, ob er weiß, dass seine Kollegen regelmäßig ins Archiv spazieren und mich für meine hervorragenden Deutschkenntnisse loben, bevor sie mich erschreckend unsubtil dafür beglückwünschen, dass ich mich trotz meiner Arbeit in dem alles andere als sonnendurchfluteten Kabuff nicht vor Blässe fürchten muss.

«Du bist die Letzte, die morgens ins Büro kommt, und die Erste, die geht.»

Oh. Peinlich. Anscheinend glänze ich neben meinem sonnengeküssten Teint – ihre Worte, nicht meine – auch mit meiner ausbaufähigen Arbeitsmoral. Es ist ja nicht so, dass mir das nicht selbst klar wäre. Mir war nur nicht bewusst, dass es jemand anderem aufgefallen war und ich noch nicht gefeuert bin. Für meine Einstellung gebe ich mir übrigens nicht allein die Schuld. Viel mehr würde ich das Ganze liebevoll als «Krankheit» einer Generation bezeichnen, die den Ruf hat, verweichlicht zu sein, weil sie sich nicht mit vierzig Fieber ins Büro schleppt, sich nicht widerspruchslos von ihrem Chef anschreien lässt und niemals eine unbezahlte Plusstunde ansammeln könnte.

Gegen meinen Willen heben sich meine Mundwinkel. «Das ist also mein Vermächtnis? Das werde ich meinen Enkeln über meine schwindende Jugend erzählen?»

Er sieht mich eine Weile an, bevor er viel leiser und ein bisschen weniger selbstsicher hinzufügt: «Ich hätte noch so viel anderes über dich zu erzählen.»

Einen Moment will ich ihn fragen, was er meint – in seiner Tonart klang das Ganze erschreckend ... gefühlvoll –, doch ich traue mich nicht, und als er den Blick nicht abwendet, nimmt das nervöse Kribbeln in meinem Magen zu.

«Kannst du dich jetzt endlich hinsetzen?»

Ohne ihm zu antworten oder eine Miene zu verziehen – ich versuche es zumindest –, bewege ich mich auf ihn zu und setze mich schließlich auf seine Jacke, direkt neben ihn. Aus der Nähe wirkt er ... anders. Einschüchternder. Die Furchen seiner Stirn sind tiefer, seine Lippen ein bisschen voller. Sein Blick intensiver und mein Körper sehr viel verwirrter. Ich ziehe mir die Cappy vom Kopf und versuche mir die langen dunkelbraunen Wellen schmeichelhaft zurechtzulegen, aber ohne Spiegel und Schaumfestiger ist das ein hoffnungsloses Unterfangen, also bete ich insgeheim, dass ihm mein fettiger Ansatz nicht auffällt. Ein paar Sekunden ist das einzige Geräusch der abgeflachte Lärm vom Osterrummel auf der Straße unter uns, bis er sich zu mir dreht – um sofort wieder wegzusehen. Von der einen auf die andere Sekunde ist die Stimmung vollkommen verändert. Beklemmend und irgendwie peinlich. Er starrt unauffällig auffällig auf seine Schuhe, während sein Kopf langsam, aber sicher errötet. Ich denke vor Verlegenheit doch noch mal darüber nach, die Tür mit reiner Willenskraft aufzureißen und zu verschwinden, dann spüre ich den etwas zu frischen Luftzug an meinen Oberschenkeln. Hastig ziehe ich mir das hochgerutschte Maxikleid über die Beine und sitze mit angehaltenem Atem und einer ausgeprägten Todessehnsucht neben ihm. Ich wette, wir beide sehen gerade wie verschüchterte, rot angelaufene Anime-Charakteren bei ihrem ersten Date aus. Lasst uns beten, dass niemand von uns Nasenbluten bekommt.

Der Geruch der mittlerweile wahrscheinlich kalten Bestellung weht zu mir herüber. Ich öffne den Mund und will ihn gerade darum bitten, endlich zu essen, als ein kleiner gelb-rot gemusterter Schmetterling auf meinem Knie landet. Seine Flügel schlagen langsam gegeneinander, und es ist, als ob wir beide zu Statuen erstarren, um ihn nicht zu verscheuchen.

«Also», sagt er, räuspert sich. Und ich traue mich, langsam meinen Kopf in seine Richtung zu drehen. «Du heißt Yara, richtig?»

Ich merke zum ersten Mal an diesem schon viel zu langen Tag, wie sich meine Mundwinkel nach oben bewegen und zu einem Lächeln formen, das vielleicht ein bisschen strahlend ist.

Er sieht mich unentwegt an, und in seinen Augen erkenne ich eine seltsame Mischung aus Faszination und Verwirrung – vermutlich, weil ich innerhalb eines Wimpernschlages von so was wie einem halb-manischen Zustand in einen Sonnenschein transformiert bin.

«Mein Name bedeutet kleiner Schmetterling, also auf Arabisch. Das war das Lieblingstier meiner Mutter, und ausgerechnet, als du mich –» Ich unterbreche mich, ein bisschen erschrocken darüber, dass mich so unvermittelt das Mitteilungsbedürfnis einer Bushaltestellen-Rentnerin überkommen hat. Wenn ich mich jetzt nicht bremse, zücke ich vermutlich gleich mein Portemonnaie, um ihm Fotos meiner nicht existenten, gut aussehenden Enkelkinder zu zeigen.

Doch er wirkt nicht genervt oder bemüht höflich, sondern ... irgendwie stolz? «Ich wusste es.»

«Du wusstest was? Die Bedeutung meines Namens?», frage ich stirnrunzelnd.

«Nein, dass du lächelnd noch hübscher sein würdest.» Genau in dem Moment verlässt uns der Schmetterling. Mit kräftigem Flügelschlag verschwindet er in die Luft und lässt mich mit einem Herzklopfen, das das Gebäude unter mir zum Beben bringen könnte, zurück. Plötzlich schießen mir alle Situationen in den Kopf, in denen er mir bereits aufgefallen ist. Ich denke an seine nie wirklich sauberen Vans, die er täglich mit einer feinen Anzughose und einem gebügelten Hemd kombiniert, ohne auf die abschätzigen Blicke der anderen Anwälte zu achten. Manchmal, wenn er durch die schmucklosen Flure der Kanzlei spaziert, summt er. Es sollte mich nerven, weil summende Menschen nun mal nervig sind, aber ich hätte ihn niemals aufgefordert, damit aufzuhören. Dafür ist es irgendwie zu hinreißend. Und einige Male habe ich beobachtet, wie er den Empfangsmitarbeitenden einen Kaffee aus der Teeküche mitbringt, wenn das Telefon gerade heiß läuft und sie ihren Platz nicht verlassen dürfen.

Es sind kleine Sachen, bei denen er sich wahrscheinlich unbeobachtet fühlt, aber ich sehe sie. Immer.

Und es gefällt mir. Immer.

«Und du?» Meine Stimme ist so piepsig und seltsam nervtötend. Hätte ich gerade eine Sprachnachricht aufgenommen, würde ich sie mir vermutlich tausendmal hintereinander anhören und mich den restlichen Tag nachäffen. Da das keine Option ist, rede ich stattdessen weiter. «Wie heißt du?» Ich kenne bloß seinen Nachnamen von dem kleinen Schildchen neben seinem Büro, «E. Birkstedt», aber jetzt bereue ich, dass ich mir im Gegensatz zu ihm nicht mal die Mühe gemacht habe, herauszufinden, für was das E steht.

Er verzieht das Gesicht.

«Alles ... in Ordnung?»

Er nickt, um dann doch wieder den Kopf zu schütteln.

«Ja, schon. Ich ... Hier wird's irgendwie heikel.»

«Wieso?»

«Weil ich dich zum Lachen bringen will, aber nicht will, dass du mich auslachst.»

«Wegen deines Namens? Ich würde dich niemals wegen deines Namens auslachen.»

«Engelbert», nuschelt er und sieht mich mit erhobenen Brauen an, als erwarte er, dass ich mein Wort doch noch breche. Und ungelogen – es ist schwer, doch ich schaffe es, weil er seinen Namen ausspricht, als wäre es eine Beichte.

«Ja, ich weiß, was du denkst – so ein großer Name für einen nicht so großen Menschen.» Er witzelt, fährt sich aber nervös durch die Haare, und seine Wangen röten sich ein wenig.

«Das habe ich nicht gedacht.» Er zieht die Brauen skeptisch in die Höhe, doch bevor er mich dazu auffordern kann, die Wahrheit zu sagen, fahre ich fort: «Ehrlich nicht. Also nicht, weil es nicht zutrifft, sondern weil ich auf Knopfdruck nicht kreativ genug bin. Meine Witze sind gut geplant und erprobt. Ich werde niemals eines dieser Impro-Wunderkinder sein.»

«Erprobt?», fragt er leicht lachend, und das nervöse Zucken seiner Hände legt sich etwas.

«Ja, ich schreibe meist Skripte, wie mein Tag verlaufen könnte, und integriere die Witze dementsprechend. Das ganze Setting stand nicht in meinem heutigen Plan, deshalb bist du sicher.»

Er kneift die Augen zusammen. «Ich weiß gerade nicht, ob das ein Witz ist.»

Ich lege den Kopf schräg. «Du hast doch eben wunderbar von meiner ausbaufähigen Arbeitseinstellung gesprochen. Sehe ich für dich so aus, als würde ich irgendwas planen?»

«Nein.»

«Genau», sage ich, doch das kurze Wort wird durch mein gequältes Magenknurren, das genau in dem Moment seinen verzweifelten Zenit erreicht, verschluckt. Engelbert greift mit beiden Händen nach den Falafelbällchen und reicht mir eines davon. Ich schüttle den Kopf.

«Meine Hände sind gewaschen», beteuert er.

«Mir geht es eher darum, dass ich dir deine Mahlzeit nicht wegessen kann. Ich klaue dir schon den Quadratmeter deiner Jacke.»

Er zieht die Brauen hoch. «Schlecht in Mathe bist du also auch.»

«Iss einfach.»

«Ich werde nichts essen können, wenn du hungrig neben mir sitzt, Yara.»

Ich mag meinen Namen. Ich mag meinen Namen wirklich. Er ist kurz und melodisch, doch mir war nicht bewusst, dass es möglich ist, ihn derartig sanft auszusprechen – und in diesem Moment mag ich ihn noch ein wenig mehr. Ungefähr eine Million Mal.

«Okay.» Widerwillig nehme ich ihm das Essen aus der Hand und bedanke mich nuschelnd. Als ich endlich hineinbeiße, würde ich am liebsten aufstöhnen und mich dramatisch zu Boden sinken lassen, um den Moment auszukosten – aber na ja, ich sitze bereits. Und den Rest tue ich aus offensichtlichen Gründen nicht.

«Hattest du heute kein richtiges Frühstück?»

Ich sehe ihn zwischen zwei Bissen an, während der ungekühlte Energydrink, den ich tatsächlich zum Frühstück hatte, in meiner Magensäure vor sich hinlacht. Plötzlich schmeckt das Essen nach Pappe. Ich würge es trotzdem herunter und senke den Blick. *Früher schon,* denke ich. Früher wurde ich an Eid al-Fitr zum Geruch von selbst gemachten Manakish, mit Zimt verfeinertem šāy und alten Amr-Diab-Liedern, die meine Mutter noch auf Kassette hatte, geweckt. Nachdem wir uns den ganzen Ramadan erst nach Sonnenuntergang an den Esstisch setzen durften, war es ihr wichtig, unser erstes Frühstück am nächsten Morgen besonders zu feiern. Und wie sie von den ganzen Festlichkeiten, die jedes Jahr in ihrer Heimat veranstaltet wurden, geschwärmt hat ... In Deutschland bedeutet Eid al-Fitr bloß einen Urlaubsantrag, aber woanders sind das Feste, die auf den Straßen gefeiert werden. Es ist der Geruch nach geröstetem Mais und heißem Knafeh, der drei Tage, so lange geht das Ganze, in der Luft hängt. Es ist die Musik, die die Leute durch das Leben und durch die belebten Straßen tanzen lässt. Es sind die herausgeputzten, breit grinsenden Kinder, die sich in einer langen Schlange anstellen, um sich ihr Geld oder ihre Geschenke bei ihren Verwandten abzuholen. Es ist Spaß, Zusammenkommen,

Gemeinschaft. All die Dinge, die wegen des Osterstraßenfestes gerade auf dem Asphalt vor der Kanzlei stattfinden und die meine Mutter in ihrer Zeit hier niemals erlebt hat. Weil sich Ramadan immer um zehn Tage verschiebt, rotieren wir durch die Monate, Jahreszeiten, Jahrzehnte, aber an keinem Tag ihres Lebens in Deutschland ist Eid al-Fitr mit einem christlichen Festtag zusammengefallen und hätte ihr dieses Gefühl zurückgeben können.

«Entschuldige. Das war unpassend.» Ich schrecke bei seinen Worten hoch, das halbe Bällchen fällt vor mir auf die Jacke, und ich schüttle den Kopf, um der dunklen Abwärtsspirale zu entkommen. «Nein, nein, du brauchst dich nicht zu entschuldigen.»

«Doch, das glaube ich schon. Ich dachte nur ... Heute ist ja der erste Tag nach Ramadan, und ich dachte, da du fastest, dass –»

«Woher weißt du, dass ich faste?»

Er blinzelt mehrmals und scheint darüber nachzudenken, ob er die nächsten Worte tatsächlich aussprechen will, bevor er vorsichtig sagt: «Du trinkst drei Kaffee am Tag. Gegen elf, wenn du ins Büro kommst, gegen eins und dann noch mal gegen sechzehn Uhr, bevor du gehst. Und meistens nimmst du dir eine Birne aus dem Obstkorb oder einen Müsliriegel mit Erdbeergeschmack, was ich echt eklig finde, mit ins Archiv, aber die letzten dreißig Tage habe ich dich nicht in die Teeküche laufen sehen. Nicht mal, um die grüne Trinkflasche, die du immer bei dir hast, aufzufüllen. Und, na ja, zu den Gebetszeiten ist das Archiv meistens abgeschlossen, daher dachte ich –»

Er zuckt mit den Schultern, und durch mein Herz fährt eine so heftige Zuneigungswelle, dass ich mich ermahnen muss, nicht verschüchtert zu kichern. Er flirtet offenbar nicht nur mit mir, weil ich zufälligerweise neben ihm sitze. Ich bin ihm aufgefallen. Wirklich aufgefallen. «Meinst du das ernst?»

«Ja, ich find Erdbeermüsliriegel wirklich eklig.»

Ich öffne den Mund, um etwas zu sagen, doch vor Überraschung kommt kein Wort über meine Lippen. Er ist ganz anders, als ich ihn mir vorgestellt habe. Ruhiger, bodenständiger ... und sehr viel verwirrender.

«Du merkst dir solche Details über Leute, die in der Kanzlei arbeiten?»

«Über Leute, die ich umwerfend finde und seit über einem halben Jahr ansprechen will, ja.»

Er wollte mich ansprechen? Bin ich nicht wirklich das Letzte, woran ein überarbeiteter Workaholic-Anwalt Interesse hat? Der Schock in meiner Stimme ist nicht einmal gespielt. «Wieso hast du es nicht einfach getan?»

«Nun» beginnt er, schiebt sich einen Löffel Tabbouleh in den Mund und lässt sich ausgesprochen lange Zeit beim Kauen. Ich würde gerne auch nach einer der Teigtaschen greifen und weiteressen, aber gerade ist mein Körper so vollgestopft mit Serotonin, Oxytocin und Adrenalin, dass ich mich bei jeder weiteren Sache, die ihren Weg in mich hineinfindet, übergeben müsste.

«Du bist ... nicht gerade ein geselliger Mensch.»

«Bin ich wohl», lüge ich.

«Du verlässt die Küche fluchtartig, wenn jemand anderes sie betritt, und du bist nie bei Veranstaltungen wie Bergmittwoch oder Geburtstagsrunden dabei.»

«Na ja, wieso sollte ich? Bergmittwoche kommen direkt aus der Hölle. Unangenehmes Nebeneinanderstehen, dreißigmal ‹Man gönnt sich ja sonst nichts› sagen und sich dann angetrunken wieder an den Schreibtisch setzen. Wer macht so was freiwillig?», frage ich ernsthaft irritiert, bis ich merke, wie unfassbar gemein das klingt. «Also, außer du bist gern dort, dann ist das bestimmt ein Highlight, das ich mir nicht mehr entgehen lassen darf.»

Er schmunzelt. «Gut gerettet. Aber ja, sie kommen aus der Hölle. Genau wie Firmenfeiern.»

«Da gehst du auch hin? Wieso?»

Die *Leon & Later*-Firmenfeiern finden meistens an ziemlich schlecht ausgeleuchteten Orten wie Kegelbahnen oder Bars statt, und soweit ich weiß, ging dort im letzten Jahr mindestens eine Ehe zugrunde, weil irgendein unangenehmer Anwalt einen sexistischen Witz machte, der mit «Man darf heutzutage ja gar nichts mehr sagen …» begann oder endete.

Also nope. Nicht in diesem Leben. Und niemals unbezahlt.

«Bestimmt nicht, weil ich meinen Vater besoffen Karaoke singen hören wollte.» Er lächelt. «Ich dachte, wenn du kommst, könnte ich endlich versuchen, mit dir zu reden. Ich habe erst nach einem halben Jahr gecheckt, dass du da absichtlich nicht hingehst.»

Er … hat sich *für mich* auf diese Veranstaltungen geschleppt? Wow. Und da wird behauptet, Romeo und Julia hatten eine tragische Geschichte.

Schuld, gepaart mit Bestätigung und Stolz, brodelt in meinen Venen. Ich grinse ihn an, bis mir der Anfang seines Satzes wieder einfällt.

«Vater? Dein Vater kommt auf die Feiern?»

«Mein Vater ist Partner dieser Kanzlei.»

«Oh.»

«Und der Grund, warum ich Anwalt geworden bin, obwohl ich nichts mehr als Konflikte hasse.» Er zuckt mit den

Schultern. «Ich bin bei meiner Mutter aufgewachsen und habe deshalb auch ihren Nachnamen. Über meinen Vater wusste ich kaum etwas, außer, dass er für meinen vorteilhaften Vornamen verantwortlich ist. Also wollte ich ihm näherkommen ... Ihn besser verstehen. Deshalb habe ich jahrelang studiert, um Streiten zu meinem Beruf zu machen.»

«Hat es funktioniert?»

«Nein», sagt er und lacht zynisch auf. «Ich verstehe seine Schriftsätze, aber ich habe keine Ahnung von ihm.» Für einen Moment schließt er die Augen und seine langen dunklen Wimpern werfen einen Schatten auf sein restliches Gesicht. Ich will meine Hand ausstrecken und ihn berühren, doch da sind seine Augen schon wieder geöffnet und auf mich gerichtet. «Das war gerade sehr persönlich. Würdest du mir irgendwas über dich erzählen, damit ich mir nicht mehr so albern vorkomme?»

Ich schlinge beide Arme um meine Knie und bette meinen Kopf darauf. Leichter Wind kitzelt an meinem Gesicht.

«Ich und mein Vater sind gerade auch ... auf einem seltsamen Weg. Heute ist das erste Eid-Fest seit dem Tod meiner Mutter, und anstatt mein Baba zu sein, hat er sich dazu entschieden, den Geschäftsmann raushängen zu lassen. Zahlen, Erfolg, zufriedene Kunden sind alles, was ihn heute interessiert.» Hinter meinen Augen beginnt es zu brennen, ich starre auf meine Hände. «Ich wusste, dass sich dieser Tag anders anfühlen würde. Wenn das Leben kaputtgeht und du gerade dabei bist, es wieder aufzubauen, sind alle ersten Male seltsam. Aber ich hätte nicht gedacht ... dass es sich so anfühlen würde, als würde alles noch mal kaputtgehen.» Ich wische mir grob über die Augen und bereue es im nächsten Moment, als die schwarzen Reste meiner Wimperntusche an meinen Fingerspitzen glänzen.

«Gott, sorry», murmle ich hastig, aber man hört mir noch immer das Zittern meines unterdrückten Heulanfalls an.

«Yara?», fragt er leise. Dann berühren seine Fingerkuppen sanft mein Kinn und drehen es zu sich. Er schenkt mir ein trauriges Lächeln, ehe er die Tränen von meinem Gesicht wischt. «Das ist nichts, was dir leidtun müsste, ich versprech's.» Seine Hand bleibt an meiner Wange, ganz leicht, ähnlich wie die Berührung des Schmetterlings. «Ich wünschte, ich könnte etwas sagen oder tun, um es für dich zu reparieren.»

«Ich wünschte auch, ich könnte etwas tun, um es für dich zu reparieren», erwidere ich schniefend, was ihm ein leichtes Heben der Mundwinkel entlockt. Einen Wimpernschlag lang sehen wir einander tief in die Augen, und meine aufkommende Gefühlsexplosion verläuft sich in unendlichem Himmelblau.

Das Knallen der Stahltür reißt uns zurück in die Realität und lässt uns auseinanderfahren. Seine Hand verschwindet von meinem Gesicht, wir rücken voneinander ab und sehen beide zum Hausmeister, der zuerst einen Holzkeil unter die Stahltür schiebt, bevor er sich genüsslich eine Kippe anzündet und sein Handy aus seiner grünen Latzhose angelt. Obwohl wir nur einige Meter von ihm entfernt sitzen, scheint er kaum Notiz von uns zu nehmen, seine ganze Konzentration ist auf seinen Handybildschirm gerichtet, über den der Geräuschkulisse nach ein Formel-1-Rennen läuft. Ich will gerade aufspringen, als ich am Arm zurückgehalten werde.

«Vielleicht lassen wir ihn erst mal aufrauchen?»

«Okay», sage ich und lehne mich wieder zurück. In der Aluminiumschüssel liegen noch immer Teigtaschen und ein wenig Tabbouleh, die Engelbert auf einen Löffel häuft und mir hinhält. Ich winke ab, doch er schüttelt den Kopf.

«Du hast, abgesehen vom letzten Monat, jede Woche mindestens einmal einen Salat dabei. Und da das Restaurant deiner Familie gehört, bin ich ziemlich sicher, dass dieser hier besser schmeckt als der abgepackte von Rewe.» Ich ziehe die Brauen in die Höhe, er verdreht die Augen. «Ich glaube, ich habe schon mehr als klargemacht, dass ich ... dich schon eine Weile sehe. Du willst nicht wissen, was mir noch alles an dir aufgefallen ist.»

Der Löffel hängt noch immer zwischen uns, und ehe ich das Ganze noch weiter zerdenke, beuge ich mich vor und tue ihm den Gefallen. Der intensive Geschmack von Petersilie, Bulgur, Tomate und Olivenöl benetzt meine Zunge. Seine Augen treffen auf meine, und mein Herz stirbt ein bisschen bei dem weichen Schimmern darin.

«Gehst du mit mir aus? Heute Abend?»

«Heute Abend schon?», frage ich und halte mir vorsichtshalber die Hand vor den Mund aus Angst, dass sich etwas Grünes zwischen den Zähnen versteckt hat.

«Ich will, dass du einen schönen Tag hast. Einen, der sich weniger kaputt anfühlt.»

Ich lächle ihn an und bin mit einem Mal davon überzeugt, dass meine Mutter ihn lieben würde. Wahrscheinlich würde sie ihn vom Fleck weg adoptieren. Er ist immerhin Anwalt – das ist der heilige Gral einer jeden arabischen Mutter. Und mit ihm unterwegs zu sein würde nicht damit enden, dass ich mit einem Bauchnabelpiercing nach Hause komme. Jedenfalls nicht mit noch einem. Außerdem würde sie wollen, dass ich den Tag freudestrahlend verbringe. Also nicke ich.

«Ich gehe mit dir aus. Heute.»

***

Wir schlendern nebeneinander zurück in die Empfangshalle des siebten Stockes und tauschen dabei verstohlene Blicke.

«Bis später», raunt er nahe meinem Ohr, bevor er sich nach einem letzten, von einem strahlenden Lächeln begleiteten Blick umdreht und zu seinem Büro läuft. Ich lächle zurück, wahrscheinlich noch um einiges glücklicher, doch das kann er gar nicht mehr sehen. Ich klemme mir die Haare hinters Ohr und spüre dabei meine aufgeheizte Haut. Das, was sich heute Morgen wie klebrige Traurigkeit angefühlt hat, ist nun gasförmiges Kribbeln, das ich bis in die pedikürten Zehenspitzen spüre.

Die Mittagspause ist vorbei, der Empfangsbereich ist leer. Die einzigen Überbleibsel sind die Styroporboxen auf dem Boden vor dem Tresen, das schwarze Portemonnaie und das Lieferhandy. Gott sei Dank. Der große Vorteil, in einer Kanzlei zu arbeiten: Jedem ist eine Straftat sehr wohl bewusst. Ich öffne das Portemonnaie und lege die Geldscheine, die jemand unter einem Locher drapiert hat, hinein, als ich das blinkende Handy am Rande meines Sichtfeldes bemerke. Der eingehende Anruf bricht ab und neben dem Namen meines Vaters auf dem Display erscheint die Zahl achtundvierzig.

Ich reiße die Augen auf und von einem Moment auf den anderen bin ich panisch. Oh Gott, ich war Ewigkeiten da oben. Viel länger, als ich für meine kindische kleine Vergeltung an ihm rechtfertigen könnte. Er muss krank vor Angst sein. Meine ganze angestaute Wut auf ihn verpufft sofort. Ich drücke meinen Finger auf das Display, es tutet, doch ich atme erst aus, als sein angespanntes Schnaufen an mein Ohr dringt.

«Rouhi?» Ich presse das Handy noch ein wenig fester an mein Ohr. So hat er mich seit Ewigkeiten nicht mehr genannt. Mama war immer «Albi, sein Herz», und ich war immer «Rouhi» – seine Seele.

«Es tut mir so leid, Baba. Ich wurde hier aufgehalten und ich hatte das Handy nicht bei mir. Ich bin in zwanzig Minuten wieder da –»

«Geht es dir gut?», fragt er, und ich höre noch immer die Anspannung in den Zwischenräumen seiner Worte.

«Ja. Ja, Baba, mir geht es gut.» Ich klemme mir das Telefon zwischen Gesicht und Schulter und hebe die federleichten Styroporkisten hoch.

«Ich dachte ... Ich dachte ...»

«Es ist alles okay, Baba.»

«Ich habe alles falsch gemacht heute.»

Ich stelle die Kisten langsam wieder auf den Boden, um das Telefon mit beiden Händen zu umfassen.

«Ich dachte, die Arbeit wäre gut für uns. Ablenkung, auf andere Gedanken kommen ... weil sie nicht mehr da ist ...» Seine Stimme bricht und mir schießen Tränen in die Augen. «Aber das war nicht gut. Das alles war keine gute Idee.»

«Nein», sage ich erstickt. «Nein, Baba, das war keine gute Idee.»

***

Fünf Minuten später spaziere ich mit erhobenem Kopf in Engelberts geöffnetes Büro. Es ist klein und ziemlich kahl. Bloß ein aufgeräumter Schreibtisch, ein Regal voller juristischer Fachliteratur und ein Kleiderhaken mit ein paar Hemden zum Wechseln.

«Hey, habe ich die Zeit schon überstanden, bis wir uns endlich wiedersehen?» Er schenkt mir das Grübchenlächeln, und meine Knie, meine Brust und jeder noch so rudimentäre Muskel meines Körpers werden zu Wackelpudding. Vor ihm auf dem Monitor sehe ich einen Text voller roter Anmerkungen, der ein wenig so aussieht, als würde er bluten.

«Nein, leider nicht», antworte ich und versuche dabei, bedauernd zu klingen, doch meine Mundwinkel heben sich trotzdem zu einem Lächeln. «Mein Baba hat angerufen und sich bei mir entschuldigt ... dafür, wie der Tag bisher gelaufen ist. Er schließt jetzt den Laden, damit wir Zeit miteinander verbringen können, und wir gehen zu meiner Mama auf den Friedhof ... Deshalb ... Ich glaube, ich kann heute nicht.»

Statt Enttäuschung flackert ein ebenso breites Lächeln über seine hübsche Miene.

«Das ist großartig, Yara. Lass zu, dass er es repariert. Ich hoffe, du behältst dieses Lächeln den ganzen Tag bei, ich kann mich jetzt schon kaum sattsehen.»

Ich trete näher an ihn heran und lege meine Hand auf seine. Halte seinen Blick fest, hellbraun zu himmelblau. Dass Baba angerufen hat, hat den Tag besser gemacht. Aber er hatte bereits vorher begonnen, nicht vollkommen kaputt zu sein. Dank ihm.

«Was machst du morgen?»

**Kristina Moninger** wurde 1985 in Würzburg geboren und hat ihre Kindheit in einem kleinen Dorf auf dem Land verbracht, in dem sie auch heute noch mit ihrem Mann und ihren Zwillingen lebt. Nach einer kaufmännischen Ausbildung hat sie ein Übersetzerstudium abgeschlossen. Ihre größte Leidenschaft jedoch gehört dem Schreiben. Sie hat bereits erfolgreich mehrere Romane veröffentlicht und eine große Fangemeinde aufgebaut. Findet man sie nicht am Schreibtisch, dann sehr wahrscheinlich hinter einem Buch oder mit Familie und Hund in der Natur.

Mai

Kristina Moninger

# Narziss(t) und Nel(k)e

*Alles neu macht der Mai*, steht auf der Einladung, die ich in den Händen drehe, um das Programm des Tages zu studieren. *Traumhochzeit von Mica und André.* Das Papier sieht so aus, als koste ein Bogen davon so viel, wie ich hier in der Stunde verdiene. Vermutlich ist sogar meine Uniform – ein schmeichelnd geschnittener schwarzer Jumpsuit mit Volant-Ärmeln – teurer als jedes Teil in meinem eigenen Kleiderschrank mit der schief hängenden Tür. Ob ich den Anzug, der meinen Schokoladenhüften so geschickt zwei Kilo wegschmuggelt, am Ende behalten darf?

Mein Blick fällt zurück auf das Blatt. Freie Trauung, dann Sektempfang, Kuchenbuffet, Abendessen mit Streichquartett, Reden der Eltern und Trauzeugen, Hochzeitstanz, DJ und Bar. Es wird ein langer, harter Tag, aber immerhin ist nicht zu erwarten, dass es bei der opulenten Aufmachung dieser Hochzeit irgendwelche albernen Spielchen geben wird. Alles sieht so fein und schick aus, dass ich mir nicht vorstellen kann, die üblichen Klischeekandidaten und potenziellen Partycrasher hier anzutreffen.

Nicht wie bei der Veranstaltung des Lions Clubs letzte Woche. Bei dem Gedanken an das WC, das ich von den Getränkeresten befreien musste, die ich zuvor an vermeintlich trinkfeste Nachwuchsgolfheinis ausgeschenkt hatte, schüttelt es mich jetzt noch. Auch bei bereits gut und gerne 28 Grad im Schatten.

Wer Geld hat, wie die van Steenbergs, dem ist offenbar sogar das Wetter am schönsten Tag im Leben gewogen. Wie sonst ist die üppige Sonne zu erklären, die von einem perfekt blauen Himmel scheint, den kein einziger weißer Pinselstrich verunstaltet?

Ich binde meine langen, braunen Haare zu einem praktischen, hohen Pferdeschwanz und mache mich an die Arbeit. Während ich beginne, die Weinkelche vor mir auf dem Bartresen auf Hochglanz zu polieren, betrachte ich die Umgebung. Das Landgut ist größer, als es auf Google Maps den Anschein gemacht hat, die ganze Location wahnsinnig aufwendig geschmückt. In der Mitte der Wiese, die mit Holzbohlen ausgelegt ist, thront ein prächtiger Maibaum, auf den jedes Dorf zwischen Altmühltal und Ostseemündung neidisch sein dürfte. Die Stühle der gigantischen Tafel, die Platz für über hundert Gäste bietet, sind mit weißen Hussen umhüllt, die im Rücken von Bändern in Petrol und Rosé festgehalten werden. Auf den Tischen ranken sich schlichte Blumendekorationen – Birkenzweige, Lorbeer, Magnolien und Petunien – hier versteht jemand sein Handwerk. Ich seufze genüsslich. *Handwerk*. Wie viel mehr Spaß wird es machen, solche Arrangements zu gestalten, statt sich zum dritten Mal vergeblich mit didaktisch methodischen Modellen für das Staatsexamen zu quälen?

Es ist der Traum meiner Eltern, dass ich in ihre Birkenstockfußstapfen vor Smartboardkulisse trete, während ich lieber in Gummistiefeln und blauer Schürze vor Wasserkübeln mit Schnittblumen stehen möchte. Nelken, Tulpen und Narzissen – ja, nicht mal der Klatschmohn quatscht dir rein, wenn du dich mit ihnen beschäftigst. Schüler:innen schon. Ich habe nichts gegen Kinder, im Gegenteil, ich fühle mich nur nicht in der Lage, mich vor einer Anzahl von dreißig Halbwüchsigen zum Affen zu machen. Ich bin mehr der Typ ‹Packen wir es an›, weniger Marke ‹Pack die Schulbücher aus›. Darüber gibt – oder besser *gab* – es zu Hause immer Streit, und deshalb haben sie mir den Geldhahn zugedreht. Wenn ich schon die Familienehre beschmutze, weil ich meine Hände lieber in Erde vergrabe, statt damit rote Zahlen auf Schularbeiten zu schreiben, dann soll ich auch verstehen, was es heißt, sich sein eigenes Geld zu verdienen.

Prinzipiell habe ich da nichts dagegen, aber bis meine Ausbildung beginnt und ich meinen ersten mageren Lohn als Floristin im ersten Lehrjahr erhalten werde, gehen noch ein paar Monate ins Land, die es zu überbrücken gilt.

Also schufte ich neuerdings auf Veranstaltungen wie dieser. Zu Mindestlohn auf einer Stundenbasis, die dem Doppelten der gesetzlich zulässigen Maximalarbeitszeit entspricht. Aber immerhin gibt es auf Hochzeiten gutes Essen und manchmal sogar Trinkgeld extra. Nicht zu vergleichen mit Golfpartys und Vernissagen.

Überall auf dem Gelände wuseln schon Bedienstete herum. Ein Team aus acht Leuten baut gerade auf einem Tisch die riesige Hochzeitstorte auf, ein Traum aus weißer Schokolade auf mehreren, schwindelerregend hohen Etagen. Die Kellner:innen, die nicht wie ich für den Sektempfang und die Bar eingeteilt sind, tragen Anzüge mit weißen Hemden. Die Hilfskräfte, die später ebenfalls nur Getränke mixen oder Kisten schleppen, schwarze Shirts und dunkle Jeans. Außerdem sind da noch die beiden Eventmanager in den dunkelblauen Sakkos und Blazern, die für die Einteilung und Orga zuständig sind.

«Hey, du!», ruft eine von ihnen mir zu. «Kannst du bitte mal mit anpacken?»

Ich nicke, stelle das polierte Glas ab und folge ihr bis in den Kühlraum des Haupthauses. Nachdem wir diverse Weinkisten dort herausgetragen und die Flaschen an der Bar in den Kühlschränken verstaut haben, setzt sie ein ernstes Gesicht auf und erklärt mir in sachlichem Ton, dass leider zwei Hilfskräfte ausfallen und ich die Bar mit einem anderen Studenten allein schmeißen muss. Da sie meinen Lohn um gigantische Eins Fünfzig die Stunde anpasst, zucke ich mit den Achseln und bekräftige, dass das kein Problem ist. Ich versuche, das in Prozent umzurechnen, aber dazu komme ich nicht mehr, denn da fällt mir jemand etwas abseits von der Bar ins Auge. Fällt nicht nur, sondern sticht. Ich blinzle ungläubig. Aber er verschwindet dadurch nicht. Sein Bild wird nur schärfer ...

Das kann doch nicht wahr sein.

«Alles okay?», fragt meine Chefin auf Zeit. Offenbar bin ich so blass geworden, wie sich mein Herz blutleer fühlt, beim Anblick des Mannes, der sich eben lässig um die eigene Achse dreht, eine Sonnenbrille aus dem Gesicht schiebt und blinzelnd in meine Richtung schaut. Ich kenne dieses Gesicht, ich kenne die Haare, die er im Nacken zu einem Knoten gebunden hat. Verdammt, ich habe diesen Knoten vor fast exakt einem Jahr gelöst und meine Finger durch die dichten, blonden Locken gleiten lassen. Und dabei ist es nicht geblieben.

«Ich muss weg!», sage ich, und als ich den panischen Ausdruck im Gesicht meines Gegenübers sehe, füge ich hastig hinzu: «Aufs Klo.»

«Du kommst wieder?», fragt sie mit einem Hauch Panik in der Stimme. «Wir können uns auch auf zwei Euro die Stunde extra einigen.»

Ich nicke schnell, aber Gehaltsanpassungen stehen gerade ganz hinten auf meiner Prioritätenliste, denn der Typ, der jetzt auf die Bar zukommt, darf mich nicht sehen. Ich *will ihn* nicht sehen. Nicht noch einmal. Für beides ist es vermutlich zu spät, der Reflex aber ist unvermeidbar. Gebückt, als würde ich von plötzlichen Magenkrämpfen geplagt, jage ich schutzsuchend über die Wiese. Ich komme mir vor wie beim Paintball letztes Jahr mit Marian und Isabel, nur dass es hier keine Strohballen gibt, sondern viel freies Feld und einen Maibaum, der nicht genug Schutz bietet, um sich dahinter zu verschanzen. Aber immerhin gibt es Hortensien. Einen riesigen Strauch davon, hinter den ich mich mit einem preisverdächtigen Hechtsprung rette und in einer Hocke aus tiefster Scham versinke. Bitte nicht, bitte, bitte, *bitte* lass das eine nördlich verrutschte Fata Morgana sein, ein Trugbild, aber auf gar keinen Fall Luca ‹Narzisst› Herrmann.

Ich schließe die Augen, als wäre ich wieder ein Kind, das sich beim Versteckspiel in der verräterischen Sicherheit wiegt, nicht gefunden zu werden, solange es nur die Lider geschlossen hält. Dass das dämlich ist, weiß ich selbst. Dass es keine zehn Sekunden dauert, bis neben mir ein dunkles Lachen ertönt, sollte mich also nicht überraschen. Ich zähle bis fünf, bevor ich den Kopf hebe und in unverschämt grüne Augen schaue.

Natürlich ist er es.

«Was soll das werden?», fragt er mit vorgetäuschtem Erstaunen.

«Wie bitte?», entgegne ich betont gelassen, als wäre es selbstverständlich, sich hinter einem Hortensienstrauch zu verstecken.

«Tu nicht so, als hättest du mich nicht sofort erkannt», sagt er, die Arme lässig vor der Brust verschränkt.

«Was? Das ist doch lächerlich ... Ich suche hier nur was.» Alibimäßig fahre ich suchend mit den Fingern durch die Grashalme.

«Und was?», fragt er. Ich schaue an ihm vorbei, um nicht

erneut in den Bann seiner Augen zu geraten. Fieberhaft suche ich nach einer halbwegs plausiblen Antwort.

«Den ... Den Brautstrauß.»

«Ah! Muss der noch gebunden werden oder hat ihn jemand aus dem Fenster in das Gestrüpp hier geworfen?»

«Das ist kein Gestrüpp, das sind Schneeballhortensien.»

Ich richte mich jetzt vollständig auf. Die Entrüstung über seine Unkenntnis dämpft meinen Schock über dieses unverhoffte Wiedersehen etwas. Ich bin groß, knapp über einen Meter fünfundsiebzig, und Luca überragt mich nur um etwa fünf Zentimeter. Was in der aktuellen Situation ungünstig ist, weil ich so gezwungen bin, ihm direkt in sein Gesicht zu sehen. Auf die gerade Nase, die jetzt amüsiert zuckt, und diese perfekt weißen Zähne, die mich anblitzen. Hatte er letztes Jahr schon dieses Muttermal am Hals? Ganz bestimmt hatte er das, wahrscheinlich habe ich mit meinen Fingern darübergestrichen, es vielleicht sogar geküsst.

«Nele Kojinski», nennt er dann zu allem Überfluss auch noch meinen Namen. «Oder darf ich noch Nelke sagen?»

Ich schlucke und beschließe, dass man diesen Kloß im Hals nur mit kratzbürstigen Kommentaren beseitigt. «Hilf mir mal, woher kennen wir uns noch? Ich glaube, wir sind uns mal ... flüchtig begegnet.»

Die Untertreibung des Jahrhunderts – flüchtig war nichts an unserer Nacht. Von der ersten Sekunde an hatte alles zwischen uns eine so köstliche Langsamkeit. Der erste Kuss, sein Bein zwischen den meinen, der Druck seiner Hände an meiner Taille. Ich schließe noch einmal kurz die Augen.

Luca Herrmann, of all people. Wie grausam kann einem das Leben mitspielen, bitte?

Er zieht die Augenbraue hoch, nur die linke. Auf Menschen, die das können, war ich schon immer ein klein wenig neidisch. Gerade aber macht es mich nur dezent wütend.

Ich blitze ihn an. «Ah, jetzt weiß ich es wieder, du bist der Kerl, der nie angerufen hat.»

Luca zuckt nicht einmal. Die Augenbraue bleibt, wo sie ist, hoch an seiner Stirn. Unmöglich, daraus etwas zu lesen.

Ich stemme meine Hände in die Hüfte. «Hast du dazu nichts zu sagen?»

Er lacht. «Jetzt siehst du wirklich aus wie eine Lehrerin!»

Ich öffne den Mund, schließe ihn wieder. Er erinnert sich an mein Lehramtsstudium. Das bringt mich aus der Balance.

Ich brauche einen Punkt, an dem ich mich orientieren kann, und sein Gesicht ist die falsche Wahl dafür. Also trete ich einen kleinen Schritt zurück und starre auf seine Brust.

«Ich bin vor allem der Kerl, mit dem du mal auf einem Trampolin übernachtet hast», sagt er.

Das ist in etwa so korrekt, als würde man behaupten, die erste Staffel von *Bridgerton* wäre ein Kostümfilm für Kinder.

Wir haben nicht nur auf einem Trampolin übernachtet, ich hatte die unglaublichste Nacht meines Lebens mit Luca. Nur um danach unglaublich enttäuscht zu werden.

«Dein T-Shirt ist zu eng», sage ich in Ermangelung anderen Gesprächsstoffs.

Luca seufzt. «Stimmt. Schätze, das Orgateam hat sich da etwas vertan. Es ist M, aber in Damengröße.»

Das schwarze Shirt spannt wirklich gefährlich über seiner Brust. Er trägt eine dunkle Anzughose, und es zeichnet sich ein winziger Streifen verführerisch braun gebrannter Haut zwischen Hosenbund und Shirtsaum ab, was wohl auch an dem zu kleinen Shirt liegt. Die schwarzen Lederschuhe sind erstaunlich schick, auf Hochglanz poliert und sehen sehr unbequem aus.

«Was machst du überhaupt hier?» *Und wieso bist du jetzt auch noch unverschämt braun. Genügen weiße Zähne und diese krassen Augen etwa nicht?*

Die Antwort bleibt er mir schuldig und fragt stattdessen: «Und du? Sind schon wieder Ferien? Oder ist das Beamtentum doch so überschätzt, dass Lehrerinnen neuerdings einen Zweitjob brauchen?«

Ich mochte diesen bissigen Witz, der an ihm immer ein Augenzwinkern innehat. *Immer*, wie das klingt – als wären wir mehr als nur ein Abend und eine Nacht. Ich mochte dennoch alles an ihm. Letztes Jahr. Bevor er meine Handynummer eingespeichert hat und so selig dabei gelächelt hat. Nur um dann nie anzurufen. Obwohl ich so fest davon überzeugt gewesen bin, das mit uns wäre etwas Besonderes gewesen. Und damit in eine uralte Falle getappt bin ...

«Sind Auslandssemester so überschätzt, dass man sie vorzeitig abbricht?», kontere ich, weil ich mich nur zu gut erinnere, dass Luca für einige Monate nach Boston wollte.

«Bin seit zwei Wochen zurück», sagt er. Ich spüre, wie er meinen Blick sucht, der noch an dem Streifen Haut über seiner Hose festhängt. Ruckartig schieße ich hoch.

«Und? Haben deine Eltern dir auch den Geldhahn zugedreht, sodass du jetzt kellnern musst?«

Verdammt, das ‹auch› ist mir herausgerutscht.

Er reagiert mit einem winzigen, kaum merklichen Zucken seiner Mundwinkel. «Sag bloß, du hast es durchgezogen?»

«Vielleicht», erwidere ich ertappt. «Ich schaue auf jeden Fall nicht wie eine Lehrerin, weil ich nie eine sein werde», füge ich dann mit fester Stimme hinzu.

Er nickt, der Blick jetzt wieder ernst.

«Was nicht heißt, dass ich mich ausgerechnet mit dir darüber unterhalten möchte.»

«Keine Sorge, wenn du willst, wird es leicht sein, mir heute aus dem Weg zu gehen.»

Natürlich will ich. Nicht. Will ich. Doch. Schon, oder?

Ich schüttele den Kopf, als hätte das jemals geholfen, wirre Gedanken zu ordnen.

«Ich meine», er schiebt sich jetzt die Sonnenbrille wieder über die grünen Augen. *Herzlichen Dank, das hilft.* «Sie werden dich bei deiner Vorliebe für Maibowle ja kaum in die Bar gesteckt haben.»

Bumm, der saß. Ich hatte bestimmt ein oder zwei Maibowle zu viel, als ich Luca das erste Mal begegnet bin, aber mein Urteilsvermögen hat das ganz offenbar nicht getrübt. Denn auch jetzt – nüchtern – finde ich ihn wahnsinnig heiß. Und nervig natürlich. Er grinst breit über seine eigene Provokation und schenkt mir dann ein Lächeln, das mich wie eine Zeitmaschine in den letzten Mai zurückkatapultiert. Verdammt.

Ich kann nicht widerstehen, hebe meinen Zeigefinger und drücke ihn gegen seine Brust. «Da du dazu tendierst, alles abzuschleppen, was dir an einer Bar auf Maifesten über den Weg läuft, nehme ich an, dass du Küchendienst hast. Nicht, dass du am Ende noch die Braut anbaggerst.»

Er lacht einmal laut auf, und ich sehe, wie schwer es ihm fällt, sich zusammenzureißen. So witzig war das nun auch wieder nicht.

«*Ich* bin an der Bar eingeteilt», sagen wir beide. Gleichzeitig, simultan, so unisono wie nur irgend möglich. Mit der gleichen Betonung auf dem Personalpronomen. Und ich denke an andere Übereinstimmungen, wie wir gleichzeitig gestöhnt haben, an den Gleichklang unserer Körper. Daran, wie Luca sich auf mir bewegt hat, sich in mir ... Stopp, stopp, *stopp*. Auf meiner Stirn bricht ein feiner Schweißfilm aus.

Und Luca grinst bloß mit geschlossenen Lippen. Gut so. Wenn er weiter seine Augen bedeckt und seinen Mund nicht aufmacht, dann könnte ich diesen Abend vielleicht überstehen, ohne wieder in Fantasien, die ihr Mindesthaltbarkeitsdatum längst überschritten haben, zu versinken.

«Ich bin professionell genug, unsere Vergangenheit hinter mir zu lassen und einen guten Job abzuliefern», behaupte ich entgegen meiner inneren Überzeugung.

«Gilt das auch für unsere Gegenwart und Zukunft?», will er wissen. Seine Blicke brennen auch durch die Brille hindurch.

Heilige Petunie, das kann ja heiter werden.

Die nächste Stunde haben wir zum Glück kaum Blickkontakt. Jeder von uns rennt wie ein angestochenes Huhn in der Gegend herum, um die letzten Vorbereitungen zu treffen, ehe wir der Hochzeitsgesellschaft nach der freien Trauung, die wenige Hundert Meter entfernt an einem Weiher stattfindet, den Sekt servieren. Wir glauben, es gerade so rechtzeitig geschafft zu haben, so leise wie möglich alles vorzubereiten, nur um dann festzustellen, dass die Trauednerin an dem idyllischen kleinen See noch in vollem Gange ist.

Das Paar steht mit dem Rücken zu uns, wie der Rest der Gesellschaft, die sich auf den mit weißem Stoff geschmückten Bänken versammelt hat. Dresscode naturfarben für die Damen, dunkle Anzüge für die Männer. Kein einziger Gast trägt auch nur einen Flecken Farbe auf der Kleidung, nicht einmal die Kinder. Das gibt bestimmt hübsche Fotos, die so *instagrammable* sind wie die Location selbst. Alles ist perfekt perfekt. So perfekt, dass es fast schon eklig ist. Es zirpen ein paar übereifrige Grillen, ich entdecke ein halbes Dutzend Honigbienchen, die sich an dem Rudel Löwenzahnköpfchen laben, das keck aus dem Grün hervorspitzt, und natürlich zwitschern die Vögel an diesem Maitag preisverdächtig. Das Brautpaar hält Händchen unter einem gigantischen weißen Sonnenschirm in Makramee-Optik, es werden Handys gezückt, und die Brautjungfern schluchzen verzückt in ihre Taschentücher.

«Ich werde niemals heiraten ...», murmele ich.

«Warum denn nicht? Ich wette, dein Rücken würde auch wunderschön aussehen in so einem Kleid», flüstert Luca ganz nah an mein Ohr und stellt sich einfach ungefragt neben mich unter das Vordach der Gartenhütte, wo wir im Schatten den Sekt reichen werden. Ich mache einen Schritt zur Seite.

«Das hier ist wie ein Sissi-Film. Kitsch pur. Das hat doch nichts mit Liebe zu tun.»

Ich strenge mich sehr an, nicht zu ihm rüberzusehen. Seine Präsenz spüre ich dennoch nur allzu deutlich.

«Sie passen gut zusammen, die beiden», sagt er und fügt dann hinzu: «Also sofern ich das beurteilen kann, rein äußerlich.»

«Das hat nichts zu sagen, vielleicht würde man das über uns auch behaupten», zische ich und bereue meine Wortwahl sofort.

«Findest du nicht, dass das zwischen uns ziemlich gut gepasst hat?» Er klingt gar nicht süffisant, eher ... unsicher.

Natürlich finde ich, dass es sehr gut gepasst hat. Aber sagen werde ich das sicher nicht. Es hat gepasst, als wären unsere beiden Körper füreinander gemacht, ach, was, als wären sie füreinander in Form gegossen worden.

Die Traurednerin erzählt gerade irgendeine Parabel von einem Vogel und einem Nest, und ich höre nicht richtig zu, weil ich abgedroschenen Liebesphrasen rein gar nichts abgewinnen kann. Ich drehe meinen Kopf zu Luca. Es ist wie ein Zwang. Er hat diese Wirkung auf mich, die es mir nicht möglich macht, ihn zu ignorieren.

«Ich meine, wenn man sich liebt, dann ist dieses Brimborium doch völlig überflüssig», murmele ich.

«Brimborium?»

«Das Zurschaustellen. Wenn ich jemanden liebe, dann liebe ich ihn und zeige *ihm* das und nicht der Welt. Letztes Jahr hab ich kurz nach meinem Studienabbruch auf einer wahnsinnig pompösen Hochzeit gekellnert, dieses Jahr habe ich den Ex-Bräutigam wiedergetroffen, als ich für seine Scheidungsparty engagiert wurde. Es ist doch alles nur Show.»

«Vielleicht. Vielleicht aber auch nicht. Ist dir schon mal die Möglichkeit in den Sinn gekommen, dass Menschen dieses Brimborium veranstalten, *weil* sie einander so sehr lieben, dass sie es der Welt zeigen möchten? Um Zweifler wie dich zu bekehren?»

Darauf gebe ich besser keine Antwort. Also stehen wir eine Weile schweigend nebeneinander, und ich versuche, mir auszurechnen, wie der heutige Abend im besten Fall meinen Kontostand in schwarze Zahlen verwandeln wird, um dem Gelaber von ewiger Treue zu entgehen. Um ehrlich zu sein, vor allem, um nicht angesteckt zu werden von der Rührung, die sich unter den Anwesenden ausbreitet wie eine Seuche.

Da seufzt es leise neben mir. Habe ich mich verhört? Ich schaue nach vorn. Die Braut haucht ihrem Frisch-Angetrauten gerade einen Kuss auf die Wange, der gar nicht nach Drehbuch aussieht, sondern nach einem liebevollen Impuls. Sie hat ein hübsches Gesicht, mit strahlenden Augen, einer schmalen, geraden Nase und helle, lange Locken. Sie kommt mir ein wenig bekannt vor, aber ehe ich überlegen kann, wo ich sie schon einmal gesehen habe, wiederholt sich das Geräusch neben mir.

Ich werfe Luca einen Blick zu. Moment mal, sind das etwa Tränen in seinen Augen?

Ich muss an diesen alten Song denken, den ich neulich in einer Doku über eine Popband aus den Neunzigern gehört habe. Schrecklich schnulzig, aber leider Ohrwurmpotenzial. *Weinst du etwa oder ist das der Regen …?*

«Sag mal», flüstere ich und stoße Luca in die Seite. «Schmachtest du etwa?»

Luca wirkt keinesfalls verschämt. «Ich schmachte nicht, ich hab nur was übrig für Romantik.»

«Igitt», erwidere ich und verziehe das Gesicht.

«Was ist schlimm daran?», zischelt er.

«Alles», brumme ich. Und ergänze still: *Nichts,* wenn du angerufen hättest, nach *so* einer Nacht.

«Ich wette, du bist der Typ, der Rosen verschenkt, wenn er verliebt ist», setze ich noch hinterher.

Schnell sehe ich mich um, um sicherzugehen, dass wir nicht zu laut sind, aber der Rest der Gesellschaft und des Personals ist vollends auf die Trauurednerin konzentriert, die jetzt auch noch von Blicken redet, die in die gleiche Richtung gehen müssen. Ein Haufen schnulziges Blabla.

Ich wispere Luca zu: «Rosen sind nämlich auch so verlogen wie du. Schöner Schein, nette Botschaft, und dann sticht man sich an ihren Dornen.»

Er lacht leise. «Falsch. Ich würde dir ohnehin nur Nelken schenken.» Und dann beugt er sich ein wenig weiter zu mir und haucht. «In der richtigen Farbe, versteht sich.»

Sofort knallt eine Erinnerung in mein Bewusstsein. Luca neben mir auf dem Trampolin seiner kleinen Schwester, unter einem sternenklaren Himmel.

*«Du willst also Floristin werden? Was sind deine Lieblingsblumen?»*, hat er mich gefragt.

*«Auf jeden Fall Nelken, aber die Farbe ist entscheidend. Gelbe Nelken stehen für Enttäuschung, Lila symbolisiert Unberechenbarkeit»*, ich schlucke schwer bei der Erinnerung. *«Aber weiße, rosafarbene oder rote Nelken sind Ausdruck für Liebe und Glück.»*

Lautes Klatschen reißt mich zurück ins Hier und Jetzt. Endlich ist das Gesülze vor erdfarbenem Background zu Ende und wir können wieder an die Arbeit. Ich spüre dennoch Lucas Blicke wie Berührungen, bei jedem Schritt, den ich mache.

Als wir erneut Sektflöten auffüllen, stehen wir so nah beieinander, dass ich ihn riechen kann. Und schon wieder denke ich an letzten Mai. An seine Hand unter meinem Kopf, meine Nase in seinem Haar und seine Stimme in meinem Ohr, die fragt: *«Schnupperst du gerade an mir?»*

Er riecht noch, wie ich es in Erinnerung habe. Wie ein Mann, dem ein Hauch Aftershave anhaftet und etwas gänzlich Eigenes, das sich nicht mit klischeehaften Begriffen wie Moschus beschreiben lässt.

«Schnupperst du schon wieder an mir?», fragt er.

Und als Antwort schütte ich ihm den Rest aus meiner Sektflasche einfach über die Spießerschuhe.

«Sorry», sage ich mit aufgesetzt guter Laune.

Aber er grinst nur belustigt. Mal wieder.

Ich bin glücklich, dass ich im Laufe des Vormittags so sehr beschäftigt bin, dass mich nur hin und wieder kleine Erinnerungsfetzen davon ablenken, Gläser zu polieren, an die Tische zu bringen und benutzte Gläser wieder abzuräumen. Erst nach einer ganzen Weile fällt mir auf, dass Luca verschwunden ist. Ich suche das Gelände mit den Augen nach ihm ab, muss es aber aufgeben, weil ich einfach zu gefordert bin, als dass ich Zeit hätte, nach meinem faulen Kollegen auf Zeit zu schauen.

Erst eine Stunde später sehe ich ihn wieder. Ich bin da schon nass geschwitzt, Luca dagegen sieht aus wie das blühende Leben.

«Ist das so ein Ding von dir? Immer abzuhauen?», knurre ich ihn an, als er sich endlich bequemt, auch mal wieder anzupacken.

«Ich war nur schnell», er schaut um sich. «Auf Klo.»

«Eine Stunde lang?»

Er zuckt mit den Achseln.

«Und wieso trägst du das T-Shirt jetzt verkehrt herum?»

«Das hat auch etwas mit dem Klo zu tun.»

Ich runzele die Stirn, als er die Arme durch die Ärmel schiebt und das Shirt wieder richtig herum dreht.

«Mir soll's egal sein.»

Ist es aber nicht... Hat er mit einer der anderen Kellnerinnen rumgemacht, während ich hier für ihn mitgeschuftet habe?

Man muss ihm immerhin lassen, dass er versucht, seine Abwesenheit mit Eifer wettzumachen, und sich in den folgenden zwei Stunden wirklich ranhält.

Er hat flinke Hände. Große flinke Hände, mit schönen, gepflegten Nägeln, die letztes Jahr so herrlich über meinen Rücken ... *Große Hände, die gut Getränkekisten schleppen können*, korrigiere ich mich. Aufmerksam ist er auch und geschickt. Es ist schön, ihm dabei zuzusehen, wie er an die Tische huscht, Bestellungen aufnimmt und nie ein Getränk vergisst. Kein Wunder, dass ich ihm letztes Jahr verfallen bin, auch die Gäste scheinen ihn sofort zu lieben. Ein Lächeln hier, eine Berührung am Arm da. Ich schnaube leise vor mich hin und zerbreche vor aufkommender Wut fast ein Weinglas in meiner Hand.

«Du solltest ein wenig zärtlicher mit ihm umgehen!», flüstert Luca in mein Ohr, als er zurück an den Tresen kommt, wo ich gerade die Weinbestellung der Bräutigameltern abarbeite.

Ich zucke zusammen. «Mit dem Glas», ergänzt er.

«Du dagegen hast ja allerhand Zärtlichkeiten übrig, wie ich sehe», zische ich zurück.

Er zieht wieder bloß diese verdammte Augenbraue in die Höhe. «Meine Maikönigin steht längst fest, aber ich bin mir nicht sicher, ob sie mich will.»

Damit meint er jetzt aber nicht mich, oder?

Im letzten Jahr hat er mich ‹Maikönigin› genannt, weil ich einen kleinen Blumenkranz im Haar getragen habe. Etwas verlegen schenke ich einfach noch drei weitere Gläser Merlot aus, die ich am besten selbst trinken sollte, um über meine widerstrebenden Gefühle für meinen Ex-*One Night Stand* hinwegzukommen.

Erst als das Kaffeeteam übernimmt, bekomme ich eine kleine Pause – da ist Luca bereits wieder verschwunden. Instinktiv steuere ich wieder die Hortensien an und setze mich mit einer Zitrone-Bergamotte-Bionade hinter den Busch.

Ich atme den Duft der Blumen ein und entspanne mich gerade ein wenig, als Luca auftaucht. Immer noch keine Fata Morgana, sondern ein sehr lebendiger Luca Herrmann, der sich ein dunkles Hemd übergezogen hat, vor mir in die Hocke geht und mir einen Kuchenteller entgegenstreckt.

«Ich hab leider nur einen Löffel», sagt er.

«Danke, ich hab keinen Hunger.»

«Es ist Erdbeersahnetorte, Reste aus der Küche. Sie haben den sechsten Stock nicht auf die Hochzeitstorte draufbekommen, da wäre das Teil dann wohl doch eingestürzt.»

«Hab ich dir letztes Jahr etwa auch erzählt, dass ich Erdbeersahne liebe?»

«Nein, aber jetzt weiß ich es ja.» Der zufriedene Klang in seiner Stimme lässt sich nicht leugnen.

Ich nehme den Teller und brumme ein «Danke».

Er lässt sich neben mich fallen, und eine Weile beobachten wir schweigend die Kinder, die auf der Wiese ihre beigen Hängekleider und Mini-Anzüge mit Grasflecken verzieren. Ein paar haben XXL-Seifenblasen, die sie in Schleifen hinter sich herziehen, drei Mädchen spielen Fangen, zwei Jungs bewerfen sich mit Knallerbsen und ein Kleinkind sitzt auf einem roten Bobbycar und isst Gänseblümchen. Das Ganze untermalt vom Streichquartett, das sich für den Abend einspielt.

«Ich liebe Hochzeiten», sagt Luca. «Man lernt so viel über Menschen, und das Essen ist meistens fantastisch.»

«Was lernst du hier über Menschen?»

«Zum Beispiel, dass die Frau, die ich letzten Mai kennen- und mögen gelernt habe, mir dieses Jahr fast noch ein bisschen besser gefällt.»

«Wir spielen hier nicht ‹Alle Jahre wieder›, klar?», schmatze ich, eine Backe voll mit der köstlichsten Erdbeersahne, die man sich vorstellen kann.

«Aber vielleicht ‹Alles neu macht der Mai›, ich meine, das steht ja sogar auf der Einladung», sagt er, und ich glaube, nicht richtig zu hören.

«Wenn sich dein Level an Commitment nicht auf das Maibaumfest beschränkt hätte, dann bräuchte der Mai jetzt nichts neu zu machen», nuschele ich kaum hörbar.

Er verzieht das Gesicht und wechselt dann schnell das

Thema. «Übrigens sehr bewundernswert, dass du es durchgezogen hast», sagt er. «Dass du das Studium geschmissen hast, um etwas zu machen, was du wirklich willst.»

Ich schlucke, und dann sage ich: «Genau genommen bist du daran nicht ganz unschuldig.»

Und weil er so verdutzt schaut, tauche ich den Löffel in die fluffige Torte und führe ihn dann an seinen Mund statt an meinen.

Während er kaut, sage ich: «Erinnerst du dich, als wir spät an dem Abend vor dem Feuer saßen und du gesagt hast, dass ich niemanden, nicht einmal meine Eltern, glücklich machen würde, wenn ich bei etwas bliebe, was mir keine Freude macht?»

Er nickt.

«Und dann hast du mir erzählt, dass du nach Boston gehst, obwohl du Flugangst hast und Hemmungen, Englisch zu sprechen, und es hasst, deine Schwestern zurückzulassen, und ...»

Ich stocke, gebe mir einen Ruck. «Und dass du fürchtest, mich dann nicht mehr zu sehen, obwohl du mich gern näher kennenlernen willst.»

Ich tauche noch einen Löffel in die Torte und füttere Luca. Damit er nichts sagen kann, was mir den Mut nimmt, auszusprechen, was mich seit letztem Mai so sehr beschäftigt. «Aber du hast es trotzdem gemacht, und ich dachte: Wenn *du* gegen deine eigenen Ängste ankämpfen kannst, für etwas, das du trotz aller Widerstände willst, warum bin *ich* dann zu feige, es lediglich mit den Erwartungen anderer aufzunehmen?»

Luca nickt langsam, und ich schaue auf den leeren Teller, lege den Löffel klappernd darauf ab.

«So ist das, du hast mir geholfen in dieser Mainacht, und

vielleicht war ich deswegen so enttäuscht, dass du nie angerufen hast.»

Luca will etwas erwidern, als ein lauter, durchdringender Schrei uns hochschrecken lässt.

Mehrere Frauen in beigen Sommerkleidern rennen über die Wiese, zwei bleiben dabei mit ihren hohen Hacken stecken, alle haben das gleiche Ziel: die Hochzeitstorte. Der Tisch mit dem Aufbau des Konditorenmeisterwerks liegt entfernungstechnisch näher an uns als den kreischenden Müttern. Wenn jemand verhindern kann, dass das Mädchen, das eben noch fröhlich auf ihrem Bobbycar sitzend Gänseblümchen gegessen hat, die Torte zum Einsturz bringt, dann wir.

Die Kleine ist gerade dabei, sich auf das kleine Auto zu stellen und ihre Patschefinger nach den Marzipanblüten in der ersten Tortenetage auszustrecken, als Luca sich wie ein Torwart vor ihr zu Boden wirft und das Bobbycar festhält, das droht, unter dem Kind wegzurutschen. Ich breite meine Arme aus und fange das verdutzte Kind auf, das in seinem Schrecken einen Satz nach vorn macht und fast in die Torte gestürzt wäre. Wir grinsen uns an, Luca und ich. Es sieht so grotesk aus, wie er am Boden hängt. Das Lachen sprudelt in mir wie eine Brausetablette. Die Mutter, eine Blondine in (natürlich) beigem Sommerkleid, bedankt sich überschwänglich, nimmt Luca in den Arm, haucht ihm einen Kuss auf die Wange – etwas übertrieben, wie ich finde – und drückt das Kind an sich. Der Trauzeuge des Bräutigams ruft auf den Schrecken eine Schnapsrunde aus, und damit sind wir wieder vollauf mit Arbeit beschäftigt.

Der Nachmittag geht dahin. Ich beobachte Luca, der überfreundlich die Gäste bedient, sie mit seinem Charme überhäuft und dabei immer wieder meine Blicke sucht, als wären sie so notwendig wie Sauerstoff. Ich bin durchgeschwitzt, meine Haare kleben an der Stirn, aber ich habe mich nie (außer vielleicht letzten Mai) so begehrenswert gefühlt wie in den kurzen Momenten, in denen seine Augen die meinen treffen und sich unsere Blicke für kurze Zeit miteinander verknoten. Wann immer Zeit für eine Verschnaufpause ist, beobachte ich ihn. Unmöglich, dabei nicht körperlich zu reagieren. Lucas Lippen sind nicht nur voll und haben diesen stets leicht arrogant-amüsierten Schwung nach oben, sie sind auch weich und geschickt und ... Ich fahre mit der Zunge über meinen Mund. Verdammt, wie kann es sein, dass ein Blick ausreicht, um mich danach zu sehnen, ihn wieder zu küssen? Schnell wende ich die Augen ab, aber die Stelle, auf die sie sich jetzt konzentrieren, macht es nicht besser. Denn beim Anblick seiner Hände erinnere ich mich nur zu gut daran, wie sie über die Innenseite meiner Oberschenkel streichen. Hastig greife ich nach dem Stoff meiner Hose an ebenjener Stelle, als müsste ich seine Hand ... nicht wegschieben ... sondern *höher* ... Oh Gott, das muss aufhören.

Der Ton zwischen uns hat sich nach dem Tortendebakel mit dem Lauf der Stunden verändert. Ich blaffe nicht mehr, ich necke.

«Tu mal was Sinnvolles mit deinen Muskeln», sage ich, als ich ihm die Wanne mit den schmutzigen Gläsern in die Arme drücke.

Immer wieder berühren wir uns scheinbar zufällig, aber obwohl ich es genieße, hängt diese eine Frage noch immer in meinem Hinterkopf fest und kratzt an meinen Gefühlen. Die Frage nach dem *Warum* vom letzten Jahr und dem *Wie* und *Ob* des heutigen Abends.

Das Abendessen nehme ich zusammen mit den anderen Bediensteten, die nicht für das Servieren bei Tisch verantwortlich sind, im Haupthaus ein. Es ist das gleiche exquisite Menü wie das der Hochzeitsgesellschaft, aber ich schmecke gar nichts, weil ich mir die ganze Zeit den Hals nach Luca verrenke, der schon wieder verschwunden ist. Und weil ich mich darüber ärgere, dass ich mir überhaupt Gedanken um seinen Verbleib mache, statt einfach das Essen zu genießen.

Das Schlimmste befürchtend – er könne sich wieder verpisst haben und ich müsse die Bar ohne ihn schmeißen – gehe ich später wieder nach draußen, aber da winkt er mir schon vom Tresen aus zu. Die Sonne hat sich tiefer geneigt, aber es ist noch immer warm genug.

«Wo hast du gesteckt?», frage ich ihn.

«Interessiert dich das wirklich?»

«Nein», behaupte ich.

Er grinst. «Ich hab was für dich.»

Er greift unter den Tresen und holt einen Kranz heraus. Es ist ein Reif, auf den Blumen gesteckt sind, und man sieht auf den ersten Blick, dass kein Profi am Werk war. Ich schlucke, weil mich das mehr bewegt, als wenn der Kranz perfekt gesteckt wäre. So weiß ich, dass es Lucas Hände waren, die die Blumen geschnitten und arrangiert haben.

«Weiße Nelken, Birkenzweige, Tulpen – ich hab mir sagen lassen, dass die für einen Neuanfang stehen. Und Hyazinthen, für ...»

«Aufrichtigkeit», ergänze ich mit seltsam heiserer Stimme, während sich Lucas Hände vorsichtig in mein Haar schieben, um den Kranz zu befestigen.

«Ist das nicht ein bisschen unangebracht für ...»

«Meine Maikönigin?», nimmt er mir dieses Mal die Worte vorweg. «Auf keinen Fall.»

*Meine*... Nicht ‹die›. Ich schlucke. «Danke», hauche ich, so leise, dass er es wahrscheinlich gar nicht hören kann. Und dann etwas lauter, weil ich es nicht mehr aushalte: «Wenn es dir wirklich um Aufrichtigkeit geht, dann verrate mir doch endlich, warum du nicht angerufen hast?»

Er öffnet den Mund, setzt zu einer Erklärung an, aber dazu kommt es nicht. Denn kaum haben die Gäste entdeckt, dass die Bar geöffnet hat, rennen sie uns die Bude ein.

Leider ist Luca völlig aufgeschmissen – keine Ahnung, warum er für den Job engagiert wurde – Barerfahrung hat er keine. Offenbar hat er noch nie in seinem Leben von dem Unterschied zwischen einem Hugo, einem Italicus und Aperol Spritz gehört. Er mixt seltsame, bedenklich starke Mischungen und scheint zu glauben, dass man mit Cola sparsamer umgehen sollte als mit Bacardi, aber niemand nimmt es ihm übel. Die befürchteten Beschwerden bleiben aus.

Immer wieder berühren sich unsere Finger, streifen sich unsere Arme, und jedes Mal ist es, als wäre es kaum auszuhalten, nicht noch mehr von ihm anzufassen.

Dennoch entgeht mir nicht, dass alle Luca verschmitzt anlächeln, und ich muss ehrlich zugeben, dass es ihm zu verdanken ist, dass fast jeder Hochzeitsgast mit breitem Grinsen sein Smartphone vor den QR-Code auf dem kleinen Schild an der Bar hält und uns Trinkgeld via Paypal schickt.

Erst als ein paar der jüngeren Männer ihm freundschaftlich auf die Schulter klopfen und etwas in sein Ohr wispern, kommt mir das Ganze langsam ein wenig komisch vor. Es wirkt, als würde Luca die gesamte Hochzeitsgesellschaft kennen. Und das nicht erst seit heute. Ich schüttele den Gedanken von mir, wahrscheinlich bin ich einfach nur übermüdet. Den Reden der Trauzeugen und der Brautmutter lausche ich nur mit halbem Ohr. *Mica und André ... Kennengelernt auf einem Konzert von Force of Habit in Berlin ... Große Liebe ... Sofort klar, die beiden gehören zusammen ... Die van*

*Steenbergs freuen sich wahnsinnig, die Herrmanns in ihrer Familie willkommen zu heißen ...*

Ich gähne in Lucas Richtung, der so gespannt lauscht, als wäre das hier die Rede zur Lage der Nation.

«Das hier ist so austauschbar wie der Signature Cocktail», sage ich und deute auf die Anleitung zu dem Gin Tonic mit grünen Blüten und schwarzem Pfeffer, den ich in Wirklichkeit ziemlich originell finde.

«Möglich. Die Frage ist, wie austauschbar bin ich für dich?»

«Hier an der Bar? Oder so generell?»

«Generell.»

Er zieht sein Handy aus der Gesäßtasche seiner Anzughose. «Du hast gefragt, warum ich mich nicht gemeldet habe. Ich wollte ganz oft anrufen», erklärt er. Und hält mir das Display vor die Augen. Darauf ist meine Handynummer zu sehen, die unter dem Namen ‹NELKE› in Großbuchstaben eingespeichert ist.

«Hast du aber nicht», stelle ich fest und versuche wirklich angestrengt, meine Rührung zu verbergen. Rührung wegen eines dummen Spitznamens, den er mir verpasst hat. Wegen des Blumenkranzes und auch ein wenig wegen seiner so zerknirscht klingenden Stimme.

«Kannst du dir wirklich nicht denken, warum?», sagt er leise.

«Ehrlich gesagt nicht», flüstere ich, und es gelingt mir, ihm dabei tief in die Augen zu sehen. Immer noch unverschämt grün und so offen wie ein Buch ist sein Blick.

Er räuspert sich, senkt die Stimme und gleichzeitig auch die Lider. «*Wenn ich mir mit jemandem eine Beziehung vorstellen kann, würde ich nie in der ersten Nacht mit ihm schlafen.*»

Es sind meine Worte, nicht die seinen. Ich habe das wirklich gesagt, letztes Jahr, in Lucas Armen vor dem brennenden Reisigbündel. Im Hintergrund die immer gleichen Gitarrenakkorde eines Countrysongs, die einer von Lucas Freunden in Dauerschleife gespielt hat.

Erschrocken schaue ich ihn an. «Das hab ich gesagt, aber nicht auf dich bezogen. Diese Nacht war mehr als nur eine Nacht. Dieses Date mehr als ein Treffen. Ich hatte nach dem Abend das Gefühl, dich seit Monaten zu kennen.»

Applaus brandet auf, und einen verrückten Moment lang denke ich, er gälte uns.

Dabei sind wir hier hinter dem Tresen gerade völlig allein. Der Rest konzentriert sich auf die Redner.

«Woher hätte ich wissen sollen, dass du das nicht auf mich und unsere Nacht beziehst?»

Ich schaue zu Boden und ziehe eine Schnute. Dann schnellt mein Kopf wieder hoch. «Das war, Stunden bevor wir miteinander geschlafen haben. Und das erklärt doch nicht, dass du nie rangegangen bist, wenn ich *dich* angerufen habe.»

Es ist das erste Mal, dass ich offen zugebe, es auch bei ihm versucht zu haben. Dabei spielt mein Stolz ein ebenso schlechtes Versteckspiel wie ich heute Morgen hinter den Hortensien. Denn natürlich muss er gesehen haben, dass ich versucht habe, ihn anzurufen.

«Das kann nicht sein», sagt er. So laut, dass sich ein paar Köpfe zu uns umdrehen. «Das kann nicht sein», wiederholt er leiser.

Ich atme hörbar aus und ziehe dann meinerseits mein Handy heraus. Auf dem Display des alten Samsung tippe ich auf die Kontakte.

Er prustet laut los, als er seine Nummer sieht, die ich unter ‹Narzisst› abgespeichert habe. Dann stockt er.

«Da stimmt was nicht.»

Zugegeben, zunächst stand da Luca, und erst beim vierten Fehlversuch, ihn anzurufen, hab ich seinen Namen abgeändert. Statt ihn zu löschen, was logischer gewesen wäre.

«Das ist nicht meine Nummer. Die letzte Ziffer ist eine zwei, keine drei. Du musst dich verhört haben.»

«Was?»

Er zuckt. «Probier es aus, ruf mich an.»

Ich drücke auf den Hörericon. Das Freizeichen ertönt aus meinem Lautsprecher. Luca hält sein stilles Handy dicht vor mein Gesicht.

«Scheiße», murmele ich.

«Schöne Scheiße», wiederholt er. «Ich hätte anrufen sollen, aber ich dachte, dass du nicht an die Liebe glaubst. Ich wollte nicht der Typ sein, der dir hinterherläuft. Du hast mir letztes Jahr schon klargemacht, dass du nicht romantisch veranlagt bist. Ich dachte, diese eine Nacht wäre alles, was du von mir willst. Und ich hatte Angst, mir eine Abfuhr einzufangen.»

«Ich werde Floristin, ich liebe Blumen, muss ich deshalb große Liebesbekundungen und Hochzeiten lieben?»

«Nein», sagt er langsam und gedehnt.

«Ich hab in unserer ersten Nacht mit dir geschlafen, aber heißt das, dass ich ... nicht lieben kann?» Fast hätte ich ‹*dich* nicht lieben› gesagt.

«Ich hoffe nicht ...»

«In meinem Innern ist sehr viel Platz für Widersprüche ...», murmele ich und zupfe etwas verlegen an meinem Ausschnitt.

«Und Platz für mich?», will er wissen und lächelt, dass mir das Herz unter dem Blumenkranz dahinschmilzt. *Meine Maikönigin.*

«Lass mich nachsehen», sage ich und halte die Hand auf meine Brust. Höre kurz hinein. «Mmmh, ausreichend Gigabyte vorhanden.»

Wir grinsen uns an, die Gesichter so nah, die Hände an unseren Seiten so kurz davor, nach einander zu greifen.

Musik setzt ein und ich verdrehe instinktiv die Augen.

«Ich schätze, ich hätte bessere Chancen auf einen Kuss, wenn das hier nicht ‹Time of my Life›, sondern ‹Highway to Hell› wäre», lacht Luca.

Und ich lache mit. Der Hochzeitstanz ist eine süße, aber ungeschickte Version vom berühmten *Dirty Dancing*-Abschlusstanz, wenn auch ohne Hebefigur. Lucas Finger unterm Tresen finden die meinen, kitzeln meine Fingerspitzen, schließen sich um meine Hand. Wir halten Händchen, ganz harmlos, und es fühlt sich an, als würde sich mein Körper dabei in seine Bestandteile auflösen. Wie erotisch bitte kann Händchenhalten sein?

Es ist kaum auszuhalten, diese Berührung aufzulösen, aber es bleibt uns nichts anderes übrig, denn die Braut kommt an die Bar. Die frischgebackene Frau van Steenberg stützt sich erschöpft auf dem Tresen ab und strahlt uns mit einem makellosen Lächeln an. Sie wirkt ein klein wenig angeschickert. Aber ich finde, das ist völlig legitim an so einem Abend. Sie lehnt sich sehr vertrauensvoll in Lucas Richtung. «Luca, mein Schatz», sagt sie, und ich reiße die Augen auf. WTF? «Machst du mir bitte mal einen doppelten Klaren?»

Luca grinst. «Klar, meine Schöne», sagt er, und ich glaube, nicht richtig zu hören. Flirtet er tatsächlich vor mir mit der Braut, oder ... Da endlich geht mir ein Licht auf. *Die van Steenbergs freuen sich wahnsinnig, die Herrmanns in ihrer Familie willkommen zu heißen ...* Herrmann, der Nachname der Braut ist Herrmann.

Luca Herrmann.

Mica Herrmann.

Die gleichen Augen, die gerade Nase, die mir so bekannt vorkam. Lucas Rührung bei der Traurede. Das verdrehte T-Shirt in der falschen Größe, aus dem plötzlich ein Hemd wurde.

«Sag nicht, dass du der Bruder der Braut bist.»

«Ich bin der Bruder der Braut», sagt er.

«Er ist der Bruder der Braut», bestätigt Mica lachend. «Wisst ihr was, ich sorge jetzt für eine Ablöse, er hat dich lange genug an der Nase herumgeführt. Ziel erreicht?», fragt sie ihren Bruder.

Und Luca antwortet mit einem breiten Grinsen. «Glaub schon.»

Die Braut tritt beiseite und spricht mit einem der anderen Kellner. Ich starre Luca an.

«Du bist hier nicht zum Kellnern?»

«Nicht wirklich, ich hab dich gesehen heute Morgen und gedacht, dass ich die Chance nutzen muss. Hätte ich dich an der Bar angequatscht, dann hättest du mit Sicherheit nicht mit mir geredet. Wir brauchten Zeit zusammen. Und ich konnte nicht auf ein weiteres, zufälliges Zusammentreffen warten, um dir zu sagen, dass es der größte Fehler meines Lebens war, nicht anzurufen.»

«Was hast du mit dem anderen gemacht? Mit dem, der mit mir die Bar übernehmen sollte. Hängt der mit Ketten an einem Heizkörper im Keller des Landhauses?»

«Das ist deine erste Reaktion auf mein ‹Geständnis›?» Er malt Gänsefüßchen in die Luft und zieht wieder die linke Augenbraue hoch.

«Ja… um auszuschließen, dass du ein totaler Psycho bist.»

«Ich bin zwar ein bisschen durchgeknallt, aber kein Psycho. Der Student, der heute mit dir hätte kellnern sollen, verpulvert in diesem Moment vermutlich die Aufwandsentschädigung, die ich ihm geboten hab. Keine Ketten, kein Keller, wahrscheinlich ist auch kein Heizkörper involviert.»

«Das ist ...»

«Sag bloß, du bist sprachlos.»

Ich nicke.

«Die Hochzeitstorte hat übrigens gar keine sechste Ebene. Ich habe es mir als Bruder der Braut erlaubt, einfach ein Stück für dich abzuschneiden.»

«Wie finden das deine Eltern?»

«Dass ich auf der Hochzeit meiner Schwester kellnere?»

Ich nicke. «Siehst du die Frau dahinten, die den Tisch abräumt? Das ist meine Mutter. Sie hat meine Schwestern und mich allein großgezogen. Die van Steenbergs sind die *rich kids*, Mica und ich sind da einfacher aufgewachsen.»

«Ablöse», ruft die Braut da, und Luca packt meine Hand und zieht mich hinterm Tresen vor.

«Tanzt du mit mir, Nelke?»

Wir sind die ersten auf der Tanzfläche, nach ‹Baby und Johnny› hat sich keiner mehr getraut. Die Töne der Ballade einer amerikanischen Rockband laufen an. Ich erkenne den Song, ‹A Girl Named Josie›, und lehne meinen Kopf langsam gegen Lucas Schulter. Ich bin keine gute Tänzerin, aber das hat uns letztes Jahr auch nicht gestört. Über uns wehen die Bänder des Maibaums. Rote und blaue Stoffbahnen, die sich im auffrischenden Wind bauschen. Sanft wippt der Kranz unterhalb der Holzschilder. Und verflucht, wenn das nicht romantisch ist, dann weiß ich auch nicht. Es ist perfekt. Perfekt perfekt und so kitschig, dass sich Rosamunde Pilcher schämen würde. Aber es ist auch fantastisch. Und richtig. Und als Luca den Kopf nur ganz leicht nach unten senken muss, um seine Lippen auf meine zu legen, ist es mir auch völlig egal, was der Rest der Welt denkt. Ich greife in den Haarknoten in seinem Nacken, ziehe ihn näher zu mir und erwidere seinen Kuss ebenso leidenschaftlich.

Vielleicht nennt man den Mai genau deshalb Wonnemonat. Möglich wär's.

**Marie Niehoff**, geboren 1996, hegt schon seit ihrer Kindheit eine Faszination für fantastische Geschichten. Diesen darf vor allem eines nicht fehlen: Romantik. Wenn sie nicht gerade schreibt, malt sie, kreiert Moodboards, kümmert sich um ihre unzähligen Zimmerpflanzen oder legt Tarotkarten. Unter anderem Namen hat sie bereits Bücher im New-Adult-Genre veröffentlicht, mit «When The King Falls» und «The Queen Will Rise», der Vampire-Royals-Dilogie, legte sie ihr Fantasy-Debüt vor. Beide Bände stiegen unmittelbar nach Erscheinen auf die SPIEGEL-Bestsellerliste ein, Band 2 erreichte sogar Platz 1. Auf Instagram und TikTok ist sie unter @marienie.schreibt zu finden.

Juni

Marie Niehoff

# Everything All At Once

Alles noch genau wie früher», verkündet Mama stolz, während sie die Tür zu meinem alten Kinderzimmer öffnet. Die Vormittagssonne scheint auf Omas Steppdecke, welche über meinem Bett ausgebreitet ist. Auf dem Schreibtisch vor dem Fenster steht eine Vase mit frischen Blumen.

*Alles wie früher,* sagt sie. Aber stimmen tut das nicht. Als ich noch hier gewohnt habe, war das Zimmer nie so aufgeräumt. Erst jetzt, wo all mein Kram sich in meiner winzigen Wohnung in Stockholm stapelt, kann man die Oberfläche meines Schreibtischs erkennen. Auf dem Nachttisch findet sich weder ein Wasserglas noch mein üblicher Berg angefangener Bücher. Und die Tür meines Kleiderschranks ist ungewohnt nackt.

Mein Leben lang habe ich dort Erinnerungsfotos hingeklebt. Auch diese hängen nun in Stockholm. Teilweise. Rund die Hälfte von ihnen verbirgt sich in einer der Schreibtischschubladen, die ich diesen Sommer ganz sicher nicht öffnen werde.

«Soll ich dir beim Auspacken helfen?», will Mama wissen und stellt meinen riesigen Koffer vor dem Bett ab. Sie schenkt mir ein Lächeln, und ich schiebe die tonnenschwere Melancholie auf meiner Brust für einen Moment beiseite, um es zu erwidern.

«Geht schon», sage ich. «Ich glaube, das mache ich heute nicht mehr.»

Oder jemals. Obwohl ich einen ganzen Monat lang zu

Hause sein werde, will ich meine Sachen nicht aus meinem Koffer räumen. Das würde sich anfühlen, als würde ich bleiben. Als *könnte* ich bleiben.

«Okay. Ich habe unten ein paar Sandwiches für dich vorbereitet. Du hast bestimmt Hunger nach der langen Fahrt. Aber wenn du dich vor dem Fest später erst mal ausruhen willst, kann ich sie dir auch hochbringen?»

Ich nicke erschöpft. «Das wäre lieb.» Ich brauche einen Moment allein. Um dieses Zimmer zu verarbeiten. Dieses Haus. Dieses Dorf. Seit ich vor fast einem Jahr zum Studieren nach Stockholm gezogen bin, war ich nicht mehr hier. Und ich weiß wieder ganz genau, wieso.

Es tut verdammt weh.

Ich bin nur hier, weil ich es versprochen habe. Mittsommer mit meiner besten Freundin – das war der Deal. Und nur für ein paar Tage oder eine Woche lohnt sich die weite Fahrt nicht. Jetzt bereue ich mein Versprechen. Fürchte mich vor dem Fest später und den vertrauten Gesichtern, die mich dort erwarten.

Mein Blick schweift aus dem Fenster und bleibt an der Esche hängen, die in unserem Garten steht. An dem kleinen Baumhaus in ihrer Astgabel. Schnell wende ich den Blick wieder ab, doch die Erinnerungen prasseln bereits unnachgiebig auf mich ein.

«Gut, kommt sofort», verspricht Mama mir. «Wann triffst du dich mit Ylva?»

«Gegen eins», murmle ich und ignoriere das mulmige Gefühl, das sich dabei in meinem Bauch breitmacht. Ich sollte dankbar dafür sein, dass meine beste Freundin sich immer noch auf mich freut, obwohl ich seit Monaten nur unregelmäßig und viel zu verzögert auf ihre Nachrichten antworte. Aber mit Ylva ist es so wie mit den Fotos in meiner Schreibtischschublade – es ist einfacher, mich von ihnen fernzuhalten.

***

«Aurora!»

Ylva begrüßt mich mit einem Korb voll Blumen und einer Umarmung, die mir die Luft aus den Lungen presst. «Oh mein Gott, ich hab dich so vermisst!»

Ich ziehe sie ebenso fest an mich, vergrabe das Gesicht in ihren duftenden blonden Locken und lasse einen Moment lang zu, dass sich ihre Nähe wie eine warme Decke um mich legt. «Ich dich auch», flüstere ich. Dann löse ich mich vorsichtig von ihr und mustere ihr sommersprossiges Gesicht. Sie hat jetzt ein Nasenpiercing, und ihr Grinsen ist noch breiter als früher. Meins hingegen fühlt sich so gestellt an, dass ich mich eilig auf den Korb zu ihren Füßen konzentriere.

«Was bringst du denn da mit?», frage ich scheinheilig.

Sie grunzt belustigt. «Oh, tu nicht so», mahnt sie mich, greift danach und drängt sich an mir vorbei in mein altes Kinderzimmer. Einen Moment lang beäugt sie meinen kleinen Schreibtisch, dann stellt sie den Korb stattdessen auf dem Dielenfußboden ab und lässt sich daneben sinken. «Du kommst nicht daran vorbei, mit mir Blumenkränze zu binden. Darauf freue ich mich, seit du weggezogen bist. Du hast es mir versprochen, schon vergessen?» Ihre blauen Augen betrachten mich prüfend, und ich setze mich mit einem ergebenen Seufzen neben sie.

«Na gut», willige ich ein. «Wenn du unbedingt eiförmige Kränze willst, die spätestens beim Abendessen auseinanderfallen …»

Ylva stößt mich in die Seite und fängt an, die Blumen aus

dem Korb zu holen. Sie hat allerlei Wildblumen und Gräser gesammelt, aber ein paar stammen sicher auch aus dem Garten ihrer Großmutter. Ich helfe ihr, alles nach Farbe zu sortieren, und bin froh, dass sie dabei das Reden übernimmt.

«Das wird so schön heute!», behauptet sie. «Der ganze Sommer! Wenn du schon nur einmal im Jahr heimkommst, müssen wir das Beste draus machen. Ich habe eine Liste. Wir werden auf jeden Fall Minimum dreimal im See baden gehen und ungefähr zwanzig Filme zusammen schauen. Aber erst mal wirst du mit mir heute Abend um die Mittsommerstange tanzen, bis dir schwindlig ist, und hoffentlich genug Alkohol trinken, um mir endlich mehr über Stockholm zu erzählen.» Ylva zwinkert mir zu. «Deine Geheimnisse sind nicht sicher vor mir, Aurora. Ich will alles wissen.»

Hitze steigt mir in die Wangen. «Es gibt eigentlich nichts Spannendes zu erzählen.»

«Ja, ja, ja», ruft Ylva belustigt. «Und warum wirst du dann rot? Du bist da unten so beschäftigt, dass du kaum auf meine Nachrichten antwortest. Verrate mir bitte endlich die brisanten Details deines wilden Studentinnenlebens. Ich verspreche auch, dass ich nicht neidisch werde. Na gut, vielleicht ein bisschen neidisch. Aber das ist ein gutes Maß. Ich lebe sozusagen durch dich. Und ich brauche dringend ein paar Geschichten über deine sexy Kommilitonen. Und Bilder. Bitte sag mir, dass du Bilder hast!»

«Ich habe keine sexy Kommilitonen», lüge ich und spüre, wie sich mir langsam die Kehle zuschnürt. Für sie ist Stockholm ein absoluter Traum. Und ich schaffe es einfach nicht, ihn wertzuschätzen. «Und ich führe auch kein wildes Studentinnenleben, tut mir leid.»

«Ach komm, aber *irgendjemanden* gibt es doch bestimmt», bohrt Ylva weiter. «Es muss ja nichts Ernstes sein.» Wieder zwinkert sie mir zu.

«Oh mein Gott», murmle ich und werfe ihr einen genervten Blick zu. «Du weißt, dass ich zum Lernen dort hingezogen bin, oder?»

«Aber ein Studium besteht nicht nur aus Lernen, Aurora. Das ist Leben! Freiheit.» Sie wackelt mit den Augenbrauen.

Ich seufze auf. Vermutlich hat sie recht. Vermutlich *sollte* es das sein. Aber für mich war es das nie. Im Gegenteil. Von Freiheit spüre ich in Stockholm nichts. Ich fühle mich eingeengt zwischen den unzähligen dicht beieinanderstehenden Häusern, den Autos, dem Asphalt. Fühle mich fremd in dem Meer aus Passanten, fühle mich fehl am Platz in jedem Seminar und jeder Vorlesung.

«Vielleicht sollten wir es anders machen», schlägt Ylva verschmitzt vor. «Wir gehen gleich noch ein paar frische Blumen pflücken, und du sagst mir dann morgen, von wem du geträumt hast.»

Wieder werde ich rot. Es gibt diesen alten Brauch, an Mittsommer sieben verschiedene Blumen zu sammeln und sie unters Kopfkissen zu legen. In der Nacht träumt man dann angeblich von der Person, die man mal heiraten wird. Aber ich weiß zu gut, von wem ich die letzten Nächte geträumt habe – und eine Zukunft mit ihm ist völlig ausgeschlossen.

«Also ist da doch jemand!», ruft Ylva aus, die offenbar meine Reaktion beobachtet hat. «Okay ... Dunkelhaarig?»

Ich presse die Lippen zusammen.

«Blond?»

Ein vertrautes Gesicht taucht vor meinem inneren Auge auf, und Ylva johlt triumphierend.

«Ha! Blaue Augen?»

«Lass es einfach!», entfährt es mir, meine Stimme eine Spur zu scharf. «Bitte.»

Ylva hält inne. Einen Moment lang wirkt sie irritiert. Dann wird ihr Blick mitfühlend. «Sorry», murmelt sie und widmet sich den restlichen Blumen im Korb. «Aber du erzählst mir ja nichts. Ich will doch nur ...» Sie zögert. «Ach, egal. Geht mich auch nichts an, oder?»

Mir entgeht ihr bitterer Tonfall nicht. Und mit einem Mal fühle ich mich schlecht. Es ist nicht fair, dass ich sie so aus meinem Leben aussperre. Sie immerzu auf Abstand halte. Aber ich kann einfach nicht anders. Das Heimweh ist ohnehin schon zu groß, und Ylva macht es nur noch unerträglicher.

«Du tanzt hoffentlich trotzdem mit mir», wechselt sie das Thema, legt die letzten Blumen ab und steht auf. Sie wendet sich meinem Schreibtisch zu. «Mittsommer ohne Tanzen ist noch schlimmer als ein eiförmiger Kranz. Hast du hier eine Schere? Ich hab vergessen ...»

«Nein!»

Ylva hat die Hand an eine der Schubladen gelegt, und ich springe auf. Doch noch bevor ich sie zurückhalten kann, hat sie sie bereits aufgezogen. Wir stocken beide. Gemeinsam starren wir hinunter auf den chaotischen Haufen Fotos, der uns entgegenblickt. Hundertmal mein Gesicht und hundertmal seines. Braune Augen. Blonde Locken. Dazwischen Bilder vom Baumhaus, in dem wir tausendmal gemeinsam saßen.

Ein Kloß bildet sich in meiner Kehle. Doch bevor die Tränen kommen können, schlage ich kurzerhand die Schublade zu. «Schere ist unten», bringe ich hervor und gehe hinüber zur Tür.

Ylva sagt nichts und ich verlasse das Zimmer. Als ich wenig später zurückkomme, sitzt sie wieder auf dem Boden und hat den Anfang eines Kranzes in der Hand. Schweigend setze ich mich zu ihr und beginne meinen eigenen.

«Er kommt später auch, weißt du», murmelt sie irgendwann in die Stille hinein.

Ich atme tief durch. «Dachte ich mir.»

«Und er ist immer noch Single ...»

Ich zucke nur mit den Schultern, obwohl diese Information ein Kribbeln durch meinen Körper schickt. Es ändert nichts. Eldar und ich haben uns getrennt, weil ich gehen musste. Und ich kann nach wie vor nicht zurück.

***

Als Ylva und ich auf dem Festplatz ankommen, hat sich dort schon das ganze Dorf versammelt. Die Mittsommerstange wurde aufgestellt und ist bereits halb mit Blumen, Zweigen und bunten Bändern geschmückt. Im Schatten der Bäume am Rand der Wiese wird das Büfett aufgebaut. So sind die Speisen und Getränke wenigstens halbwegs vor der Junisonne geschützt, die mich selbst in meinem luftigen weißen Kleid schwitzen lässt.

Ich entdecke Mama, die gerade eine große Schale Erdbeeren auf einem der Tische platziert, und winke ihr zu. Als sie zurückwinkt, drehen sich sämtliche Köpfe zu mir um, und binnen Sekunden bin ich umringt von ehemaligen Nachbarn und Nachbarinnen, die mich über Stockholm und mein Studium ausfragen. Ich setze ein Lächeln auf und antworte ihnen geduldig. Versuche, mir nicht anmerken zu lassen, dass ich es hasse, darüber zu reden.

Nach dem unangenehmen Gespräch mit Ylva vorhin habe ich mich sorgsam wieder zusammengerafft, um das Fest zu überstehen.

Aber offenbar nicht sorgsam genug.

Denn plötzlich begegne ich über die Wiese hinweg einem Blick aus vertrauten braunen Augen, und es kommt mir vor, als würde ich den gesamten Schmerz des vergangenen Jahres auf einen Schlag noch mal fühlen.

«Ich muss jetzt leider meiner Mama helfen», wimmle ich Frau Lindström ab, die viel zu interessiert am Inhalt meines Linguistikkurses ist, und eile hinüber zum Büfetttisch. Es ist zwar nicht so, als ob Mama um Hilfe gebeten hätte, geschweige denn welche bräuchte, aber ich muss mich beschäftigt halten. Sonst holen mich die Zweifel ein, die mich seit Wochen nachts wachhalten.

Doch es hilft alles nichts. Egal, ob ich das Essen vorbereite, für die älteren Bewohner des Dorfes Teller und Getränke trage oder mit Ylva singend um die Mittsommerstange tanze – die Melancholie hängt hier in jedem Atemzug. Sie schwirrt in der warmen Sommerluft, liegt im Duft von Heu und Wildblumen, wippt im Takt der Mittsommerlieder. Sie schwebt in jedem gestohlenen Blick, den ich Eldar zuwerfe, und in jedem, den er erwidert. Im Schein der schwindenden Sonne, die seine blonden Locken in goldenes Licht taucht, und in dem halben Lächeln, das er mir später am Abend über das Lagerfeuer hinweg schenkt.

Und ich dachte ernsthaft, es würde einen Unterschied machen, ob ich mir unsere Fotos ansehe. Wenn doch allein die Tatsache, dass er nicht mehr Hunderte Kilometer von mir entfernt ist, all meine Wunden aufreißt und jede noch so kleine Erinnerung wieder an die Oberfläche spült. Ich sitze wieder neben Eldar in der Schule. Jage mit ihm über abgemähte Spätsommerwiesen. Liege mit ihm in unserem Baumhaus, mein Kopf auf seiner Schulter, seine Wange an meiner Schläfe.

Und dann sage ich Eldar, dass ich gehe. Zertrümmere alles, was wir hatten. Ersticke an den Scherben.

«Rede doch mal mit ihm», drängt sich Ylvas Stimme in meine Gedanken, und ich blinzle hektisch gegen meine brennenden Augen an. Erst jetzt merke ich, dass ich Eldar eben angestarrt habe. Er sitzt auf der anderen Seite des wärmenden Feuers, über ihm der noch immer rosafarbene Himmel, und starrt zurück.

Abrupt wende ich mich ab und schaue auf meine Uhr. Heute Nacht wird es kaum dunkel, aber es ist definitiv spät genug, um mich bald in mein Bett zu verkriechen. Ich habe Ylva alle ihre Wünsche erfüllt, den Rest der Nacht muss sie allein auskommen.

«Das ist keine gute Idee», lasse ich sie wissen und stehe von der Bank auf. «Ich gehe dann jetzt. Bin müde von der langen Fahrt.»

Ylva zögert und schaut sich auf dem Platz um. Die Stimmung ist ausgelassen. Ein paar Kinder rennen lachend um die Mittsommerstange, an einem der anderen Tische wird ein Trinklied gegrölt. Früher hätte ich das schön gefunden. Aber das hier ist kein Ort mehr für mich, das macht mein Herz mir unmissverständlich klar. Und diese Tatsache macht mich noch trauriger, als ich ohnehin schon bin.

«Wir könnten ja auch noch gemeinsam einen Film schauen», bietet Ylva an, doch ich schüttle schnell den Kopf.

«Wann anders, okay?»

Ylva seufzt und erhebt sich ebenfalls. Sie zieht mich kurzerhand in eine feste Umarmung. «Ich hab dich lieb, Aurora», flüstert sie mir ins Ohr.

In meiner Kehle bildet sich ein Kloß. «Ich hab dich auch lieb, Ylva», murmele ich und blinzle eine Träne weg. Und ich wünschte, ich könnte ihr sagen, wie sehr. Es ist nicht so, als hätte ich keine anderen Freunde in Stockholm gefunden. Aber diese Bekanntschaften fühlen sich so oberflächlich an. Alles dort ist irgendwie aufgesetzt. Es ist nicht mein Zuhause, egal wie sehr ich mir das einrede. Wird es niemals sein. Und trotzdem muss ich noch ein paar Jahre lang so tun, als ob. Es ist der einzige Weg, um mein Studium zu überstehen.

Ich löse mich von Ylva und verabschiede mich von ihr. Mama hat sich längst unter die Feiernden gemischt, und ich verzichte darauf, sie zu suchen. Stattdessen husche ich so unbemerkt wie möglich von der Wiese und folge der staubigen Straße durch unser kleines Dorf. Einzelne rote Bauernhäuser und üppige Gärten zieren den Weg. Das dauerhafte Zwielicht verleiht ihnen etwas Mystisches. Verstärkt die Nostalgie, die über diesem Ort liegt, noch weiter.

Ich halte auf der Brücke, die über den kleinen Bach führt, und schaue hinunter ins dunkle Wasser. Eine Brise weht mir durch die Haare und bringt die Blätter der nahen Eschen zum Rascheln. Tief atme ich durch.

Das hier ist so viel schwieriger, als ich dachte. Und ich weiß ehrlich nicht, wie ich das bis zum Ende der Semesterferien durchstehen soll. Nur würde es ja nicht besser werden, würde ich morgen zurückfahren. Die Wunde ist bereits geöffnet. Und mein Vermissen ist wieder ebenso schmerzhaft wie am ersten Tag.

«Aurora?»

Erschrocken fahre ich herum. Dabei weiß ich längst, wer mir gefolgt ist. Den Klang seiner Stimme werde ich niemals vergessen. Er steht ein paar Meter entfernt, die Hände in den Taschen seiner Jeans. Aus der Nähe wirkt er doch anders als früher. Die Ärmel seines weißen Hemdes sind hochgekrempelt und offenbaren seine jetzt deutlich muskulöseren

Unterarme. Seine ganze Statur kommt mir breiter vor. Und zugleich ist da nichts mehr von dem dauergrinsenden Jungen, in den ich mich damals verliebt habe. Seine Gesichtszüge wirken traurig, seine Augen müde.

«Eldar», bringe ich erstickt hervor.

Er zögert einen Moment. Dann nimmt er die Hände aus den Hosentaschen und kommt näher. Mir bleibt nichts anderes übrig, als stehen zu bleiben. Ich könnte nicht mal weglaufen, wenn ich wollte. Mein ganzer Körper sehnt sich nach seiner Nähe, und es kostet mich schon alles, mich nicht in seine Arme zu werfen.

«Gehst du schon nach Hause?», fragt er leise.

Ein Nicken. Mehr schaffe ich einfach nicht. Die Erinnerungen schwappen über. Ich spüre Eldars warme Finger auf meinen Schultern, in meinem Nacken. Seinen Atem auf meiner Wange, seinen Herzschlag unter meiner Handfläche.

«Ich dachte, wir könnten vielleicht kurz reden», meint er, beinahe etwas unsicher.

*Ich liebe dich*, sagt der Eldar in meinen Gedanken, und ich möchte heulen.

«Worüber denn?» Meine Brust fühlt sich eng an. Mein Puls rast, weil ich Angst davor habe, was er wirklich sagen will.

Er atmet seufzend aus und fährt sich durch die zerzausten Locken. «Keine Ahnung», gesteht er kraftlos. «Ich ... wollte einfach wissen, wie es dir geht.»

«Gut», erwidere ich ganz automatisch. «Nur müde.»

Eldar verzieht leicht den Mund, und ich muss mich davon abhalten, mehr zu verraten. Die Wahrheit liegt mir auf der Zunge. Weil es bei ihm schon immer am leichtesten war, sie auszusprechen. Und zugleich ist er der Letzte, der sie erfahren darf.

«Wie ist Stockholm?», fragt er weiter. Mir entgeht nicht, wie sich sein Körper bei den Worten anspannt. Vielleicht, weil er es gar nicht wissen will. Und dennoch ringt er darum, das Gespräch am Leben zu halten.

*Er ist immer noch Single*, jagt mir Ylvas Stimme durch den Kopf. Aber das muss ja nichts heißen. Wir müssen uns nicht mehr lieben, um das hier kompliziert zu machen. Dass wir es einst taten, reicht dafür völlig aus.

«Aufregend», winde ich mich. «Und ziemlich groß.»

«Ah», macht Eldar nur. Und ich höre ihm an, dass er sich andere Antworten erhofft hat. Oder vielleicht einfach nur mehr.

«Und wie geht's dir?», schiebe ich eilig hinterher.

Ihm entweicht ein ersticktes Schnauben und er schüttelt den Kopf. «Gut», behauptet er. «Der Hof entwickelt sich super. Ich hab mir ein eigenes Auto gekauft. Nur dass ich dich immer noch jeden Tag vermisse, macht das Ganze ein bisschen beschissen.»

Mir stockt der Atem.

Eldar schließt die Augen und legt für einen Moment den Kopf in den Nacken. «Sorry», flüstert er. «Das war unfair.» Er schaut mich wieder an, und kurz glaube ich, eine Träne in seinem Augenwinkel glitzern zu sehen. «Ich lass dich jetzt besser in Ruhe.»

Er wendet sich ab, und ich habe das Gefühl, als würde er mir damit ein Stück aus dem Herzen reißen. Sein Geständnis hallt noch in mir nach. Ich weiß nicht, was ich fühlen soll. Schock? Freude? Angst? Oder doch nur Schuld?

«Es ist nicht unfair», platzt es aus mir heraus, als Eldar den ersten Schritt von mir wegmacht.

Er hält inne und dreht sich wieder zu mir um. Fragend schaut er mich an, und ich ringe um Worte.

«Du darfst sagen, was du willst», erkläre ich. «Ich würde es auch verstehen, wenn du mich verfluchst. Wenn es dir hilft, dann halte ich deine Wahrheiten aus. Das bin ich dir schuldig.»

«Aber eigene Wahrheiten schuldest du mir nicht?» Erneut kommt er auf mich zu. Diesmal näher, irgendwie wütender. Oder vielleicht ist es auch Verzweiflung. Eldar tritt direkt vor mich und fängt meinen Blick mit seinem. «Was für ein Scheißkonzept ist das, Rora? Ich darf die Wahrheit sagen, aber sie nicht von dir hören?»

Mein Herz zieht sich zusammen. «Was meinst du?»

«Du hast mich eben angelogen, als ich dich gefragt habe, wie es dir geht.»

Ich schlucke schwer. «Das war etwas anderes.»

«Warum?», will er wissen. «Darf ich jetzt nicht mal mehr erfahren, wie es dir geht? Bin ich dir so fremd geworden? Oder hast du solche Angst vor der Wahrheit, dass du mich lieber anlügst?»

Hilflos schüttle ich den Kopf.

«Ich will das nicht, Aurora. Wir waren immer ehrlich zueinander. *Immer*. Mach das nicht kaputt. Dann antworte nächstes Mal lieber gar nicht.»

Wieder will er sich abwenden, doch ich halte ihn am Arm zurück. Das Gespräch zerfleischt mich. Die Wahrheit für mich zu behalten, frisst mich auf. Und ich wünschte, ich könnte ihm wenigstens das sagen.

«Die Wahrheit würde es nicht besser machen», flüstere ich.

Er zieht die Brauen zusammen. «Seit wann ist es an dir allein, das zu beurteilen? Das habe ich schon damals nicht verstanden.»

Mein Herz bricht. «Eldar ...»

Sein Ärger schwindet. Stattdessen wird der Ausdruck in seinen braunen Augen traurig. «Sag meinen Namen nicht so, Rora», flüstert er. «Es tut noch weh vom letzten Mal.»

Ich umklammere seinen Arm fester, als könnte ich die Erinnerung an damals auf diese Weise daran hindern, uns einzuholen. Als könnte die Realität uns nicht mehr auseinanderreißen, wenn ich mich nur verzweifelt genug an ihm festhalte. Doch nun ist es trotzdem an mir, eine Wahrheit auszusprechen.

«Ich kann nicht bleiben», erinnere ich ihn erstickt.

Eldar legt seine Hand auf meine und drückt sie sanft. «Ich habe dir damals schon gesagt, dass mir das egal ist.»

«Mir aber nicht», stoße ich aus.

Er war bereit für eine Fernbeziehung. Weil er lieber nur Tage oder Wochen mit mir hätte als gar nichts. Aber das kann ich nicht. Denn wenn Eldar hier auf mich wartet, gemeinsam mit Mama und Ylva, mit dem vertrauten Haus, den Wäldern, den Wiesen ... Wenn Eldar hier wartet, gemeinsam mit meinem Zuhause, dann überstehe ich Stockholm nicht. Ich musste eine Grenze ziehen. Mich selbst davon abhalten, zurückzuwollen. Oder es zumindest versuchen. Denn ich will es immer noch. Ich habe jeden Tag Heimweh. Heimweh nach diesem Ort und Heimweh nach ihm. Ich hasse Stockholm und ich hasse mein Studium. Ich hasse, was es mich gekostet hat und was es mich noch kosten wird. Ich hasse, dass alle von mir erwarten, es durchzuziehen, obwohl sich noch nie etwas falscher angefühlt hat.

«Warum weinst du jetzt?», flüstert Eldar und beugt sich zu mir herunter. «Hey ...»

«Weil ich dich auch jeden Tag vermisse», bringe ich schluchzend hervor. «Und weil ich nicht an dich denken wollte, und jetzt bist du hier und ich will nie wieder an etwas anderes denken. Und das ist scheiße. Das macht alles noch viel schlimmer.»

«Rora», raunt er. Geradezu zaghaft schließt er mich in seine Arme. Doch sein Griff wird fester, als ich mich an ihn lehne. Das Gesicht an seiner Schulter vergrabe. Seinen viel zu vertrauten Duft einatme. Genau hiervor hatte ich Angst. Weil es sich zu gut anfühlt, um ihn wieder loszulassen. Und ich weiß, dass Eldar es nicht von sich aus tun wird. Wir könnten den ganzen Sommer hier stehen, sein Kinn auf meinem Kopf, dieses leise verliebte Kribbeln in der Magengrube, und es würde ihn nicht stören.

«Kann ich noch eine Wahrheit aussprechen?», flüstert er kaum hörbar.

Schniefend hebe ich den Kopf und blinzle ihn an. Er mustert mich und ich sehe sein Zögern. Es lässt die in Traurigkeit getränkten Schmetterlinge in meinem Bauch nur umso heftiger flattern. Weil es ein Eldar-Zögern ist. Eines, das ich schon so oft gesehen habe und auf das jedes Mal etwas Schönes folgte. Es markiert den Moment, in dem Eldar sich die perfekten Worte zurechtlegt, um seine Gedanken mit mir zu teilen. Den Moment, in dem wir noch mehr eins werden als ohnehin schon, weil ich danach jedes Mal das Gefühl habe, ihn noch ein kleines bisschen besser zu kennen.

Eldar streicht mir eine meiner braunen Haarsträhnen hinters Ohr und nimmt mein Gesicht zwischen seine Hände. Dann senkt er den Kopf. Wie in Zeitlupe, als würde er mir die Gelegenheit geben wollen, zurückzuweichen. Stattdessen hebe ich das Kinn. Warte, bis unsere Nasenspitzen sich berühren und ich seinen Atem auf meinen Lippen spüre. Bis mein Herz mir fast aus der Brust springt und sich alles in mir danach sehnt, ihn zu küssen.

«Ich liebe dich immer noch», haucht Eldar und vergräbt

dabei die Finger in meinen Haaren. «Und wenn ich nur diesen Sommer mit dir verbringen kann, ist das immer noch besser, als gar nichts mehr von dir zu haben. Selbst wenn es nur diese eine Nacht wäre – ich würde sie nehmen, Aurora.»

Es klingt so verdammt verlockend. Und macht es jetzt wirklich noch einen Unterschied? Es hat doch schon ein Blick in Eldars Gesicht gereicht, damit es sich anfühlt wie früher. Ich könnte wenigstens diese flüchtige Zeit mit ihm genießen. Sie nutzen, um mich wieder zusammenzuraffen. Um genug Energie zu sammeln, damit ich das nächste Jahr in der Hauptstadt überstehe.

Ich klammere mich in seinem Hemd fest, ziehe ihn kaum merklich näher zu mir und schließe die Augen. Nur diese eine Nacht. Nur ... dieses bisschen Wunscherfüllung.

Eldars Nasenspitze berührt meine Wange. Seine Lippen streifen meine. Noch ein Zögern, dann küsst er mich. Und ich weiß nicht mehr, ob ich Schmerz fühle oder Glück. Beide Empfindungen vermischen sich unaufhaltsam miteinander, während Eldar einen Arm um meine Taille schlingt und mich wieder an sich zieht. Er schmeckt noch wie früher. Sein Herz schlägt an meiner Brust, seine Wärme sickert in meine Glieder, und das letzte Jahr zieht wie in einem Rausch an mir vorbei. Jeder Tag ohne Eldar war ein verschwendeter. Jeder Kilometer, der uns trennte, war Folter. Und jetzt fühlt es sich endlich wieder richtig an. So richtig, dass mir erneut die Tränen kommen.

Geradezu panisch löse ich mich von ihm und schnappe nach Luft. Eldar hält inne. Seine Umarmung lockert sich, doch er lässt mich nicht ganz los, und ich weiche auch nicht zurück. Ich schaffe es nicht, wieder Abstand zwischen uns zu bringen. Ich weiß nicht, wie ich es überhaupt je geschafft habe.

«Ich kann nicht nur eine Nacht», wispere ich und blinzle gegen die Tränen an. Sie lassen Eldars Gesicht vor mir verschwimmen, wollen ihn mir wieder wegnehmen. Und ich will nicht mehr ohne ihn. Will nicht mehr weg. «Wenn du mich noch mal küsst», flüstere ich verzweifelt, «dann schaffe ich es nicht mehr zu gehen.»

Er stockt. Und mit einem Mal ist Eldars Zögern etwas Schlechtes. Er verspannt sich. Lässt langsam seine Arme sinken. Tritt zurück. «Okay», sagt er leise. Doch er macht keine Anstalten, mich wieder zu küssen.

Irritiert ziehe ich die Brauen zusammen und reibe mir über die feuchten Wangen. «Okay?», wiederhole ich verwirrt.

«Wenn das so ist, küsse ich dich nicht mehr.»

Mich durchfährt ein schmerzhafter Stich. «Warum?», stoße ich aus. «Ich dachte, du willst, dass ich bleibe!»

In Eldars braunen Augen schimmern Tränen. «Will ich auch, Rora. Aber du hast mich damals angefleht, dich gehen zu lassen, und jetzt wälzt du die Entscheidung auf mich ab? Dich von irgendetwas abzuhalten, war nie meine verdammte Absicht. Wenn du mich küssen willst, dann küss mich. Wenn du bleiben willst, dann bleib. Aber gib mir nicht das Gefühl, als würde ich dich zwingen.»

Meine Hände zittern. «Ich wollte nicht ...» Weiter bringe ich den Satz nicht. Weil ich nicht weiß, wie ich ihn beenden soll. Weil ich gar keine Ahnung habe, was ich eigentlich will. Oder mir zumindest einrede, es wäre so.

Eldar lächelt schwach, doch es wirkt traurig. «Schon gut», murmelt er. «Falls du reden willst, weißt du, wo du mich findest. Bis dahin lasse ich dich in Ruhe. Ich will nicht zwischen dir und deinen Träumen stehen, Aurora. Gute Nacht.»

Er wendet sich ab und lässt mich allein auf der kleinen

Brücke stehen. Unter mir plätschert noch der Bach. In den Baumkronen rauscht weiterhin der Wind. Der Himmel verweilt in seinem Zwielicht-Rosa. Aber in meinem Inneren hat sich alles schmerzhaft verschoben, und ich habe das Gefühl, als wäre mein Herz dabei so fest eingequetscht worden, dass es aufgehört hat, zu schlagen. Eldar will nicht zwischen mir und meinen Träumen stehen. Aber dass das gar nicht meine Träume sind – das weiß er nicht.

***

Bis ich zu Hause angekommen bin, haben die Tränen endgültig gewonnen. Ich verkrieche mich ins Bett und weine mich in den Schlaf. Weil Eldar so verdammt perfekt ist. Er hat so viel Verständnis. So viel Geduld. So viel Liebe für mich, trotz allem, was war. Und obwohl ich ihn ebenso liebe, fühlt es sich unmöglich an, mich für ihn zu entscheiden. Es ist, als stünde Hierbleiben gar nicht zur Wahl. Es ist nur eine hypothetische Option, entstanden in den Untiefen meiner sehnsuchtsvollen Gedanken. Mein Was-wäre-wenn, das mich bis in alle Ewigkeit verfolgen wird.

Es dauert Stunden, bis ich einschlafe. Und als ich es endlich tue, träume ich von Eldar. Von unserem Kuss auf der Brücke und davon, in seinen Armen aufzuwachen. Jeden Tag aufs Neue – weit weg von Stockholm.

Ich schrecke aus dem Schlaf hoch, völlig desorientiert. Einen Moment lang glaube ich wirklich, er würde neben mir liegen. Doch ich habe mir seine Wärme nur eingebildet, und sie verschwindet ebenso schnell, wie neue Tränen kommen. Frustriert schleudere ich mein Kissen an die Wand neben dem Bett und erschrecke, als mir dabei ein paar zerdrückte Blütenblätter entgegenflattern. Weitere liegen auf meiner Matratze. Sieben verschiedene Wildblumen werden es mal gewesen sein. Mit Sicherheit hat Ylva sie dort hingelegt. Wahrscheinlich als ich die Schere geholt habe. Keine Ahnung, was sie mir damit beweisen wollte, aber es fühlt sich an, als würde der alte Brauch mich verhöhnen. Eldar ist sicher nicht der Mann, den ich mal heirate. Höchstens der, dem ich auf ewig nachtrauere, wenn ich irgendwann in einem stickigen Büro sitze und auf graue Gebäudefassaden blicke. Und der Gedanke macht mich so verdammt unglücklich, dass ich keine Luft mehr bekomme.

Wütend fege ich Ylvas Blumen von meinem Bett. Ringe nach Atem und stoße etwas aus, das halb Schrei, halb Schluchzen ist. Meine Sicht verschwimmt in Tränen und das Gewicht meiner eigenen Hoffnungslosigkeit erdrückt mich unter sich.

«Aurora?»

Mamas Stimme lässt mich zusammenzucken. Sie hat die Tür geöffnet und schaut besorgt zu mir herein. Hektisch wische ich mir über das Gesicht und wende mich ab. Doch ihre Schritte knarzen bereits auf dem alten Dielenboden, und nur Sekunden später sinkt ihr Gewicht neben mir auf die Matratze.

«Was ist denn?», fragt sie leise und zieht mich in ihre Arme. «Warum weinst du?»

Etwas in mir will die Wahrheit wieder herunterschlucken. Doch sie sitzt mir schon so weit oben in der Kehle, dass ich Angst habe, dann an ihr zu ersticken.

«Ich hasse Stockholm», presse ich hervor. Und die Erleichterung, die mich bei den Worten durchströmt, reißt noch mehr Worte mit sich. «Ich hasse das Studium. Alles daran. Es ist langweilig. Es setzt mich unter Druck. Und alles ist fremd und einsam und furchtbar.» Ich schlinge meine Arme enger um Mama, und sie ihre im Gegenzug enger um mich. Vorsichtig streicht sie mir über die Haare und atmet tief durch. «Ich vermisse dich», schluchze ich weiter. «Ich vermisse mein Zuhause und Ylva und Eldar ganz besonders.»

«Oh, Schatz», haucht sie. «Warum hast du denn nichts gesagt?»

«Wozu denn? Es ändert doch nichts.»

«Wieso sollte es nichts ändern?», fragt sie irritiert. «Natürlich tut es das. Es zwingt dich doch niemand, zu studieren.»

«Du hast damals selbst gesagt, was für eine einmalige Chance das ist», erinnere ich sie erstickt. «Und ich werfe sie weg. Das geht nicht.»

«Man muss nicht alle Chancen nutzen», beharrt sie sanft. «Es kommen andere.»

«Aber Papa will, dass ich studiere. Das ganze Dorf will das. Und er hat alles bezahlt, also ...»

«Aurora, es ist mir so was von egal, was dein Vater will», sagt Mama mit einem ungewohnten Anflug von Schärfe in ihrer Stimme. «Ich will nur, dass du glücklich bist, hörst du mich?» Sie schiebt mich vorsichtig von sich, damit sie mich ansehen kann. Ich reibe mir verzweifelt über das Gesicht, aber die Tränen fließen einfach weiter. «Was bringt dir ein Studium in Stockholm, wenn du dich dabei so fühlst?», fragt sie weiter und streicht mir mit dem Daumen über die Wange. «Ein Abschluss oder ein gut bezahlter Job sind nicht die wichtigsten Dinge im Leben.»

«Und was, wenn sie es doch sind?», schniefe ich. «Was, wenn ich einen Fehler mache? Was, wenn ich, ohne es zu merken, nur wegen Eldar bleibe und das mit uns irgendwann nicht mehr funktioniert? Was, wenn ich es bereue?»

«Schatz.» Sie umfasst mein Gesicht mit ihren warmen

Händen. «Du tust das doch nicht für ihn. Sondern für dich. Daran gibt es niemals etwas zu bereuen, hörst du? Und selbst wenn das mit euch irgendwann nicht mehr funktioniert – danach kommt ein neues Kapitel. Ihr jungen Leute macht das Leben so kompliziert.» Sie zwinkert mir zu. «Es geht nur darum, auf dein Herz zu hören. Alles andere kommt an zweiter Stelle.»

«Du tust, als wäre das einfach», schnaube ich verzweifelt.

Mama lächelt. «Auf jeden Fall einfacher, als das Gegenteil von dem zu tun, was du eigentlich willst. Und soll ich dir noch ein Geheimnis verraten?»

Fragend schaue ich sie an.

Mama beugt sich verschwörerisch zu meinem Ohr vor. «Als ich vorhin heimgekommen bin, kam es mir fast so vor, als wäre unser Baumhaus bewohnt.»

Ich stocke, und mein Herz schlägt schneller. «Du meinst …?»

«Ich habe ihn schon hundertmal da drin erwischt, seit du weg bist», gesteht sie mir. «Vielleicht solltest du auch mit ihm darüber reden, was du wirklich willst. Und dann hast du den ganzen Sommer Zeit, um eine Entscheidung zu treffen. Länger sogar, wenn du das möchtest. So lange, bis sie sich einfach anfühlt.»

***

Mit rasendem Herzen klettere ich die wacklige Leiter empor. Es ist noch mitten in der Nacht, kurz nach fünf Uhr, aber der Himmel ist hell und Vögel zwitschern munter über mir in den Zweigen. Die Angst, dass Eldar nicht mehr da ist, ist groß. Aber noch größer ist die, dass er es sich vielleicht anders überlegt hat. Dass er es mittlerweile satthat, auf mich zu warten. Mit mir abgeschlossen hat, wo ich doch gerade beginne zu realisieren, dass es nie einen Abschluss gab. Doch als ich durch die offene Tür ins Innere schaue und dem Blick eines vertrauten Augenpaares begegne, weiß ich, dass es noch Hoffnung gibt. Und jetzt, wo mir die Wahrheit wie ein Stein vom Herzen gerutscht ist, fühlt sich alles verdammt schnell verdammt einfach an. Fast, als wäre es richtig.

Ich muss lächeln.

«Hi», flüstere ich.

Eldar lehnt an der Wand, ein paar Kissen im Rücken. Er trägt noch die Klamotten von gestern und mustert mich und meine Kombination aus Nachthemd und Jogginghose sichtlich irritiert. «Soll ich gehen?», fragt er unsicher.

Ich schüttle den Kopf. «Darf ich mich zu dir setzen?», frage ich zurück. «Und dir noch ein paar Wahrheiten erzählen?»

Eldar hebt eine Braue, doch im selben Atemzug zieht er mir ein weiteres Kissen heran und weist mit dem Kinn auffordernd neben sich. Ich klettere ins Baumhaus und lasse mich neben ihn sinken. Tief durchatmend wende ich mich ihm zu.

«Darf ich vorher noch etwas anderes machen?», hauche ich.

Wie gebannt hält er meinen Blick fest. Lässt ihn nicht los, selbst als ich näher zu ihm rutsche, seine Hand nehme und mich gegen seine Schulter lehne.

Eldar nickt. Langsam senkt er den Kopf. Und als sich diesmal unsere Lippen berühren, weiß ich, dass ich wirklich nicht mehr gehen kann.

Weil ich nicht mehr gehen will.

**Dominik Gaida**, 1989 geboren, arbeitet nach einem freiwilligen sozialen Jahr in Südafrika und seinem Psychologie-Studium heute als Psychotherapeut. Er hat bereits unter Pseudonym mehrere Hörbuchskripte geschrieben, mit der Dark-Academia-Trilogie «Brynmor University» trat er erstmals mit seinem eigenen Namen an die Öffentlichkeit. Als Own-Voice-Autor möchte er zur Sichtbarkeit der LGBTQIA+-Community beitragen. Er ist auf Instagram (@dominikgaida) und TikTok (@dominik.gaida) zu finden.

Juli

Dominik Gaida

# Due Cuori Feriti

Als ich in der Gelateria Castellari eintreffe, ist er schon da.

Ich kann nicht genau sagen, warum er sofort meine Aufmerksamkeit fesselt. Vielleicht weil er der einzige Gast ist, dessen Blick nicht sehnsüchtig in die Ferne schweift, über die schmalen Gassen und ockerfarbenen Dächer zum Meer, das im Sonnenlicht glitzert.

Vielleicht, weil er ganz allein ist, gedankenverloren in seinem Buch blättert und vom allgemeinen Trubel um ihn herum nicht das Geringste mitzubekommen scheint.

Vielleicht – *wahrscheinlich* – aber auch nur deshalb, weil er in seinem weißen Leinenhemd und den kurzen Shorts einfach verdammt gut aussieht.

«Er war gestern schon da. Und vorgestern. Und vorvorgestern.»

Erschrocken zucke ich zusammen. Mist. Ich habe überhaupt nicht mitbekommen, wie Tante Elena zu mir an die Eingangstür herangetreten ist.

«Wen meinst du?», frage ich mit gespielter Ahnungslosigkeit.

Die Lippen meiner Tante kräuseln sich zu einem Lächeln. Plötzlich wünschte ich, dass wir uns nicht schon gestern nach meiner Rückkehr zum Abendessen getroffen hätten. Dann müssten wir uns jetzt nämlich erst mal angemessen begrüßen, statt das Thema weiter zu vertiefen. «Na, der hübsche Kerl, an dem deine Augen bis gerade eben noch geklebt haben», sagt sie und wischt sich die Hände an ihrer Schürze ab. «Er kommt jeden Tag um vier. Sitzt immer auf dem gleichen Platz am Rand der Terrasse. Bestellt einen Cappuccino und liest für eine Stunde in seinem Buch, bevor er sich noch mal einen Cappuccino bestellt und sich kurz vor sechs wieder auf den Weg macht.» Elenas Lächeln wird noch eine Spur breiter. «Wer weiß, mit etwas Glück ist er ja den ganzen Sommer hier.»

Ihre Worte bringen meine Wangen zum Glühen.

«Selbst wenn. *Ich* bin zum Arbeiten hier. Und nicht, um einem süßen Typen hinterherzuschauen.»

«Also ist dir aufgefallen, dass er hübsch ist!»

«Tante Elena!»

Schicksalsergeben hebt sie die Hände. «Schon gut, schon gut. Wenn du so unbedingt arbeiten willst, zieh dich um und nimm die Bestellungen an Tisch vier und acht auf. Ach, und die neun will zahlen. Darum kannst du dich auch gleich kümmern.»

«Geht klar», antworte ich erleichtert und will mich schon abwenden, als sie mir eine Hand auf die Schulter legt.

«Was ist?»

Tante Elena strahlt über das ganze Gesicht. «Ich bin richtig froh, dass du wieder da bist, Valerio.»

Für einen Moment sehen wir uns einfach nur an. Dann drücke ich sie an mich und gebe ihr einen Kuss auf die Wange. Jedes Mal, wenn ich meine beste Freundin Nives in Rom besuche, befürchtet Elena, dass es mir in der großen Stadt viel besser gefallen könnte als hier bei ihr an der Amalfiküste. Um ehrlich zu sein, sind ihre Sorgen nicht ganz unbegründet. Vermutlich wird es mich früher oder später von hier wegziehen, spätestens dann, wenn ich mir im Klaren darüber bin, was ich später mal machen will. Aber noch habe ich keine Ahnung, was genau das sein könnte.

«Ich bin auch froh, wieder hier zu sein», antworte ich und nehme sie noch etwas fester in die Arme.

Als wir uns voneinander lösen, wischt Elena sich eine Träne aus dem Augenwinkel. Sie strahlt noch immer, was jetzt allerdings etwas gezwungen wirkt. «Beeil dich, mein Lieber. Unsere Gäste warten schon.»

***

Der Unbekannte zahlt tatsächlich um kurz vor sechs. Mira, die andere Bedienung, die heute Dienst hat, nimmt das Geld von ihm entgegen. Aus dem Augenwinkel beobachte ich ihn dabei, wie er sein Buch in einem Jutebeutel verstaut, aufsteht und sich zwischen den Tischen hindurchschlängelt. Kurz darauf ist er am anderen Ende der Via Pasitea verschwunden.

Wo immer er auch hingeht, ich hoffe, dass sein Abend entspannter verläuft als meiner. Schon tagsüber ist die Gelateria Castellari ein Ort, der zum Verweilen einlädt. In den Abendstunden, wenn sich die Sonne immer mehr in einen rotgoldenen Feuerball verwandelt, gibt es auf der zum Café gehörenden Terrasse allerdings kein Halten mehr. Die Tische sind bis auf den letzten Platz belegt, unzählige weitere Leute bestellen sich ein Eis auf die Hand, lehnen am bronzefarbenen Geländer und knipsen Erinnerungsfotos mit ihren Handys. Tante Elena, Mira und mir bleibt nicht eine freie Minute, was dazu führt, dass ich fürs Erste keinen weiteren Gedanken an den Unbekannten verschwende.

Am Ende meiner Schicht mache ich mich durch die Altstadt auf den Weg nach Hause und lausche dabei den Geräuschen der Nacht: dem unbeschwerten Lachen, das aus offenen Fenstern nach draußen dringt, dem Klirren von Gläsern, dem verrauschten Gesang einer Arie aus einem alten Plattenspieler.

Ich liebe es, nach einem anstrengenden Tag über das Kopfsteinpflaster zu laufen und meine Gedanken schweifen zu lassen. Ich liebe es, nach Hause zu kommen, mich kalt abzuduschen und mich auf den kleinen Balkon meiner Wohnung zu setzen, um den Sternenhimmel zu beobachten.

Und ich liebe es, morgens, wenn alles noch schläft, ein bisschen im Meer zu schwimmen, bevor ich ein weiteres Mal den Laptop aufklappe und mich wahllos über Studiengänge und Ausbildungsplätze informiere.

Ich vergrabe die Hände in den Taschen meiner Hose und beschleunige meine Schritte. Sosehr ich Positano und meinen Alltag auch liebe, so sehr fehlt mir ein Mensch, mit dem ich das alles teilen könnte. Mit dem ich nachts Hand in Hand durch die Altstadt laufe. Mit dem ich *gemeinsam* auf dem Balkon sitze. Und mit dem ich morgens *gemeinsam* im Meer schwimme – Dinge, die ich zusammen mit Nives gemacht habe, als sie noch hier gelebt hat. Solange sie in Positano war, war auch mein Wunsch nach einem festen Freund und einer Beziehung noch nicht so groß. Etwas, das sich erst im letzten Jahr sehr stark gewandelt hat. Allerdings ist es wohl ziemlich unwahrscheinlich, dass ausgerechnet der Unbekannte aus der Gelateria der besondere Jemand sein könnte, den ich mir schon so lange herbeiwünsche. Und trotzdem ... trotzdem kehren meine Gedanken auch jetzt wieder zu ihm zurück, schießen mir tausend Fragen durch den Kopf.

Wer ist er? Ein Tourist? Aber warum interessiert er sich dann so offensichtlich nicht für das, was alle anderen zu uns nach Positano führt? Woher kommt er?

Was liest er?

Und vor allem – und das ist vielleicht die drängendste Frage von allen: Wird er morgen wirklich um dieselbe Uhrzeit wieder da sein?

***

Die Sonne hat ihren Zenit überschritten, brennt aber trotzdem noch mit aller Kraft vom Himmel herab. Nachdem ich gestern nur die halbe Schicht gearbeitet habe (weil Tante Elena unbedingt darauf bestanden hat, dass ich mich von meiner Rückreise aus Rom erhole), arbeite ich heute wieder ganz normal.

Zum gefühlt hundertsten Mal schaue ich auf die altmodische Uhr, die an der Wand hinter der Kasse hängt.

14.52 Uhr.

Wenn es stimmt, was Tante Elena gesagt hat, und er jeden Nachmittag um vier Uhr kommt, dauert es bis zu seinem Eintreffen noch über eine Stunde.

15.07 Uhr.

Vermutlich wäre es das Beste, wenn er gar nicht auftaucht. Ich meine, was soll ich sagen, wenn er es tut? *Hey, du bist mir gestern schon ins Auge gefallen, ich fand dich ganz süß, hast du heute Abend schon was vor?* Ja klar, das ist genau das, was man zu einem Wildfremden sagt, von dem man nicht einmal weiß, ob er überhaupt auf Typen steht.

Also besser etwas subtiler? *Einen Cappuccino, geht klar. Darf's sonst noch was sein?* Zwinker, Zwinker.

Oh Gott, nein, alles, aber bloß nicht das! Allein die Vorstellung bringt mich schon dazu, vor Scham im Boden versinken zu wollen.

Die Zeiger der Uhr wandern weiter, ich nehme Bestellungen auf und kassiere ab, bin aber die ganze Zeit über nicht wirklich bei der Sache.

15.52 Uhr.

So oder so: Ich fände es schade, wenn er nicht kommt. Selbst wenn ich ihm nur seinen Cappuccino bringe – und nicht mehr als das –, hätte ich ihn zumindest noch einmal gesehen. Und das wäre doch auch etwas wert. Oder?

Zur vollen Stunde höre ich von fern den Glockenschlag der Santa Maria Assunta. Und genau in diesem Augenblick, als hätte er nur auf seinen Einsatz gewartet, taucht der Unbekannte am anderen Ende der Via Pasitea auf.

Sein Leinenhemd ist einem beigefarbenen Tanktop gewichen, die Shorts sind dieselben wie gestern. Er trägt eine Sonnenbrille, hat den Jutebeutel lässig über die Schulter geworfen und steuert mit schlafwandlerischer Sicherheit auf die Gelateria zu. Ein paar Sekunden später lässt er sich auf einen Platz am äußersten Rand der Terrasse fallen.

Ich zwinge mich, den Blick schnell wieder abzuwenden. Das ältere Ehepaar an Tisch fünf wartet noch immer auf seine Bestellung, einen Coppa Bacio und einen Coppa Amarena, und darum muss ich mich als Allererstes kümmern, bevor ... Ja, bevor *was* eigentlich? Obwohl ich so viel Zeit hatte, mir Gedanken darüber zu machen, wie meine nächsten Schritte aussehen könnten, bin ich mir darüber noch immer nicht im Klaren. Vielleicht wäre es das Beste, wenn Mira ihn übernimmt? Aber wäre es nicht auch irgendwie kindisch, wenn ich mich quasi vor ihm verstecke?

Ein paar Minuten später trete ich mit flatterndem Herzen und leer gefegtem Kopf auf ihn zu und setze mein gewinnendstes Lächeln auf.

«Ciao. Was darf ich dir bringen?», frage ich, obwohl ich die Antwort mit an Sicherheit grenzender Wahrscheinlichkeit bereits kenne.

Der Unbekannte sieht von seinem Buch auf. *Fünf Lieben*

*lang* von André Aciman. Weil er seine Sonnenbrille nicht abgenommen hat, erkenne ich nicht, welche Farbe seine Augen haben. Aber er lächelt. Und – Überraschung! Überraschung! – es ist ein bezauberndes Lächeln, das mich dahinschmelzen lässt wie eine Eiskugel im Sonnenschein.

«Ciao. Ich bekomme einen Cappuccino.»

Ich tue so, als würde ich seine Bestellung notieren. «Ein Cappuccino, geht klar.» Und dann, bevor ich mich zurückhalten kann ... «Darf's sonst noch was sein?»

Oh. Mein. Gott. Ich habe zwar auf das Zwinkern verzichtet, aber wenn mich nicht alles täuscht, ist da gerade ein gewisser, nicht zu überhörender, zweideutiger Tonfall in meiner Stimme mitgeschwungen.

Ernsthaft? Was habe ich getan?

Der Unbekannte, der bereits Anstalten gemacht hat, sich wieder seinem Buch zuzuwenden, sieht noch einmal zu mir auf. Für ein paar Sekunden, die sich viel länger anfühlen, ist seine Miene reglos. Dann lächelt er ein weiteres Mal. Die ganze Zeit habe ich die Luft angehalten. Erst jetzt gestatte ich es mir, wieder auszuatmen.

«Erst mal nicht, danke. Aber ich melde mich, wenn ich noch etwas haben will.» Bilde ich es mir nur ein oder liegt in seiner Stimme jetzt auch eine gewisse Zweideutigkeit?

Ich sage nichts, nicke nur mechanisch. Dann drehe ich mich um und kehre ins Innere der Gelateria zurück.

«Was ist denn mit dir los?», fragt Tante Elena, als ich kurz darauf neben ihr an der Siebträgermaschine stehe und die Bohnen mahle.

«Nichts. Alles bestens.»

Tante Elena neigt den Kopf zur Seite. «Ach, Valerio. Mittlerweile müsstest du doch wissen, dass man in dir wie in einem aufgeschlagenen Buch lesen kann.»

Ich seufze. «Und allen, die es nicht können, helfe ich auf die Sprünge, was?», ergänze ich, straffe dann aber die Schultern. Was passiert ist, ist passiert. Jetzt kann ich es nicht mehr ändern. Und vielleicht muss ich mir ja auch überhaupt nicht so viele Sorgen machen ... «Na ja, wie auch immer. Ich mache mal besser weiter.»

Ich spüre Tante Elenas Blick auf mir brennen, aber sie gibt keinen weiteren Kommentar ab. Ein paar Minuten später trete ich wieder auf die Terrasse und platziere den Cappuccino auf dem Tisch des Unbekannten.

«Hier, bitte.»

«Danke», gibt er zurück. Die Sonnenbrille liegt auf dem Tisch, er sieht mich aus azurblauen Augen an. «Ich heiße übrigens Benito.»

Mein Herz schlägt mit einem Mal lauter. Hat es irgendeine Bedeutung, dass er sich mir vorstellt?

«Valerio.»

«Freut mich, Valerio.» Benito nickt mir noch einmal zu. Dann schlägt er sein Buch wieder auf. Und ich? Ich zwinge mich dazu, nicht wie ein Honigkuchenpferd zu grinsen und mich wieder an die Arbeit zu machen.

***

Benito kommt nicht nur am nächsten und übernächsten Tag in Tante Elenas Gelateria, sondern auch an allen darauffolgenden. Nachdem er *Fünf Lieben lang* beendet hat, liest er *La Spiaggia di notte – Der Strand bei Nacht*.

Manchmal wechseln wir ein paar Worte miteinander, manchmal nehme ich nur seine Bestellung auf. Manchmal hätte ich die Zeit, ihn in ein längeres Gespräch zu verwickeln (was ein Teil von mir auch gern tun würde, der größere Teil sich aber nicht traut). Manchmal ist so viel los, dass Elena, die anderen Bedienungen und ich vor lauter Arbeit überhaupt nicht mehr wissen, wo uns der Kopf steht. Dann bleibt mir nicht einmal die Zeit, Benito verstohlene Blicke zuzuwerfen.

Eines Nachmittags braut sich ein Unwetter über dem Tyrrhenischen Meer zusammen. Innerhalb von Minuten zieht sich der Himmel zu, der Wind rüttelt an den Sonnenschirmen und die Luft kühlt empfindlich ab. Die Tische auf der Terrasse leeren sich schnell, die meisten Gäste verlangen ihre Rechnungen. Auch Benito, der sonst nie etwas von dem mitbekommt, was um ihn herum passiert. Mit einem Kopfnicken gibt er mir zu verstehen, dass er ebenfalls zahlen will. Bevor ich allerdings dazu komme, mich um ihn zu kümmern, fallen schon die ersten Tropfen vom Himmel – und innerhalb von Sekunden geht ein Platzregen über ganz Positano nieder.

Die verbliebenen Gäste drängen ins Innere der Gelateria. Benito ist einer von ihnen. Keine Ahnung, wie es dazu kommt, aber plötzlich stehen wir direkt nebeneinander. Tatsächlich sind wir uns so nah, dass unsere Schultern sich streifen – und mehr als eine flüchtige Berührung braucht es nicht, damit mir heiß und kalt zugleich wird.

«Das kam ganz schön unerwartet», sagt er und streicht sich ein paar nasse Strähnen aus der Stirn. Ein Regentropfen fließt an seiner Wange herab, und am liebsten würde ich die Hand ausstrecken, um sie ihm wegzuwischen. Aber zumindest fürs Erste schaffe ich es, auf Dummheiten zu verzichten.

«Brauchst du ein Handtuch oder so?»

«Mach dir um mich keine Sorgen.» Benito ruckt mit dem Kopf in Richtung eines anderen Gastes, der grimmig zu uns herübersieht, weil er noch immer auf seine Rechnung wartet. «Wäre vermutlich besser, wenn du dich erst mal um den Typ da drüben kümmerst.»

Beinahe so schnell, wie er gekommen ist, zieht der Sturm weiter. Schon ein paar Minuten später hat der Himmel wieder aufgeklart. Statt auf die Terrasse zurückzukehren, machen sich die meisten Gäste aber auf den Heimweg. Im Gegensatz zu anderen scheint es Benito nicht eilig zu haben.

«Ich glaube, ich bleibe noch ein bisschen. Und nehme noch mal einen Cappuccino.»

«Kommt sofort.»

Ich wende Benito den Rücken zu. Während ich mich an der Siebträgermaschine zu schaffen mache, beschleicht mich das Gefühl, dass er mich nicht eine Sekunde lang aus den Augen lässt.

Vielleicht sollte ich mir jetzt endlich ein Herz fassen. Ich habe so viele Tage verstreichen lassen, Tage, die ich hätte nutzen können, um *wirklich* mit ihm ins Gespräch zu kommen. Ich habe es nicht getan, aus Angst vor Zurückweisung und davor, ich könnte mich irgendwie zum Clown machen. Aber ich habe keine Ahnung, wie lange er noch in Positano sein wird. Und ich weiß, dass ich es zutiefst bereuen würde, wenn er von heute auf morgen verschwindet und ich die Chance, ihn besser kennenzulernen, nicht genutzt hätte.

Dass Tante Elena im hinteren Bereich der Gelateria verschwunden ist und Mira gerade die nass gewordenen Stühle auf der Terrasse mit einem Handtuch abtrocknet, macht die ganze Sache zumindest etwas leichter.

«Woher kommst du eigentlich?», frage ich, als ich ihm die Cappuccino-Tasse reiche, stolz, dass meine Hände dabei nicht zittern. «Und was machst du hier in Positano?»

Benito nimmt einen Schluck. Dann noch einen zweiten. Seine Antwort lässt so lange auf sich warten, dass ich fast schon befürchte, überhaupt keine mehr zu bekommen. Aber dann ...

«Ich komme aus Catanzaro. Im Süden.» Er seufzt. «Im Moment reise ich Richtung Norden. Ich habe einen Cousin in Bozen. Aber ich habe keine Eile. Ich bleibe daher einfach, wo es mir gefällt. Und hier gefällt es mir richtig gut.» Er sieht mir fest in die Augen. «Kommst du aus Positano?»

Ich nicke. Mein Mund ist seltsam trocken, und mein Kopf, der mir in manchen Situationen wie ein Hochgeschwindigkeitszug vorkommt, fühlt sich gerade ziemlich schwerfällig an. Irgendwie schaffe ich es trotzdem, ihm zu antworten, dass ich in Positano geboren und aufgewachsen bin.

«Als ich noch zur Schule gegangen bin, habe ich meiner Tante nur ab und zu ausgeholfen. Seit einem Jahr arbeite ich hier regelmäßig. Und versuche gleichzeitig, mir darüber klar zu werden, was ich mal aus meinem Leben machen möchte.»

Genau in diesem Moment kehrt Elena zu uns zurück. Bei unserem Anblick huscht der Anflug eines Lächelns über ihr Gesicht. Ich bete, dass sie jetzt nichts sagt, mit dem sie mich in Verlegenheit bringt. Gott sei Dank werden meine Gebete erhört.

«Besser, ich halte dich nicht länger von der Arbeit ab.» Benito wirft sich seinen Jutebeutel über die Schulter.

*Tust du nicht,* will ich am liebsten erwidern. Aber natürlich wäre uns beiden klar, dass ich lüge, deswegen schlucke ich die Worte hinunter.

«Wenn's sonst noch was sein darf ...», sage ich stattdessen.

Benito grinst. «...melde ich mich bei dir», beendet er meinen Satz. Dann zwinkert er mir zu und kehrt zu seinem Platz auf der Terrasse zurück.

«Was war *das* denn?», fragt Tante Elena mich kurz darauf mit kaum verhohlener Neugier.

«Gar nichts», schwindle ich.

«Na, wenn das *gar nichts* war, bin ich gespannt, wie *etwas* aussieht.»

«Tante Elena!»

«Schon gut, schon gut! Ich bin ja schon still!»

Ich schmunzle. Bevor ich mich wieder an die Arbeit mache, werfe ich noch einen Blick über die Schulter. Benito nimmt gerade einen weiteren Schluck Cappuccino. Von dem, was um ihn herum passiert, bekommt er wieder nicht das Geringste mit. Alles ist wie immer. Und doch bilde ich mir ein, dass das nicht die ganze Wahrheit ist.

Etwas hat sich verändert. Oder ist zumindest gerade dabei, sich zu verändern.

***

Von diesem Nachmittag an sprechen wir häufiger und länger miteinander. Selbst an Tagen, an denen ich viel zu tun habe, nehme ich mir ein bisschen Zeit für ihn. Dass Benito sich nicht nur auf unsere Unterhaltungen einlässt, sondern dass er mir seinerseits auch immer mehr Fragen stellt, lässt mich jeder weiteren Begegnung nur noch mehr entgegenfiebern.

Ich erfahre, dass er neunzehn ist (und damit genauso alt wie ich) und dass er früh die Liebe zum Lesen für sich entdeckt hat.

«In unserem Ort gab es einen kleinen Buchladen, wo ich nach der Schule immer vorbeigegangen bin», erzählt er mir, als ich danach frage, warum er so viel liest. Aktuell ist es *On the road*. «Er hat einer alten Dame gehört – Signora Ferrara –, die ihn, glaube ich zumindest, von ihrem Vater übernommen hat.» Bei der Erinnerung an die Besuche im Buchladen huscht ein Lächeln über seine Lippen. «Sie hat mir Bücher empfohlen, die sie selbst als Kind gern gelesen hat. *Pinocchio* von Carlo Collodi, die Märchen von Luigi Capuana ... ihre Begeisterung war total ansteckend.»

An einem anderen Nachmittag erfahre ich, dass er nie ein Eis bestellt, weil er laktoseintolerant ist – woraufhin ich mir felsenfest vornehme, mit Tante Elena darüber zu sprechen, dass wir unbedingt laktosefreies Eis in die Karte aufnehmen müssen.

«Kann ich zahlen?», fragt er, als sich eine weitere Woche dem Ende entgegenneigt.

«Ja, klar, gib mir nur ein paar Minuten, ich bin gleich bei dir.» Ich räume das Geschirr an einem der Nachbartische ab und stehe kurz darauf wieder vor ihm.

«Bis wie viel Uhr arbeitest du eigentlich immer?», fragt er, nachdem ich ihm sein Rückgeld gegeben habe.

«Tante Elena macht den Laden um neun zu», antworte ich etwas aufgeregt. Weil es doch irgendeinen spezifischen Grund dafür geben muss, warum er das von mir wissen will, oder?

Benito sieht zu mir auf. Er trägt keine Sonnenbrille, weswegen ich nur allzu deutlich sehen kann, wie das Sonnenlicht seine Augen zum Funkeln bringt. «Hättest du ... Ach, ich weiß auch nicht ...»

«Ja?», hake ich nach. Jetzt nicht nur aufgeregt, sondern tatsächlich ein bisschen atemlos.

Benito senkt den Blick. Er verwendet sehr viel Aufmerksamkeit darauf, das Buch in seinem Jutebeutel zu verstauen. Erst nach ein paar Sekunden sieht er wieder zu mir auf. «Ich hatte mich nur gefragt, ob du vielleicht Lust hättest, mal was mit mir trinken zu gehen? Oder ein bisschen am Strand zu spazieren?»

Für einen Moment bin ich mir sicher, mich verhört zu

haben. Entweder das – oder mir ist die sengende Hitze der letzten Stunden so sehr zu Kopf gestiegen, dass mein Verstand mir einen Streich spielt. Andererseits: Benito sieht mich noch immer an und kaut unruhig auf seiner Unterlippe herum. Kann es also sein, dass er diese Worte gerade wirklich ausgesprochen hat? Und ihn das ebenso sehr überrascht wie mich?

«Wir müssen das natürlich nicht tun. Ich dachte nur, es ist schade, dass wir nie so *richtig* miteinander sprechen können. Aber du bist abends bestimmt immer ziemlich kaputt. Oder hast schon andere Pläne.»

«Habe ich nicht», sage ich schnell. «Was hältst du gleich von heute Abend?»

Benitos Gesichtszüge hellen sich auf. «Ja, gern. Soll ich dich dann einfach später hier abholen?»

Ich nicke, zu verlegen und zu vorfreudig, um auch nur ein weiteres Wort über die Lippen zu bekommen.

Benito steht auf und wirft sich den Jutebeutel über die Schulter. «Dann bis heute Abend.»

Mit einem letzten Winken verabschiedet er sich von mir. Kurz darauf ist er am anderen Ende der Via Pasitea verschwunden. Und ich kann mein Glück darüber, was gerade passiert ist, noch immer kaum fassen.

***

Die Zeiger der Wanduhr bewegen sich in quälender Langsamkeit voran. Noch nie hat sich die Arbeit so sehr gezogen, wie sie es heute tut. Und das, obwohl Tante Elena, Mira und ich wie so oft alle Hände voll zu tun haben.

Aber irgendwann – endlich! – hat der letzte Gast dann doch seine Rechnung gezahlt, ist der letzte Sonnenschirm zusammengeklappt und der letzte Stuhl mit einer Metallkette gesichert.

«Da wartet wohl jemand auf dich», sagt Tante Elena, sobald ich mich umgezogen habe. Mein Blick wandert von ihr zu Benito, der draußen vor der Tür steht und etwas unschlüssig von einem Fuß auf den anderen tritt.

«Hab einen schönen Abend», sage ich mit hochrotem Kopf und gebe ihr einen Kuss auf die Wange.

Sie lächelt. «Du auch, Valerio. Du auch.»

Ich löse mich von ihr und trete auf Benito zu. Unsere Blicke treffen sich. Fast zeitgleich beginnen wir zu lächeln.

«Hi.»

«Hey.»

Etwas unbeholfen versuchen wir uns an einer Umarmung. Wenn mich nicht alles täuscht, ist er gerade mindestens genauso aufgeregt, wie ich es bin. Was ja eigentlich nur bedeuten kann, dass ...

Nein, stopp! Stopp, stopp, stopp! Besser, wenn ich mir nicht zu viele Hoffnungen mache. Die Erinnerung an Luca – obwohl Jahre vergangen sind – fühlt sich noch immer frisch an. Luca, den ich richtig süß fand und der mich nach der Schule mal gefragt hat, ob wir uns abends am Strand treffen wollen. Was in meinen Ohren nicht nur nach miteinander abhängen, sondern nach *mehr* klang – bis Luca mir von einem Mädchen erzählt hat, in das er verschossen war, und mein Herz ins Bodenlose gerutscht ist.

Ich schiebe die Gedanken an Luca beiseite und konzentriere mich wieder auf Benito.

«Was schlägst du vor, wo wir hingehen?», fragt er, nachdem wir uns aus der Umarmung gelöst haben.

«In die Trattoria Pane e Vino», antworte ich. «Da verirren sich nicht ganz so viele Touristen hin.»

Benito hat nichts dagegen einzuwenden, und so machen wir uns auf den Weg. Während wir durch die Gassen schlendern – nicht Hand in Hand, wie es sich ein Teil von mir wünschen würde, aber zumindest so nah, dass unsere Fingerspitzen nur ein paar Zentimeter entfernt voneinander schweben –, sprechen wir über all das, wofür während meiner Arbeit in der Gelateria nie Zeit gewesen ist.

Darüber, dass er Literatur studieren will («Am besten schon ab diesem Herbst. Und am besten in Rom, in Mailand oder Florenz»). Aber auch, dass seine Eltern versucht haben, ihm seine Pläne auszureden.

«Sie haben immer gesagt, dass ich meinen Kopf nicht ständig in irgendwelchen Geschichten vergraben, sondern eine Ausbildung machen soll.» Er seufzt. Dann sieht er zu mir herüber. «Wie ist es bei dir? Was sagen deine Eltern dazu, dass du noch nicht weißt, was du machen willst?»

«Meine Eltern sind bei einem Busunglück gestorben. Da war ich sieben», antworte ich langsam.

«Ich ... oh ... ich hatte ja keine Ahnung.»

«Alles gut», sage ich lächelnd und meine es auch so. Natürlich vermisse ich meine Eltern. Aber in den letzten Jahren habe ich – vor allem dank Tante Elena – gelernt, mit dem Verlust umzugehen. Und irgendwie fühlt es sich hier und jetzt und in Valerios Gegenwart nicht seltsam an, darüber zu sprechen. «Na ja, wie auch immer. Nach dem Unfall bin ich zu meiner Tante gekommen. Sie hat mich großgezogen. Jetzt arbeite ich in der Gelateria. Sie hat es nie gesagt, aber ich glaube, sie wünscht sich, dass ich den Laden irgendwann übernehme.»

«Und könntest du dir das vorstellen?»

Ich zucke mit den Schultern. «Ich spiele immer mal wieder mit dem Gedanken. Aber wenn ich es mir wirklich vorstellen könnte, würde ich mir vermutlich nicht immer wieder den Kopf darüber zerbrechen, welche Alternativen es gäbe.»

Wie auf jede Welle die nächste folgt, so folgt auf jede Frage eine weitere. Nichts ist erzwungen, alles ist ganz natürlich, was mir ein unbeschreibliches Gefühl von Sicherheit gibt.

Tatsächlich empfinde ich es fast störend, als wir bei der Trattoria ankommen, und kurzzeitig aus dem Gespräch herausgerissen werden.

Emanuele, der Besitzer, begrüßt uns überschwänglich und weist uns einen Platz in der Nähe des Eingangs zu. Wir bestellen eine Flasche Rotwein, Antipasti und, als Primi Piatti, selbst gemachte Pasta. Dann setzen wir unsere Unterhaltung fort.

«Ich weiß bisher noch gar nicht, warum du überhaupt nach Bozen zu deinem Cousin reist», sage ich irgendwann. «Ich meine, du musst es mir natürlich nicht sagen», füge ich schnell hinzu, als ich erkenne, dass sich Benitos Miene bei meinen Worten verschließt, «es ist nur ...»

*Es ist nur so, dass ich gern wüsste, was dich in Positano hält. Ich will verstehen, warum du es nicht eilig hast weiterzureisen.*

Ich beende meinen Satz nicht, sondern sehe ihn einfach nur an. Es vergehen ein paar Sekunden, in denen ich befürchte, dass ich unseren Gesprächsfluss zum Erliegen gebracht haben könnte.

«Ich habe mich bei meinen Eltern als schwul geoutet», sagt Benito schließlich, schwenkt den Wein im Glas und nimmt einen großen Schluck. «Mir war klar, dass sie es nicht gut aufnehmen würden. Sie sind erzkatholisch. Aber ich *musste* es ihnen einfach sagen. Ich konnte mich nicht noch länger verstellen und so tun, als wäre ich jemand, der ich überhaupt nicht bin. Aber obwohl ich wusste, was mich erwartet, war es trotzdem ziemlich ... ernüchternd.»

Seine Offenbarung löst die widersprüchlichsten Gefühle in mir aus: Freude, weil Benito schwul ist und damit zumindest der Hauch einer Chance besteht, dass er an mir interessiert sein könnte. Traurigkeit und Wut bei dem Gedanken daran, wie seine Eltern auf sein Coming-out reagiert haben. Und Scham, weil ich mir überhaupt keine Gedanken darüber machen sollte, ob da etwas zwischen uns entstehen könnte. Nicht, wenn ich gerade eben erst erfahren habe, was er erlebt hat. Aber bevor ich mich allzu lange dafür verurteilen kann, fährt Benito bereits fort: «Bevor sie mich rauschmeißen konnten, bin ich freiwillig gegangen. Ich habe meine Sachen zusammengepackt, meinen Cousin in Bozen angerufen und gefragt, ob ich für einige Zeit bei ihm wohnen kann. Er hatte nichts dagegen. Aber weil er bis Ende August geschäftlich in England ist, habe ich noch einen ganzen Sommer vor mir, in dem ich tun und lassen kann, was ich will. Jetzt zahlt es sich aus, dass ich in den letzten Jahren Nachhilfeunterricht gegeben und mein Taschengeld immer zur Seite gelegt habe.»

Emanuele bringt den Antipasti-Teller. Sobald er gegangen ist, folge ich einem plötzlichen Impuls, strecke meine Hand aus und lege sie auf die von Benito. Er zuckt unter der unerwarteten Berührung zusammen, zieht seine Finger aber nicht zurück.

«Es tut mir leid, dass deine Eltern so reagiert haben. Du bist ihr Sohn. Wen du liebst, sollte keine Rolle spielen. Die Hauptsache ist doch, dass du glücklich bist.»

Benito schluckt. «Das ist ... sehr lieb von dir.»

Keine Ahnung, woher ich den Mut nehme, aber ich verstärke den Griff um seine Finger noch ein bisschen. «Ich habe meinen Eltern nie sagen können, dass ich schwul bin.

Ich rede mir gern ein, dass es für sie in Ordnung gewesen wäre. Ich *hoffe*, dass es so gewesen wäre. Aber ich weiß es natürlich nicht. Auch wenn mir Tante Elena immer wieder versichert hat, dass sie bestimmt kein Problem damit gehabt hätten.»

Benito sieht mich schweigend an. Ein schmales Lächeln breitet sich auf seinen Lippen aus. «Das heißt, dass deine Tante es positiv aufgenommen hat?»

Bei der Erinnerung beginne ich ebenfalls zu lächeln. «Tante Elena hat mich einfach nur in die Arme genommen, an sich gedrückt und mir gesagt, dass sie mich lieb hat. Weil ich noch immer derselbe Valerio sei. Weil ich jetzt, wo ich zu mir stehen würde, endlich voll und ganz Valerio sein könnte.»

Benitos Augen beginnen zu funkeln. Er streicht mir mit dem Daumen über den Handrücken und für einen Moment kommen mir die heiteren Gespräche an den Nachbartischen unglaublich weit entfernt vor.

Für einen Moment gibt es nur uns beide.

***

Nach dem Essen schlendern wir Hand in Hand über das Kopfsteinpflaster der Gassen. Ich weiß nicht, ob er es war, von dem es ausging, oder ob ich es gewesen bin, aber um ehrlich zu sein, spielt es auch keine Rolle. Das Einzige, was zählt, ist, dass wir zusammen sind.

Der Abend, der Wein, Benitos Haut auf meiner, es ist fast zu schön, um wahr zu sein. Aber es ist wahr. Und ich liebe alles daran. Hier und da dringen Stimmen ins Freie, und ich erzähle Benito von den Menschen, zu denen sie gehören und von denen ich die meisten schon mein ganzes Leben lang kenne. Es dauert nicht lange, bis wir bei meiner Wohnung ankommen, und spätestens jetzt schlägt mir das Herz bis zum Hals.

«Magst du mit hochkommen?», frage ich vorsichtig.

Benito nickt. «Ja.» Seine Stimme klingt kratzig. «Also, wenn das für dich in Ordnung ist.»

Und wie es für mich in Ordnung ist!

Ich schließe die Eingangstür auf und führe ihn die schmale, knarzende Treppe ins Obergeschoss. Weil es in der Wohnung stickig ist, reiße ich alle Fenster auf.

«Setzen wir uns doch ein bisschen auf den Balkon», schlage ich vor.

Und so kommt es, dass wir ein paar Minuten später unseren Blick über die Dächer Positanos schweifen lassen. Vereinzelte Lichter durchbrechen die Nacht, und in der Ferne, weit draußen auf dem Meer, glaube ich die Umrisse eines Frachtschiffs zu erkennen. Eigentlich müsste ich hundemüde sein, aber stattdessen fühle ich mich wach und aufgekratzt und lebendig. Dass Benitos Hand mittlerweile auf meinem Oberschenkel liegt, trägt wohl das Übrige dazu bei.

Der Himmel ist klar, wir machen uns einen Spaß daraus, nach Sternbildern Ausschau zu halten – oder uns selbst welche auszudenken.

Nach und nach verstummen die Geräusche der Stadt. Benito und ich sitzen einfach da und sprechen miteinander, bis unsere Worte irgendwann verebben. Bis er irgendwann noch näher an mich heranrückt, seinen Kopf auf meine Schulter legt und ich ihm behutsam durch die Haare streiche.

«Valerio?», fragt er mich irgendwann leise.

«Hm?»

«Ich ... Ich habe noch nie ... Also, ich habe noch nie jemanden geküsst, den ich wirklich küssen wollte. Wäre es ...?»

Er kommt nicht mehr dazu, seinen Satz zu beenden. Ich beuge mich zu ihm, streiche ihm mit der Hand über die Wange und sehe ihm noch einmal tief in die Augen. Dann lege ich meine Lippen auf seine – und alle Gedanken sind aus meinem Kopf gefegt.

Wir küssen uns langsam, vorsichtig, zärtlich. Benitos Atmung, zuerst flach und schnell, beruhigt sich. Als würde er sich fallen lassen. Und ich *will*, dass er sich fallen lässt. So wie ich mich fallen lasse. Ich will, dass er glücklich ist. Das ist alles, was ich will.

Irgendwann, ich weiß nicht, wann, lösen wir uns voneinander.

«Das war schön», sagt Benito glückselig.

«Ja, das war es», bestätige ich. Dann stehe ich auf, reiche ihm die Hand und ziehe ihn zu mir hoch. «Was meinst du? Magst du noch ein bisschen bleiben?»

Benito sieht zu mir auf. Dann nickt er. «Nichts lieber als das.»

Und so kommt es, dass wir, ohne ein weiteres Wort miteinander zu wechseln, ins Bett gehen, das unter einer steilen Dachschräge steht.

Wir küssen uns.

Wir schmiegen uns aneinander.

Wir halten uns fest.

Und irgendwann fallen uns vor Müdigkeit die Augen zu und wir schlafen ein.

***

Als wir zum Strand laufen, sind die Straßen nahezu menschenleer. Vor einem Blumengeschäft parkt ein Lieferwagen und aus einer Bäckerei dringt uns der Geruch von frisch gebackenem Brot in die Nase. Davon abgesehen könnte man meinen, wir wären die einzigen beiden Menschen auf der Welt.

Der feine Sand kitzelt unter meinen Füßen. Als wir bis zur Hüfte ins Meer gewatet sind, streiche ich Benito die Haare aus der Stirn und küsse ihn ein weiteres Mal. Er erwidert den Kuss. Dann grinst er mich an und tunkt mich unter Wasser.

Eine halbe Stunde später liegen wir wieder am Strand und lassen uns von der Morgensonne trocknen.

«Ich habe dir gestern übrigens nicht die ganze Wahrheit gesagt. Warum ich nicht schon früher weitergereist bin, meine ich.»

Benitos Worte kommen so unerwartet, dass sie mir die Kehle zuschnüren.

«Ja?», frage ich vorsichtig und drehe den Kopf in seine Richtung.

«Es gefällt mir hier schon gut. Aber nicht *so* gut, dass ich nicht auch schon eher hätte gehen können.»

«Und warum bist du geblieben?»

Ein Lächeln umspielt seine Lippen. «Eines Nachmittags ist plötzlich in der Gelateria diese süße Bedienung aufgetaucht. Und na ja, ich schätze, dass ich die Bedienung *so* süß fand, dass ich mich umentschieden habe und einfach länger geblieben bin.»

Benito schlägt die Augen wieder auf und sieht zu mir herüber. «Was würdest du davon halten, wenn ich *noch* ein bisschen länger in Positano bleibe?» Er räuspert sich. «Ich meine, früher oder später werde ich nach Bozen müssen. Aber wie gesagt, ich habe keine Eile. Und könnte den Sommer einfach hier verbringen. Mit dir.»

Ich sehe ihn an. Das Herz schlägt wie wild in meiner Brust.

Weil seine Worte etwas schaffen, was nicht einmal der Sonne gelingt. Sie erfüllen mich von innen heraus mit Wärme. Die Vorstellung, dass wir den letzten Abend, die letzte Nacht und diesen Morgen wiederholten könnten – dass wir Hand in Hand über das Kopfsteinpflaster der Gassen schlendern, dass wir nachts auf meinem Balkon sitzen und über Gott und die Welt quatschen, dass wir uns küssen und morgens im Meer schwimmen, dass wir das alles *gemeinsam* machen – ja, das ist eine Vorstellung, an die ich mich gewöhnen könnte. Selbst wenn es nur ein paar Wochen sind, die wir miteinander haben, so sind ein paar Wochen doch mehr, als ich je zu hoffen gewagt hätte.

«Wenn du das nicht möchtest ...»

«Benito», falle ich ihm ins Wort und lächle ihn an. Dann gebe ich ihm einen langen und innigen Kuss. «Und wie ich das möchte», sage ich schließlich. «Du kannst bleiben, solange du willst.»

Benito sieht mich mit großen Augen an. Jetzt ist er es, der mir einen Kuss gibt.

Wir bleiben am Strand liegen, bis der Glockenschlag der Santa Maria Assunta an unsere Ohren dringt und Positano zum Leben erwacht. Dann machen wir uns Hand in Hand zurück auf den Weg zu meiner Wohnung. Ein paar Stunden später beginnt meine Schicht in der Gelateria. Um vier Uhr kommt Benito nach und setzt sich auf seinen Platz am äußersten Rand der Terrasse. Der Kreis schließt sich. Alles ist gleich. Alles ist anders.

Wir wissen natürlich nicht, was die Zukunft für uns bereithalten wird.

Aber eines weiß ich ganz sicher: Das hier wird unser Sommer.

Als leidenschaftliche Leserin studierte **Kathinka Engel** allgemeine und vergleichende Literaturwissenschaft und arbeitete unter anderem für eine Literaturagentur, ein Literaturmagazin sowie als Übersetzerin und Lektorin für verschiedene deutsche Verlage. Neben der Literatur liebt Kathinka Engel außerdem: alles, was bunt ist, Abenteuerreisen, «Die drei ???», gute Kneipen, Besuche im Fußballstadion und das Rascheln trockener Blätter im Herbst.

## August

Kathinka Engel

# Solange du bei mir bist

Ich liege im Bett. Seit ein paar Tagen nun schon. Meistens habe ich die Augen geschlossen, aber manchmal, vor allem, wenn Lukas da ist, will ich ganz wach sein. Er sagt, die Kopfschmerzen werden bald wieder besser. Ich glaube ihm. Lukas hat immer recht, auch wenn er oft so tut, als wäre ich diejenige mit dem guten Urteilsvermögen. Diejenige, die von Anfang an wusste, dass es eine blöde Idee ist, keine Vollkasko-Versicherung abzuschließen, wenn man ein Auto mietet. Oder dass der Schauspieler, der jetzt so anders aussieht, in dem Film, den wir vor Jahren gesehen haben, die Hauptrolle gespielt hat.

In der Küche höre ich leises Besteckklappern. Meine Mutter kommt in diesen Tagen ab und zu vorbei, wenn Lukas arbeiten ist. Oder einkaufen. Oder was er sonst so treibt. Dann räumt sie um mich herum und organisiert die Küche nach ihren Vorstellungen. Wenn ich wieder fit bin, räume ich sofort alles dahin zurück, wo es hingehört, das kann sie mal wissen.

Aber jetzt ist er es, der den Kopf durch die Tür ins Schlafzimmer steckt. Das weiß ich, ohne hinzuschauen.

«Wie geht's dir heute?», fragt Lukas und setzt sich zu mir ans Bett. In seiner Stimme liegt ein Hauch von Sorge. Aber er muss sich nicht sorgen. In ein paar Tagen bin ich wieder auf dem Damm.

«Besser, glaube ich.» Ich öffne meine Augen und sehe in sein schönes Gesicht. Lukas hat ein Gesicht, das einen glücklich macht. Tiefe, dunkle Augen. Lippen, die man sofort küssen will. Und von denen man die ganze Zeit geküsst werden will. In Lukas' Gesicht habe ich mich als Allerersten verliebt.

Er nimmt meine Hand. Seine ist angenehm kühl in der Hitze, die hier herrscht. Seit Tagen knallt die Augustsonne ins Zimmer. Weil ich die Hitze nicht so gut vertrage, wollten wir eigentlich ans Meer fahren. Das Auto hatten wir schon gemietet. Aber dann kamen die Kopfschmerzen, die bestimmt auch an dieser bescheuerten Hitze liegen. Also führe ich Lukas' Hand an meine Stirn, wo er sie liegen lässt.

«Als wir uns kennengelernt haben, war es auch so heiß», sagt er. «Weißt du noch?»

Ich nicke. «Natürlich weiß ich das noch.» Als könnte man so etwas Weltumstürzendes wie den Moment, in dem man den Menschen kennenlernt, mit dem man den Rest seines Lebens verbringen wird, vergessen. «Sechs Jahre ist das jetzt her. Das war der fünfzehnte August.»

Den feiern wir auch als Jahrestag, obwohl wir uns da noch gar nicht richtig nahegekommen sind. Aber wir wussten wohl beide, dass da etwas Großes passiert war. Etwas Großes, das jetzt schon sechs Jahre immer weiterwächst, noch größer wird, noch schöner. Ich presse meine Finger zusammen, um den Ring zu spüren. Den Ring, an den ich mich erst noch gewöhnen muss, weil die Tatsache, dass wir jetzt verlobt sind, so frisch ist. Auch deshalb wollten wir ans Meer – weil wir schließlich etwas zu feiern hatten.

«Ich erinnere mich noch genau an das Licht», sagt Lukas mit seiner sanften, warmen Stimme. «Abenddämmerung am See. Das Lagerfeuer. Und dann du.»

Ich lächle. Unsere Blicke haben sich zum ersten Mal durch das Feuer hindurch getroffen. Ich war mit ein paar Freunden dort, niemand wusste, wie er dazugehörte. Bis Carina herausfand, dass er der Cousin von einem aus der Elften war, der zu Besuch war, weil er hier nach seinem Abschluss anfangen würde zu studieren.

«Und dann *du*», sage ich und betone das letzte Wort extra.

«Gut, dass du dich getraut hast, mich anzusprechen.» Er streicht mir über die Haare, was die Kopfschmerzen für einen Moment zum Schweigen bringt.

«Gut, dass ich nicht so ein Feigling bin wie du!» Ich grinse ihn an, er lächelt zurück. In seinem Blick liegt so viel Liebe, dass ich mich frage, wie zum Henker ich so viel Glück eigentlich verdient habe.

«Entschuldige, dass ich ein bisschen eingeschüchtert war von der schönsten Frau, die ich je gesehen hatte», sagt er und lacht leise. Ich wünschte, er würde lauter lachen. So richtig schallend. Lukas hat das schönste Lachen der Welt, das macht, dass man sofort mitlachen muss. Aber er versucht, leise zu sein, um mich zu schonen. Der Süße.

«Gab es bei dir auf dem Dorf keine schönen Frauen?», frage ich.

«Doch. Und auch in den umliegenden Dörfern. Aber du warst eine Erscheinung. Du warst unwirklich schön.»

«Du warst betrunken.»

«Ja, aber Betrunkene sagen bekanntlich die Wahrheit. Und ich habe dich gesehen und mir selbst gesagt, wie un-wirk-lich» – er betont jede Silbe mit einem Kuss auf meine Stirn – «schön du bist. Und als du dann aufgestanden bist – du hattest das weiße Kleid an ...»

«... das hat seit dem Abend einen Brandfleck.»

«Echt?»

«Deswegen trage ich es nicht mehr. Aber wegwerfen kann ich es auch nicht, weil es das Kleid war, in dem wir uns kennengelernt haben.»

Er beugt sich zu mir und küsst meinen Mund mit seinen wundervollen Lippen. «Du bist bezaubernd, weißt du das?»

«Bist du jetzt auch betrunken?»

«Nein!» Er lacht.

«Woher soll ich dann wissen, dass du die Wahrheit sagst?»

«Vielleicht musst du mir einfach vertrauen.»

«Das tue ich.»

«Gut.» Wieder presst er seine Lippen sanft auf meine, und ich will seufzen. «Jedenfalls bist du irgendwann aufgestanden und auf mich zugekommen. In diesem Kleid. Barfuß. Du hattest einen Bikini drunter, der um den Hals geschnürt war. Und ich habe gedacht: Entweder bin ich tot und das ist das Paradies oder ich verliere den Verstand.»

Wir haben die ganze Nacht geredet. Über alles, worüber man redet, wenn man achtzehn ist und das letzte Schuljahr bald anfängt und man nicht weiß, was man danach machen soll. Dabei wusste Lukas es schon. Biologie studieren. Forschen. Die Welt verstehen. Das fand ich bewundernswert, denn ich konnte nicht mal mich selbst verstehen. Und auch sonst niemand konnte das. Nur Lukas. Er hat mich von Anfang an verstanden und einfach nicht mehr damit aufgehört. Manchmal kriege ich ein schlechtes Gewissen, weil Lukas so eindeutig der bessere Mensch von uns beiden ist.

«Weißt du, dass ich manchmal ein schlechtes Gewissen habe, weil du eindeutig der bessere Mensch von uns beiden bist?», frage ich deswegen.

Sein Lächeln wärmt mich, obwohl ich eigentlich wirklich nicht noch mehr Wärme brauche. Aber die Art Wärme, die Lukas in mir erzeugt, nehme ich auch bei fünfunddreißig Grad. «Weißt du, dass ich manchmal ein schlechtes Gewissen habe, weil ich dich der Welt weggeschnappt habe?»

«Schleimer», sage ich, will kichern, aber die Kopfschmerzen machen mir einen Strich durch die Rechnung. Eine merkwürdige Schwere legt sich auf mich. «Ich glaube, ich muss ein bisschen schlafen.»

«Soll ich gehen?»

Ich schüttle den Kopf.

«Willst du eine Schmerztablette?»

«Wäre wahrscheinlich nicht schlecht.»

«Bin gleich wieder da.»

Kurz darauf ist es allerdings Mama, die mir ein Glas Wasser und die Tablette bringt. Sie sieht aus, als hätte sie geweint. Papa und sie lassen sich wohl scheiden. Deswegen wollte ich erst damit warten, ihr von der Verlobung zu erzählen. Aber dann ist es doch aus mir herausgesprudelt. Und sie hat sich so für uns gefreut!

«Danke», sage ich und richte mich auf, obwohl ich ziemliche Rückenschmerzen habe. Kein Wunder, wenn man den ganzen Tag nur rumliegt.

Eigentlich will ich wach bleiben, bis Lukas wiederkommt. Aber am Ende siegt die Müdigkeit.

***

Ich hasse die Raufasertapete im Schlafzimmer. Meine Augen versuchen sich an irgendwelchen Regelmäßigkeiten festzuhalten, aber sie finden keine. Nur komische kleine wurmartige Geschwulste, die an meiner Wand wachsen. An unserer Wand. Und die klaffende Stelle, an der die Tapete von den Vormietern nicht richtig festgeklebt wurde.

Lukas wollte vor unserem Einzug renovieren. Ich wollte so schnell wie möglich mit ihm zusammenwohnen. Also haben wir die Renovierung aufgeschoben. Inzwischen sind es zwei Jahre.

Als wir hier eingezogen sind, war es auch so heiß. Auch August. Warum passieren uns alle lebensverändernden Dinge im August? Ist da nicht eigentlich Sommerloch? Ferragosto? Steht da nicht das Leben still?

Lukas' und meins nicht. Lukas' und mein Leben steigt in der Hitze ein Level auf. Kennenlernen, Zusammenziehen, Verloben. Die Hochzeit wird auf jeden Fall nächstes Jahr im August stattfinden. Darüber haben wir noch gar nicht gesprochen, aber ich bin mir sicher, Lukas wird die Idee gefallen. Er ist schließlich der Sommermensch von uns beiden. Der Sommermensch mit den kühlen Händen, die auf einmal wieder um meine Finger geschlungen sind.

«Du bist wieder da.»

«Ich bin immer da, wenn du mich brauchst.»

«Versprichst du's?»

«Ich verspreche es. Geht's dir besser?»

Ich nicke. «Wenn ich wieder aufstehen kann, will ich, dass wir endlich diese bescheuerte Tapete loswerden, okay?»

«Okay.» Er grinst. «Du hattest von Anfang an recht. Wir hätten sie gleich loswerden sollen.»

«Du warst derjenige von uns beiden, der das gesagt hat.»

«Echt?»

«Echt.»

«Alles, was du willst. Ich kann auch sofort anfangen, sie runterzureißen.» Lukas macht Anstalten aufzustehen, und ich muss lachen. So, dass Kopf und Rücken wehtun, aber dafür tut in mir drin nichts weh, wenn Lukas mich zum Lachen bringt.

«Ich will, dass wir im August heiraten.»

«Dann haben wir noch anderthalb Wochen.»

«Nicht diesen August, du Dödel. Nächsten.»

Er sieht mich an, drückt meine Hände. «Das wäre schön.»

«Können wir am See feiern? Irgendwas ganz Freies? Mit Lagerfeuer?»

«Trägst du dein weißes Kleid?»

«Ich trage *ein* weißes Kleid.»

«Ich kann mir nichts Schöneres vorstellen.»

Ich nicke, schließe für einen Moment die Augen. Aber im nächsten habe ich die irrationale Angst, dass Lukas dann wieder geht. Deswegen frage ich: «Legst du dich zu mir?»

Sofort erhebt er sich von dem Stuhl neben dem Bett, den Mama angeschleppt hat, als wäre das hier so ein richtiges Krankenlager. Ein bisschen melodramatisch, denn in ein paar Tagen bin ich wieder auf den Beinen. Das haben die Ärzte ja gesagt, auch wenn mir die Erinnerung daran merkwürdig verschwommen vorkommt. Es war ohnehin bescheuert, wegen dem bisschen Kopfschmerz unseren Trip abzubrechen und sofort ins Krankenhaus zu gehen. Ich und Ibuprofen sind seit Jahren beste Freunde. Das hätten wir ja wohl auch noch hingekriegt. Und dann hätten wir weiterfahren können und wären irgendwann am Meer angekommen und hätten uns in den Sand gesetzt, und ich hätte meinen Kopf an Lukas' Schulter gelegt und er seinen gegen meinen, und dann hätten wir kühle, salzige Luft geatmet, wie wir es vorhatten.

Ich spüre, wie die Matratze unter Lukas' Gewicht leicht einsinkt. Dann schlingt er seine Arme um mich. Das ist die ultimative Geborgenheit. In Lukas' Armen liegen. Seinen Atem an meinem Ohr hören. Er streicht mir mit den Fingern sanft über die Haare, und jetzt wage ich es, die Augen zu schließen.

«Erzählst du mir was?», frage ich.

«Was willst du hören?»

«Was von uns.»

Er lacht leise, und ich wünschte, ich könnte mich mit seinem Lachen zudecken. «Wie wäre es mit unserem ersten Kuss?», fragt er.

«Ja.»

«Es war gar nicht so leicht, dich wiederzufinden nach der Nacht am See.»

«Weil ich dir meine Nummer nicht gegeben habe.»

«Schhhh», macht er und streicht mir wieder über die Haare. «Ich erzähle.»

«Okay», sage ich und kuschle mich noch tiefer in seine Umarmung. Für Nähe zwischen uns beiden ist es nie zu warm.

«Du hast mir deine Nummer nicht gegeben, und ich war zu feige, danach zu fragen. Also habe ich meinen Cousin bekniet, rumzufragen. Aber diese Trantüte, ey!» Lukas seufzt, und ich lächle mit geschlossenen Augen. Mit verstellter Stimme, die die Trantütigkeit seines Cousins unterstreichen soll, sagt er: *«Ich kenn die nicht. Keine Ahnung, wer ihre Nummer hat. Lass mich in Ruhe zocken.»* Lukas umarmt mich fester. «Also habe ich ihm meine Playstation versprochen, wenn er mir hilft, dich zu finden. Und siehe da! Innerhalb von vierundzwanzig Stunden hatte ich sie.»

«Und du hast mir sofort geschrieben?»

«Nein, ich habe ungefähr eine Stunde gebraucht, um die richtigen Worte zu finden.»

«Du hast für *Hi wie geht's? Hier ist der Typ vom See. Lukas* eine Stunde gebraucht?» Jetzt lache ich laut. «Was war die Alternative?»

«*Ihcinbmerimadnewnudhcimrabushct* oder so ähnlich. Aber ich musste ja sichergehen, dass du antwortest. Und das hast du. Sofort. Du hast gefragt, ob wir uns wieder am See treffen wollen. Am Steg, hast du gesagt. Nur dass wir diesmal allein waren. Und dass mein Herz so schnell geschlagen hat, dass ich dachte, ich würde ohnmächtig. Und nein, das hatte nichts damit zu tun, dass ich sehr schnell Fahrrad gefahren bin. Da war ich nämlich noch ziemlich sportlich.»

«Du bist immer noch sportlich», sage ich. Aber ich weiß, dass Lukas der Sport fehlt, seit er so viel im Labor arbeitet. Er will die Promotion unbedingt machen, aber es ist eine Umstellung für ihn. Und weil er nicht auf Zeit mit mir verzichten will, verzichtet er eben auf Sport und manchmal auch auf Abende mit seinen Freunden, obwohl ich ihm mehrmals gesagt habe, dass er das nicht muss. Davon wollte er nichts wissen. Er hat gesagt: «Ich will in meinem Leben so viel Zeit wie irgend möglich mit dir verbringen.» Fast hätte ich gequietscht, weil ich das so schön fand.

«Und dann habe ich dich gesehen und dachte, mein Herz würde stehen bleiben.»

«Vielleicht musst du dein Herz mal untersuchen lassen», sage ich. «Das klingt alles nicht so gesund.»

Er legt mir einen Finger auf die Lippen. «Zu spät.» Ich kann das Lächeln in seiner Stimme hören.

«Na gut.»

«Du bist auf mich zugekommen und hast gestrahlt! Und ich wusste, ich will in meinem Leben so viel Zeit wie irgend möglich mit diesem Mädchen verbringen. Sag jetzt nicht, dass ich das da noch gar nicht wissen konnte. Denn ich *wusste* es einfach. Ich wusste, du und ich, wir sind die große Liebe. Ich hatte nur Angst, dass ich dich erst noch davon überzeugen müsste. Du hast ‹Hi› gesagt und mich angeschaut, und dann hast du gefragt, ob wir schwimmen gehen wollen, aber ich hatte keine Badesachen dabei. Du hast mit den Schultern gezuckt, dein Handy aus der Tasche deiner Shorts genommen und auf den Steg gelegt. Du hast mir zugenickt, und ich habe es dir gleichgetan. Dann hast du meine Hand genommen, und wir sind gerannt. Bis zum Ende des Stegs. Und dann sind wir in unseren Klamotten reingesprungen. Unter Wasser habe ich dich angesehen. Deine Augen waren auch offen. Es sah so unwirklich schön aus, weil die Sonne ins Wasser geschienen hat. Grün und klar und hell. Du hast deine Arme um meinen Hals geschlungen. Bis heute kann ich mir nicht erklären, woher ich den Mut genommen habe. Wahrscheinlich, weil das alles so surreal wirkte. Das Licht und die Farben und du. Aber ich habe dich an mich gezogen und meine Lippen auf deine gepresst. Und als wir wieder aufgetaucht sind, haben wir einfach nicht mehr mit dem Küssen aufgehört. Bis heute nicht.»

Er beugt sich über mich, dreht meinen Kopf vorsichtig in seine Richtung und küsst mich. Ganz sanft, obwohl es mir auch nichts ausmachen würde, wenn er mich ein bisschen heftiger küssen könnte. Aber er hat vermutlich Angst, mir wehzutun, und ich nehme einfach, was ich kriegen kann. Nehme alles, was er mir gibt. Seine Lippen, seine Hände an meinem Gesicht, seinen Duft, seine Zungenspitze, die vorsichtig meine Lippen teilt.

Ich kann ihn schmecken, und Lukas schmeckt so gut. Nach Ankommen. Nach Zuhause. Nach ihm und mir und unserer Liebe, die alles, aber auch wirklich alles auf dieser Welt erträglich macht. Wenn meine Eltern sich scheiden lassen, wenn meine uralte Katze, mit der ich aufgewachsen bin, stirbt, wenn die beste Freundin ans andere Ende der Welt zieht, wenn man diese bescheuerten Kopf- und Rückenschmerzen hat … Solange Lukas bei mir ist, ist alles okay.

***

Mitten in der Nacht wache ich auf. Da ist helles Licht. So hell, dass ich glaube, mein Kopf platzt gleich. Und Stimmen. Ich verstehe sie nicht, aber sie sind laut und hektisch. Doch als ich die Augen öffne, ist es dunkel und still. Ich bin allein.

Ich habe geträumt.

«Lukas?», frage ich in die Dunkelheit und taste auf seine Bettseite. Denn ich habe das entsetzlich dringende Bedürfnis nach seiner Nähe, nach seiner Berührung. Doch Lukas ist nicht da.

Ich suche nach dem Schalter meiner Nachttischlampe, schalte sie ein. Und tatsächlich, neben mir liegt niemand. Das Bett sieht nicht einmal aus, als wäre Lukas überhaupt schlafen gegangen.

Manchmal arbeitet er lange. Das ist nicht ungewöhnlich. Ich weiß nicht, wie spät es ist, aber es fühlt sich an, als wäre es mitten in der Nacht. Er sollte zu Hause sein.

«Lukas?», frage ich noch einmal, lauter diesmal. Ich stemme mich hoch, aber mein strapazierter Rücken will nicht. Frustriert lasse ich mich zurück in meine Kissen fallen. Das kann ja wohl nicht wahr sein, dass mich so ein bisschen Kopfschmerzen derart umhauen. Und es kann ja wohl auch nicht sein, dass mich so ein bisschen Kopfschmerzen derart umhauen und Lukas dann bis spät in die Nacht hinein arbeitet! Unerklärliche Panik überkommt mich. Und wo ist überhaupt mein Handy?

«Heeeeey. Ganz ruhig.» Lukas ist neben mir. Er reicht mir das Glas Wasser, das auf dem Nachttisch stand. Erst jetzt merke ich, wie trocken sich mein Mund anfühlt. Aber natürlich sorgt er dafür, dass ich alles habe, was ich brauche. Und natürlich arbeitet er nicht bis spät in die Nacht, wenn es mir nicht gut geht. Jetzt tut es mir leid, dass ich an ihm gezweifelt habe. Aber ich habe mich auf einmal so einsam gefühlt. So mutterseelenallein auf dieser Welt. So herzzerfetzend klein und verlassen.

«Was passiert mit mir?», frage ich, weil sich alles so falsch anfühlt.

«Du hast schlecht geträumt.»

«Ich dachte, du wärst weg.» Meine Augen füllen sich mit Tränen.

«Ich bin immer da, wenn du mich brauchst. Das habe ich dir versprochen.» Er verwebt unsere Hände miteinander und küsst meine Fingerknöchel, einen nach dem anderen.

«Habe ich vergessen», gebe ich zu.

«Macht ja nichts. Nachts wirkt alles bedrohlicher. Das liegt daran, dass unser Hormonhaushalt nachts anders funktioniert. Das Cortisol ist auf dem Tiefstand. Wenn man dann wach wird, ist es, als hätte man eine Mini-Depression.»

«Ich weiß, das hast du schon mal erklärt.»

«Und wenn du vorher schlecht geträumt hast ...»

Ich denke wieder an die Lichter und die Stimmen. «Es war gar kein richtiger Traum. Also nichts Konkretes.»

«Dein Unbewusstes arbeitet.»

«Kann es das mal lassen, damit ich schlafen kann und gesund werde?»

Lukas sieht mich an und seine Mundwinkel heben sich ganz vorsichtig. «Das wirst du bald.»

«Ich wollte wirklich so gerne mit dir ans Meer fahren», sage ich und spüre, wie es mir einen richtigen Stich versetzt, dass es nicht geklappt hat. Meinetwegen.

«Ich auch», sagt Lukas. «Aber das Wichtigste ist jetzt, dass wir dich wieder hinkriegen.»

«Kriegst du mich wieder hin?»

«Na, was denkst du denn?»

«Dass du alles hinkriegst, was du willst.»

«Und ich will dich. Also krieg ich dich hin.» Er rückt den Stuhl neben mich und setzt sich.

«Warum kommst du nicht ins Bett?», frage ich.

«Weil ich lieber zusehen will, wie du wieder einschläfst.»

«Weirdo.»

«Sagt diejenige, die von Lichtern und Stimmen träumt.»

Kurz frage ich mich, woher er das weiß, aber da legt er mir eine Hand an die Wange und ich schmiege mich hinein. Heute ist sie warm, aber das ist gut, weil durch die offenen Fenster kühle Nachtluft ins Schlafzimmer dringt.

«Wie machst du das, dass deine Hände immer die richtige Temperatur haben?», frage ich. «Kalt, wenn mir zu warm ist, warm, wenn mir zu kalt ist ...»

«Ich weiß einfach genau, was du brauchst. Und das gebe ich dir dann.»

«Ich liebe dich, Lukas.»

«Ich liebe dich mehr.»

«Das bezweifle ich ernsthaft.» Aber ich weiß auch, dass Lukas immer recht hat. Und eigentlich will ich auch gar nicht dagegen argumentieren. Doch gleichzeitig soll er wissen, wie unendlich viel er mir bedeutet. Ich weiß nur nicht, wie ich es sagen soll, weil es keine Worte auf dieser Welt gibt, die auch nur im Ansatz ausdrücken können, wie dankbar ich für seine bloße Existenz bin. «Können wir barfuß heiraten?», frage ich. «Auf dem Steg?»

«Wir können uns auf jeden Fall unsere Traumhochzeit ausmalen», sagt er. «Am besten, du träumst ab jetzt *davon.*»

Ich nicke. «Wird gemacht.» Dann schließe ich die Augen und dämmere in dem Gefühl, dass Lukas mir beim Einschlafen zusieht, ein.

***

Am nächsten Morgen findet mich Mama kraftlos an der Wand auf dem Boden kauernd.

«Was machst du denn?», fragt sie erschrocken und versucht, mir unter die Arme zu greifen, um mich zurück ins Bett zu bugsieren.

«Ich kann die Scheiß-Tapete nicht mehr sehen.» Ich wurde so wütend auf die hässliche Tapete, wie ich da im Bett lag, allein, weil Lukas vermutlich schon in der Arbeit ist. Und ich habe mich so nutzlos gefühlt. Und dann wurde ich wütend auf mich selbst, weil ich diejenige war, die sofort einziehen wollte. Die sich nicht noch ein paar Tage gedulden konnte. Und deswegen muss Lukas mit dieser Tapete leben. Und ich auch. Und ich möchte, dass wir es schön haben, jetzt, wo wir verlobt sind. Jetzt, wo wir unsere eigene Familie werden. Stattdessen liege ich von morgens bis abends im Bett und lasse mich betüdeln.

«Wir kümmern uns um die Tapete, sobald es dir besser geht. Du sollst noch gar nicht auf sein», sagt Mama.

«Tut auch ganz schön weh», gebe ich zu, meine aber gar nicht so sehr den Kopf, sondern den Rücken. Wieso tut der nur so weh?

«Na komm, dann bringen wir dich mal zurück ins Bett.» Sie hilft mir auf die Beine, und mit Puddingknien wanke ich zurück auf die Matratze, wo ich unter Stöhnen versuche, mich in eine halbwegs bequeme Position zu bringen.

«Brauchst du noch was?», fragt sie und sieht mich mit diesem unsagbar traurigen Blick an. Ich wünschte, ich könnte ihr die Trennung von Papa irgendwie leichter machen. Aber ich weiß nicht, wie.

«Nee», sage ich. «Ich glaube, ich muss ein bisschen allein sein.»

Sie nickt, streicht mir einmal über die Wange. Dann lässt

sie mich allein, und ich starre wieder die Wand an. Nur dass dort, wo die Vormieter die Tapete nicht richtig verkleistert hatten, jetzt ein großer Streifen fehlt. Er geht einmal quer rüber bis zur Zimmerecke. Der Anfang ist gemacht. Der Anfang für Lukas' und mein neues Schlafzimmer, das genau so werden soll, wie er es immer haben wollte.

Als er allerdings kurz darauf nach Hause kommt und seinen Kopf ins Schlafzimmer streckt, kann ich bereits an seinem Blick erkennen, was er davon hält, dass ich ohne ihn angefangen habe.

«Deine Mutter hat erzählt, was du gemacht hast.» Er schüttelt den Kopf. «Ernsthaft, wie willst du wieder auf die Beine kommen, wenn du jetzt anfängst zu renovieren?» Er klingt tadelnd, aber sein Gesichtsausdruck wird ganz weich.

«Ich dachte, ich wäre fit genug», sage ich schuldbewusst.

«Und? Warst du's?»

«Wohl nicht.» Ich verberge mein Gesicht in den Händen. «War dumm.»

«Ist ja nichts passiert», sagt Lukas. «Aber ich glaube, deine Mutter hat sich ganz schön erschrocken.»

«Wo sie doch gerade sowieso genug am Bein hat mit der Trennung und allem. Ich sage ihr, dass es mir leidtut und dass ich ab jetzt im Bett bleibe, bis es mir wieder gut geht.»

Lukas lächelt. «Ich mache mir sonst auch Sorgen, weißt du?»

«Bist du deswegen so früh zu Hause?», frage ich und fühle mich auf einmal schuldig. Ich wollte sicher nicht, dass Lukas und Mama meinetwegen Angst kriegen.

«Alles gut», sagt Lukas. «War heute ohnehin nicht viel zu tun.» Aber ich bin mir ziemlich sicher, dass das eine Lüge ist, denn Lukas hat immer viel zu tun. «Und du hast im Moment einfach Vorrang.»

«Aber wie lange soll das denn noch so gehen? Es kann doch nicht sein, dass ihr einfach euer Leben einstellt, weil ich mit Kopfschmerzen im Bett liege.»

«So lange, wie du brauchst», sagt Lukas. «Niemand hetzt dich.»

«Langsam fange ich an, mir selbst auf die Nerven zu gehen», gebe ich zu. «Und irgendwas ist mit meinem Rücken. Ich glaube, wir brauchen neue Matratzen.»

«Neue Wände, neue Matratzen ...» Lukas zählt an den Fingern ab. «Schreib eine Liste, dann kümmern wir uns darum, wenn's dir besser geht.»

«Weißt du noch, wie furchtbar die Matratze war, auf der wir das erste halbe Jahr geschlafen haben?», frage ich, und Lukas nickt.

«Mit dir hätte ich allerdings auch auf dem nackten Boden geschlafen.»

«Wir hätten uns mit der scheußlichen Tapete zudecken können.»

«Wie romantisch wäre das gewesen!» Lukas lacht, und ich mit. Und mein Kopf tut mir nur noch ein bisschen weh.

«Weißt du», sage ich, als wir uns wieder beruhigt haben. «Ich hätte nie gedacht, dass man so glücklich sein kann. Und wenn ich es gewusst hätte, hätte ich es niemals für möglich gehalten, dass dieses Glück mich treffen könnte.»

«Ich hätte es auch nicht gedacht», sagt Lukas. «Aber ich bin mir sicher, dass du auf die eine oder andere Weise ohnehin an diesen Punkt gekommen wärst.»

Ich schüttle den Kopf. «Das ist leider nur mit dir möglich.»

Lukas lacht wieder, ein bisschen leiser diesmal. Fast ein wenig traurig. «Das stimmt nicht, und das weißt du auch.»

Ich runzle die Stirn. «Was redest du denn da?», frage ich.

«Nichts. Entschuldige. Ich will nur nicht, dass du denkst, dass dein Glück von jemand anderem abhängt als von dir. Du bist die stärkste Frau, die ich kenne. Wie schade wäre es, wenn du auf mich angewiesen wärst.»

«Ich bin gern auf dich angewiesen», sage ich, aber dann fällt mir auf, wie das klingt. «Also nicht so wie jetzt gerade. Es wäre schon schön, wenn ich es bald mal wieder allein aus diesem Zimmer schaffen könnte. Oder zum Wasserhahn. Oder zur Tapete.»

«Bald», sagt Lukas. «Ganz bald.»

«Das sagst du dauernd.»

«Aber ich finde, du siehst heute schon viel besser aus.»

«Ich fühle mich auch besser!», sage ich. «Deswegen dachte ich ja auch, dass ich das mit der Wand hinkriegen könnte.» Jetzt fällt es mir wieder ein. Auf einmal hatte ich das Gefühl, mich bewegen zu müssen. Als wäre da plötzlich wieder Energie in mich geflossen. Nur als ich dann auf dem Boden saß, war sie wieder weg. Aber das ist sicher ein gutes Zeichen.

«Das ist sicher ein gutes Zeichen», sagt Lukas, und dass er es auch so sieht, macht, dass ich mich seit Tagen das erste Mal einigermaßen okay fühle.

***

Lukas ist einkaufen. Glaube ich. Jedenfalls kommt er bald zurück. Mama ist wieder in der Küche. Ich habe ihr gesagt, dass mir die Sache mit der Tapete leidtut und ich nicht vorhatte, sie zu erschrecken, aber sie wollte davon nichts wissen. Sie hat gesagt, ich müsse mich für gar nichts entschuldigen und dass nichts passiert sei und es nur darum gehe, dass ich wieder auf die Beine komme. Mama war nie sonderlich streng, aber vielleicht war sie auch einfach froh, dass mein Zustand sie von Papa ablenkt?

Ich höre ihr Handy im Raum nebenan klingeln. Mein Kopf, der normalerweise bei lauten, schrillen Geräuschen durchgedreht ist, pocht zwar noch ein bisschen, aber der Schmerz ist inzwischen kaum noch zu spüren. Bald! Bald geht es mir wieder gut. Lukas hatte mal wieder recht.

Durch die Tür, die einen Spaltbreit geöffnet ist, verstehe ich nur Wortfetzen. Früher habe ich immer versucht, durch die Wortwahl, den Tonfall und die Themen herauszufinden, mit wem die Menschen telefonierten. Und weil meine Alternative die Tapete ist, schließe ich die Augen und konzentriere mich auf Mamas Stimme.

«...ihr besser, ja ... Auf dem Boden ... Tapete abgerissen.» Es scheint also doch ein größeres Thema zu sein, als Mama zugeben will. «...können die Ärzte nicht sagen.» Ich verdrehe meine geschlossenen Augen. Die Ärzte. Wegen ein bisschen Kopfschmerzen. Einfach albern. «...Glück gehabt ... Totalschaden.» Das finde ich jetzt ein bisschen drastisch und merke trotzdem, wie sich mein Herzschlag beschleunigt. Aber wenn mein Herz so rast, kann ich schlechter verstehen, was Mama sagt. Und dann finde ich nicht heraus, mit wem sie redet. Und dann verliere ich das Spiel. Auf einmal scheint es mir überlebenswichtig, dass ich *nicht* verliere.

Ich hieve mich aus dem Bett, und es geht um einiges besser als gestern. Mein Rücken tut nach wie vor weh, aber das kriege ich mit ein bisschen Yoga sicher wieder hin. Mit zitternden Beinen gehe ich kleine Schritte zur angelehnten Tür und öffne sie. Die Klinke ist ganz kalt unter meiner Hand. Jetzt höre ich Mamas Worte deutlicher.

«...Tragödie, ja ... Die Rettungskräfte waren zwar schnell vor Ort, aber Lukas ist noch an der Unfallstelle gestorben.»

Ich versteinere. An Ort und Stelle. Was redet Mama denn da? Lukas hatte doch keinen Unfall? LUKAS HATTE DOCH KEINEN UNFALL?? Meine Beine zittern nun so heftig, dass ich Angst habe, einfach umzufallen. Ich muss mich abstützen. An der kalten Türklinke. Aber meine Hand ist nass geschwitzt, und ich rutsche ab. Mein Herz rast. Meine Gedanken rasen. Niemand ist gestorben. Ich habe einfach nur Kopfschmerzen. Mein Rücken tat mir nur vom ganzen Rumliegen so weh. Ich werde wieder, das haben die Ärzte gesagt. Und Lukas auch. Er saß daneben. Er hat meine Hand gehalten. Ich schließe die Augen.

Da ist wieder das grelle Licht in der Dunkelheit. Es kommt uns entgegen. Aus dem Nichts. Plötzlich ist es da. Dann Schreie. Dann Dunkelheit. Dann wieder Licht und Stimmen. Dann ...

«Alles ist gut», sagt Lukas. Er ist vom Einkaufen zurück oder wo auch immer er war. «Alles ist gut.» Er wischt mit seinem Daumen Tränen von meiner Wange.

«Wo warst du?», frage ich und höre an meiner Stimme, dass ich immer noch weine.

Lukas lächelt nur. Ganz warm. Ganz weich. Lächelt mich an und wischt Tränen von meiner Wange.

«Bitte geh nicht mehr weg, okay? Bitte bleib für immer hier. Ich kann das nicht ohne dich.»

«Doch, das kannst du», sagt er und küsst mich auf die Wange. Küsst meine Tränen. «Aber ich habe dir gesagt, ich bin da, wenn du mich brauchst. Und ich bleibe so lange, *wie* du mich brauchst. Versprochen.»

**Franzi Kopka** wurde 1990 im Bergischen Land geboren. Als Tochter einer Buchhändlerin ist sie mit guten Romanen aufgewachsen und hat sich schon früh eigene Geschichten für ihre drei jüngeren Geschwister ausgedacht. Heute lebt sie mit ihrem Mann und ihren drei Katzen zusammen und widmet sich voll und ganz dem Schreiben. Mit ihrem Jugendbuch-Debüt «Gameshow» gelang ihr auf Anhieb der Einstieg auf die SPIEGEL-Bestsellerliste, mit der Reihe «Cosy Secrets» schreibt sie nun erstmals Bücher im Romance-Genre.

September

Franzi Kopka

# Pumpkin Date Latte

## Eine Cosy-Secrets-Story

Eine Berührung im Nacken lässt mich auf der Holzbank zusammenfahren. Reflexartig schaue ich über die Schulter, aber da ist niemand.

Nur der alte Steinbrunnen, der beharrlich vor sich hinplätschert. Dahinter schlendern Menschen von einem Marktstand zum nächsten, sie stöbern in Herbstdeko, schnuppern an handgemachten Seifen mit Düften wie *Roasted Hazelnut* oder machen Fotos vor der kleinen Kürbispyramide, die sich zwischen zwei Stände quetscht.

Es war die Idee unserer selbst ernannten Bürgermeisterin Abigail, Edderton pünktlich zum Herbstanfang in ein Kürbisparadies zu verwandeln, denn «wisst ihr eigentlich, wie viele Touris im September nach Schottland reisen?!» Ungefähr so hat sie uns die Aktion bei der letzten Dorfversammlung schmackhaft gemacht, und offensichtlich war es eine super Idee.

Letztes Jahr ist der große Besucherstrom nach den Sommerferien noch abrupt abgerissen, jetzt dürften alle hier bis mindestens Ende Oktober gut beschäftigt sein. Bis sich auch das letzte Blatt verfärbt hat, bis trockene Tage zu einer Rarität werden und das Thermometer nur noch selten über acht Grad klettert – geschweige denn auf sonnige fünfzehn wie heute. Bis ein Sweater nicht mehr reicht, um Windböen zu trotzen, und die Hügel gelb anstatt grün leuchten.

Als ich meinen Blick von dem Treiben löse, spüre ich wieder etwas im Nacken, dieses Mal ist es ein Piksen. Irritiert taste ich nach dem Kragen meines dunkelroten Sweaters –

und finde den Übeltäter: ein kleines Ahornblatt. Ich halte es ins Gegenlicht. Obwohl nicht der leiseste Wind geht, scheint es sich zu bewegen, und Atemzug für Atemzug wird mir bewusst, dass *ich* dafür verantwortlich bin. Wie von selbst hat sich ein Zittern in meine Fingerspitzen gestohlen, mein Magen ist ein einziger flauer Knoten.

Bin ich etwa *nervös*?!

Mir entweicht ein schnaubendes Lachen. Sadie Foster, vierundzwanzig, ist nervös, weil sie zu einem fucking *Datingevent* in einem *Dorfcafé* geht.

Gut, dass Jas noch nicht hier ist. Er würde mich garantiert damit aufziehen, und ich könnte es ihm nicht einmal verübeln. Abgesehen davon, dass ich an meiner Misere selbst schuld bin, kann es nach dieser einen Single-Night im Inverness Student's Club eigentlich nicht mehr schlimmer werden. *Und wenn doch?*

Ich schaue rüber zu *Graeme's Tea & Coffee Lounge*. Vor der Tür des pastellblau gestrichenen Cafés hat sich eine Schlange gebildet. Unmöglich zu sagen, ob die Leute für ein paar Zimtschnecken anstehen oder für das Event. Angesichts der Altersstruktur hoffe ich auf Ersteres …

Als sich die Schlange voranschiebt und ein älterer Herr seinen Einsatz verpasst, kann ich einen Blick auf die Kreidetafel erhaschen, die neben dem Eingang steht. Dunkler Schiefer, bemalt mit orangen Kürbissen und dem geschwungenen Schriftzug: *PUMPKIN DATE LATTE*, darunter die dürftigen Infos: *SAMSTAG, 4PM, AUSGEBUCHT!*

*Ausgebucht?!* Abigail hat mich förmlich bekniet, meine Anmeldung einzureichen, damit das Event kein totaler Flop wird – haha. Natürlich könnte ich einen Rückzieher machen, aber dann würde da drinnen gleich jemand einsam an seinem Tisch sitzen, und wie beschissen muss es sich bitte anfühlen, wenn das Blind Date gar nicht erst auftaucht? Nein, ich schätze, da muss ich jetzt durch, und zur Not habe ich immer noch meinen Joker: Jas.

Mit einem tiefen Atemzug lenke ich meine Konzentration zurück aufs Ahornblatt. In der Herbstsonne leuchtet es golden, die Blattadern zeichnen ein filigranes Kunstwerk, jede Spitze ist intakt. Unwillkürlich muss ich an den ersten Tag meines Studiums denken, an dem wir den Flächeninhalt verschiedener Blätter berechnen sollten. Ich spanne zwei freie Finger zu einem behelfsmäßigen Lineal, das ich in der Mitte des Blattes anlege. Davon ausgehend, dass zwischen meiner Nagelspitze und dem Übergang zum Daumen vier Komma sieben Zoll liegen und das Blatt bis zum ...

«Fünfunddreißig Quadratzoll.»

Mein Puls jagt mit einer Wucht nach oben, dass ich einen Aufschrei unterdrücken muss. Wie aus dem Nichts hat sich jemand zwischen mich und die Herbstsonne geschoben: weiße Sneaker, Jeans, salbeigrüner Strickpullover, die Ärmel locker hochgeschoben, und am rechten Handgelenk eine Sammlung vertrauter Armbänder. Inzwischen reichen sie eine ganze Handbreit nach oben – ein Band für jeden offiziellen Auftritt mit seiner Band, Generalproben vor Verwandten ausgeschlossen. Oder vor mir.

«Verdammt, Jas!», zische ich, während mein Herz immer noch eine Spur zu heftig schlägt. «Du hast mich zu Tode erschreckt.»

«Dafür siehst du aber ziemlich gut aus», neckt er und lässt sich neben mir auf die Bank fallen. Sein dunkelbraunes Haar wirkt zerzaust, obwohl ich weiß, dass er es extra so gestylt hat. «Und, wie nah war ich dran?» Sein Grinsen zeichnet zwei Grübchen in die beige Haut, als er zu dem Blatt in meiner Hand nickt.

Mit zweifelnder Miene halte ich es hoch. Auch ohne zu messen, weiß ich, dass es höchstens die Hälfte von Jas' geschätzter Fläche haben kann. «Sagen wir einfach: Gut, dass du nichts mit Mathe studierst», stichle ich, ehe ich mit meiner Schulter gegen seine knuffe.

Er hebt nur die gepiercte Augenbraue, ein Ausdruck, den niemand so perfekt hinbekommt wie Jas. Triefend vor Skepsis. «Wow.» Er nimmt mir das Blatt ab. «Steigen da etwa jemandem die letzten Prüfungsergebnisse zu Kopf, Madame Foster?»

«Madame Foster?! Bin ich achtzig, oder was?»

«Also lieber wieder Sadie-Baby?»

Mir entfährt ein Lachen. «Ich warne dich», sage ich drohend, während er mit herausfordernder Miene das Blatt zwischen seinen Fingerspitzen dreht. «Es gibt exakt *ein* Szenario, in dem du mich so nennen darfst: Wenn ich da drinnen nachher ein absolut fürchterliches Date haben sollte und einen Fake-Freund brauche, der mich rettet.» Dabei streiche ich mein blondes Haar hinters linke Ohr. Unser Zeichen, wenn ich dringend aus einer *Situation* befreit werden muss.

«Also, was das angeht ...» Jas' Blick verändert sich auf eine Weise, die mir nicht gefällt. Es sind nur Nuancen, und trotzdem kenne ich ihn nach über zwanzig Jahren gut genug, um die Verlegenheit zu bemerken, die seine stahlblauen Augen durchzieht.

«Was?» Das flaue Gefühl verstärkt sich. «Jas ... Sag nicht, du weißt, wen Abigail für mich ausgesucht hat?» Er weicht meinem Blick aus. «Verdammt, Jas! Wenn es Lionel Thomson ist, bin ich schneller weg, als du *Blind Date* buchstabieren kannst, also bitte ...»

«Ich hab keinen blassen Schimmer», unterbricht mich

Jas, gefolgt von einem Lippenschürzen. «Nur die Sache mit dem Fake-Freund könnte heute schwierig werden.»

Da er genau weiß, wie sehr ich es hasse, ihm jedes Detail aus der Nase ziehen zu müssen, werfe ich ihm nur einen strengen Blick zu.

«Ich ... habe mich auch angemeldet.»

«Du hast *was*?!» Mein Herzschlag hat keine Chance, sich zu beruhigen. Vielmehr überschlägt er sich, während ich Jas entgeistert anstarre. Den Jas, der Dating bisher gemieden hat wie Vampire die Kirche. Hin und wieder ein belangloser Flirt auf einer Campusparty, okay, vielleicht mal ein One-Night-Stand, aber ein gesamter Nachmittag mit einer fremden Frau?!

«Ich hab mich angemeldet», wiederholt er. «Du meintest ja, Abigail würde händeringend nach Teilnehmenden suchen, und irgendwie hat sich der Zeitpunkt richtig angefühlt.» Mit einem Schulterzucken lässt er sich tiefer auf die Bank sinken. «Nächstes Semester mache ich meinen Abschluss, und gerade sieht es so aus, als würde die Tour mit den Jungs echt klappen. Aberdeen, Perth, Stirling, Edinburgh, vielleicht schaffen wir es sogar bis nach England, und irgendwie ... Ich mag den Gedanken, dass es hier jemanden geben könnte, der auf mich wartet.» Jas legt die Ellenbogen auf die Rückenlehne, sodass er meine Schulter streift. «Klingt ganz schön kitschig, oder?», fragt er auf eine Weise, die geradezu einlädt, ihn zu necken.

Das flaue Gefühl in mir weicht einem Ziehen, das ich nicht richtig deuten kann. Ich schlucke dagegen an und mime ein Lächeln. «Klingt eher ziemlich egoistisch», feixe ich. «Die Ärmste wird sich freuen, wenn sie dich gerade kennengelernt hat und du dich einfach aus dem Staub machst.»

«Schon mal was von Kommunikation gehört?», kontert

er. «Außerdem hätte ich auch nichts gegen einen Privatgroupie. Sie könnte also ruhig mitkommen.» In seiner Stimme schwingt dieser Hauch Arroganz, von dem ich weiß, dass er nur Fassade ist. Dahinter schlummert die ewige Angst, seine Musik könnte nicht gut genug sein, aber ich bin nicht die Richtige, um ihn vom Gegenteil zu überzeugen. Dieser Job gehört allein der Zeit – und seinen Privatgroupies.

«Jeden Abend in einem anderen Pub stehen und dieselbe Show hören? Super verlockend», spöttle ich, auch wenn die Vorstellung gar nicht *so* furchtbar ist. Inzwischen habe ich Jas oft genug auf der Bühne gesehen, um zu wissen, dass sich ein und derselbe Song bei jedem Auftritt anders anfühlen kann. Es sind die kleinen Interaktionen mit seinen Bandkollegen, die spontan länger gehaltenen Töne, die kleinen Fehler auf seiner Gitarre, die er elegant überspielt.

«Neidisch?» Er funkelt mich an, nur für einen Atemzug, dann rafft er sich abrupt auf und hält mir seine Hand hin. «Ich glaube, wir sollten langsam mal. Oder hättest du gerne einen großen Auftritt?» Er nickt zum Café, vor dem sich die Schlange erschreckend schnell aufgelöst hat.

«Sind große Auftritte nicht eher dein Ding?»

«Nur wenn sie nicht für einen miesen ersten Eindruck sorgen. Also?» Seine Hand schwebt auffordernd in der Luft.

Seufzend nehme ich sein Angebot an und lasse mich auf die Beine ziehen. Jas' Finger sind rau und warm, meine fühlen sich zwischen ihnen klamm an, sodass ich mich schnell aus seinem Griff löse. Ich streiche meinen schwarzen Rock glatt, checke noch einmal, ob meine Stiefel sauber sind, dann straffe ich die Schultern. «Auf ins Gefecht.»

«Hey, Sadie.» Als ich mich zum Gehen wende, berührt Jas mein Handgelenk. Ein lockerer Griff, den ich einfach abstreifen könnte.

«Mh?» Mit fragender Miene halte ich inne. «Jetzt sag nicht, du willst echt den großen Auftritt?»

Er lacht leise auf, während er von mir ablässt. «Nein, aber du hast da was vergessen.» Er hebt das Ahornblatt an, das er immer noch in der anderen Hand hält. Dann streicht er mir eine Haarsträhne hinters Ohr und steckt das Blatt mit konzentriertem Gesichtsausdruck darin fest. Erst als er sicher scheint, dass es hält, zieht er sich zurück, auf seinen Lippen ein schmales Lächeln. «Ich hoffe, der Typ da drinnen weiß seine Chance zu schätzen», sagt er eine Spur leiser, rauer, und das Ziehen stiehlt sich bis hoch in mein Herz.

«Das werden wir wohl gleich herausfinden.» Mit einem Räuspern löse ich meinen Blick von Jas und schiebe meinen Arm unter seinen. «Aber vorher brauch ich dringend einen von Graemes legendären Pumpkin Spice Latte.»

Zusammen schlendern wir rüber zum Café. Auch wenn das halbe Schaufenster von dem pastellblauen Logo verdeckt wird, erkenne ich, dass der Laden herbstlich dekoriert wurde. Girlanden aus getrockneten Blättern zieren die Decke, hier und da baumeln Mobiles aus Kastanien und Eicheln. Die kleinen Tische scheinen komplett belegt – auch wenn ich weiß, dass irgendwo Platz für uns sein muss. Direkt hinterm Schaufenster sitzt der ältere Herr, der vorhin in der Schlange zu spät aufgerückt ist, zusammen mit einer Frau, bei deren Anblick ich langsamer werde.

«Ist das etwa Fenella?!» Ich ziehe Jas ein Stück zu mir heran, damit er den gleichen Blickwinkel hat wie ich. «Die Frau mit den weißen Haaren und dem Rollkragenpullover? Dem in Senfgelb?»

«Wo siehst du …? Oh! Tatsache.» Jas klingt ähnlich überrascht. Sein Kopf stößt beinahe gegen meinen, während wir die Szene beobachten.

Fenella rührt in ihrer Tasse herum, der Mann sagt etwas, dann hält sie inne, eine Sekunde vergeht, und sie wirft lachend den Kopf in den Nacken. Unwillkürlich wärmt sich ein Fleck in meiner Brust. Ganz Edderton weiß, was der alten Dame letztes Jahr zugestoßen ist, und umso mehr freut es mich, sie bei einer solchen Veranstaltung zu sehen. Gesund und glücklich.

«Das macht Hoffnung, oder?», sage ich an Jas gewandt. «Wenn Abigail sogar jemand Passenden für Fenella gefunden hat, wird sie mir wohl kaum Lionel gegenübersetzen.»

«Wer weiß.» Jas tätschelt meinen Arm. «Vielleicht hat sie ja Lust auf Drama.»

Ich verdrehe die Augen, während ich mich von ihm mitziehen lasse. Abigail sorgt zwar tatsächlich hin und wieder für Drama, allerdings glaube ich, dass ihr wirklich etwas an diesem Event liegt. Erstens ist es Bestandteil ihrer großen Initiative, Edderton mehr Leben einzuhauchen, und zweitens hat sie uns vorab sogar Fragebögen gegeben, um unsere Präferenzen herauszufinden. Geschlecht, Altersgrenzen, Hobbys – auch wenn ich bezweifle, dass sich genug Leute angemeldet haben, um alles zu berücksichtigen. Sonst wäre Abigail besser als jede Dating-App, die ich in den letzten Monaten bemüht habe.

Vor den Stufen, die hoch zum Laden führen, löst Jas meinen untergehakten Arm aus seinem und geht vor, um die Tür zu öffnen. Ich sehe gerade noch das Poster, auf dem steht: *Heute nur bis 4 pm geöffnet*. Also standen die Leute vorhin wirklich für das Event an. Beeindruckend. Und ein *bisschen* beängstigend.

«Wenn ich bitten dürfte.» Jas bedeutet mir, vorzugehen.

Ich gebe mir einen Ruck und betrete das Café, das von Jahr zu Jahr gemütlicher wird. Was Graeme vor allem Joe zu verdanken hat, der ein Händchen fürs Detail hat. Ich kenne Joe von einer Erstsemesterparty an der UHI, und eigentlich hat er hier nur angefangen, um sein Zimmer zu finanzieren. Inzwischen habe ich jedoch das Gefühl, dass ich ihn hier öfter sehe als am Campus.

Auch jetzt steht Joe rechts hinter der großen Theke und eilt von Kaffeemaschine zum Sirupregal, weiter zum Kühlschrank. Als er uns bemerkt, schenkt er uns sein typisches Sunnyboy-Grinsen, ich nicke ihm zu, dann ist er schon wieder in seiner Arbeit versunken.

In der Auslage liegen etliche Backwaren, an der Wand hängen Kreidetafeln mit der Karte, die zunehmend wächst. Links von uns befindet sich der Gastraum. Beim Anblick der vielen Menschen kehrt der flaue Knoten in meinem Magen zurück. Es sind tatsächlich *alle* Tische belegt, nur einzelne Plätze sind frei und stechen förmlich heraus. Dahinten ist einer bei einem Mann, der eindeutig jenseits meiner Altersgrenze liegen dürfte: ein Mittvierziger, blasse Haut, die Haltung in sich zusammengesunken, und der sorgenvoll gerunzelten Stirn nach scheint er keine große Hoffnung zu haben, dass noch jemand kommt. Und genau deshalb sind Rückzieher mies ...

Ein paar Tische weiter sitzt jemand, der eher zu meinen Angaben passen könnte. Ich schätze den Typ auf Mitte zwanzig, schwarzes kinnlanges Haar, schwarzer Rollkragenpullover, Denkermiene, ein bisschen junger Keanu-Reeves-Vibe. Durchaus attraktiv, allerdings scheint er in ein Gespräch mit der Frau am Nachbartisch vertieft. Da sie mit dem Rücken zu mir sitzt, kann ich nur ihre naturroten Locken sehen, beneidenswert.

«Sadie Foster und Jasper Day.»

Ich fahre herum. Es ist Abigail persönlich, die mit einem

Klemmbrett an uns herantritt. Obwohl sie sich um ein Lächeln bemüht, beweist das Kräuseln ihrer Stupsnase, dass sie nicht zufrieden ist. «Wie schön, dass ihr es noch einrichten konntet.»

Unwillkürlich schaue ich zu der großen Uhr, die über der Schwingtür zur Küche hängt. Eine Minute nach vier. Was für eine Schande.

Abigail lässt den passend zu ihrer beerenfarbenen Bluse lackierten Zeigefinger übers Klemmbrett wandern. Dabei erkenne ich selbst von hier, dass die meisten Namen bereits abgehakt wurden. «Da haben wir euch ja.» Ganz unten hält Abigail inne. Dann blättert sie um und zieht zwei Klebeschildchen von einer Seite. «Sadie, Tischnummer 15, Jasper, Nummer 16. Getränke werden nachher am Platz serviert.»

*Nachher*. Mit einem sehnsüchtigen Seufzer nehme ich Abigail den Sticker ab und schiele hinüber zu Joe, der gerade Zimt über ein Getränk streut, das verdächtig nach einem Pumpkin Spice Latte aussieht.

«Uhhh.» Jas hat seinen Kopf neben meinen gesenkt. «Ein junger Keanu Reeves, herzlichen Glückwunsch.» Sein Raunen ist so leise, dass sich die Härchen in meinem Nacken aufstellen. Zeitgleich erstarrt der Rest meines Körpers, denn erst jetzt wird mir bewusst, was Abigail gerade gesagt hat. Und was da für ein Sticker an meiner Fingerspitze klebt. *Sadie, Tisch 15*.

Ruckartig hebe ich den Kopf, um nach der Nummer zu suchen. Dabei weiß ich längst, auf welchem Tisch das passende Kärtchen steht. Und wer mir gegenübersitzen wird.

Schwarze Haare, schwarzer Rollkragenpullover, kein Lionel Thomson, und trotzdem wallt Fluchtinstinkt in mir auf. Nicht, weil der Typ nicht gut aussähe, sondern weil ich langsam verstehe, dass die Sache hier nicht in zehn Minuten durch ist. Kein Speeddating, bei dem ich weiterziehen kann – kein Joker namens Jas, der mich auf charmante Weise erlöst.

«Steht mir, oder?» Jas hat sich das Klebeschildchen auf die Brust gepappt, die er stolz herausreckt.

«Solltest du immer so tragen», erwidere ich, während ich mein eigenes aufklebe. Schon ist das Zittern in meinen Fingerspitzen zurück, und ich weiß, dass es meiner Stimme genauso anhaftet. Ich erkenne es in dem Aufblitzen in Jas' Augen, in seiner unausgesprochenen Frage, ob alles okay ist.

Ehe er mich vollends durchschauen kann, setze ich ein Lächeln auf und bedeute ihm, mir zu folgen. Es ist völlig paradox. Ein Teil von mir brennt darauf zu daten, immer in der Hoffnung, *der Eine* könnte dabei sein, aber ein anderer scheint sich genau davor zu fürchten. Anders kann ich es mir nicht erklären, dass meine Beine mit jedem Schritt schwerer werden, mein Herz immer heftiger gegen meinen Brustkorb drängt. Ich schiebe mich an den besetzten Tischen vorbei, im Rücken spüre ich Jas, der in die gleiche Richtung muss. Klar, sein Tisch dürfte sich direkt neben meinem befinden – was bedeutet, dass er die Rothaarige datet, die sich gerade zu uns umdreht.

Oh, fuck, ist sie *hübsch*. Das perfekte Puppengesicht, hellbraune Haut, volle Lippen, die rosig glänzen, meerblaue Augen. Und natürlich strahlt sie übers ganze Gesicht, als sich Jas an mir vorbeidrängt und ihr überaus charmant die Hand hinhält.

«Jasper. Aber gerne einfach Jas.»

«Caitlin, hi.» Selbst ihre Stimme ist schön, vom Namen gar nicht erst zu sprechen. Obwohl Jas mir mit seinem Rücken die Sicht versperrt, weiß ich, dass sie seine Hand sofort ergreift.

«Hey. Sadie, richtig?»

Ich zucke zusammen, als mich jemand von der Seite anspricht. Keanu Reeves ist aufgestanden und hat sich vorgelehnt, um mein Namensschild lesen zu können.

«Äh, richtig. Hi.» Kaum dass er sich wieder aufgerichtet hat, revanchiere ich mich mit einem Blick auf seinen Sticker. Leider wird er von einer Falte seines Pullovers zerknickt, aber ich kann erahnen, dass da nicht Keanu steht. *Schade.* «Und du bist …?»

«Lionel», hilft er mir auf die Sprünge und reicht mir seine Hand. Ich muss aufpassen, nicht den Mund zu verziehen, als sich seine Finger um meine schließen. Dagegen sind selbst meine trocken. Und dieser Name ist doch echt ein schlechter Witz.

«Freut mich.» Mit einem Lächeln versuche ich ihn davon abzulenken, dass ich meine Hand schnell am Rock abwische.

Am Tisch nebenan lacht jemand auf – und presst sich sofort die Faust auf den Mund. Jas. War ja klar, dass er mir schräg gegenübersitzen muss, und wie ich ihn kenne, hat er mein Fake-Lächeln sofort durchschaut. Oder er hat gehört, dass sich mein Keanu gerade als ein *Lionel* entpuppt hat.

Ich ignoriere Jas eiskalt, während Lionel auf einmal die Stirn runzelt. «Darf ich kurz? Du hast da was.» Ohne auf meine Reaktion zu warten, greift er in mein Haar und zupft das Blatt raus, das Jas vorhin so konzentriert festgesteckt hat. Lionels Miene hellt sich auf. «Wenn das mal kein Wink des Schicksals ist», bemerkt er in einem Tonfall, der etwas seltsam Anzügliches hat.

Es fühlt sich falsch an, dieses Blatt in seinen Fingern zu sehen, und was soll das Gerede von *Schicksal*? Wir haben doch noch keine zwei Sätze gewechselt …

«Ich bin gerade vom Auslandssemester in Toronto zurück», fügt er erklärend hinzu. «Kanada. Das Land mit dem großen Ahornblatt in der Flagge, Rot auf Weiß, du weißt schon …»

Mansplaining in der Kindergartenversion. Herzlichen Dank.

Da ich wohl nicht so reagiere wie erhofft – und damit meine ich, dass ich gar nicht reagiere –, schürzt er die Lippen. «Oder es ist einfach nur ein Ahornblatt, das sich in deinem Haar verfangen hat», lenkt er ein, ehe er es achtlos zu Boden segeln lässt. *Wow.*

«Eigentlich war das ein Accessoire», erwidere ich spitzer als beabsichtigt.

Lionel scheint es nicht zu bemerken, denn er schaut wieder rüber zu Caitlin. *Doppel-Wow!* Einen Atemzug später habe ich seine Aufmerksamkeit zurück, und er schenkt mir ein verunsichertes Lächeln. «Entschuldige den miesen Flirtversuch. Ich bin ein bisschen aus der Übung.» Er greift nach meinem Stuhl, um ihn zurückzuziehen. «Möchtest du dich vielleicht setzen?»

In mir regt sich Widerstand. Jetzt wäre die ideale Gelegenheit für einen Rückzieher, andererseits: Wer hat noch nie Dinge gesagt, die einen Jahre später aus dem Schlaf reißen, weil einem plötzlich bewusst wird, wie unangenehm es war? Außerdem möchte ich nicht verpassen, in welche Richtung das mit Jas und Caitlin läuft … Ein Teil von mir hofft auf belanglosen Flirt, aber ich fürchte, Caitlin könnte einen guten Privatgroupie abgeben.

Ich ringe den Widerstand nieder und setze mich. Lionel wirkt erleichtert, was zumindest ein *bisschen* süß ist. Während er an seinen Platz zurückkehrt, mache ich meinen üblichen Check: Seine Nägel sind kurz und gepflegt, keine Kanten, die bei gewissen Berührungen stören könnten. Er hat schöne Augen (irgendwas zwischen Dunkelgrün und Blau), seine Statur ist schmal, aber sportlich (vielleicht läuft er genauso gerne wie ich), seine Lippen wirken, als würde er Balsam benutzen, seine rosigen Wangen sind glatt rasiert. Vielleicht ein bisschen *zu* glatt – was wohl in die Kategorie «Jammern auf hohem Niveau» fallen dürfte. Die Begrüßung war *na ja*, die Begründung okay, also sortiere ich ihn vorerst in die Schublade «One-Night-Stand-Potenzial» ein. Kein schlechter Anfang, allerdings hat es selten jemand weiter geschafft, rein statistisch gesehen ist es sogar wahrscheinlicher, dass sich Lionel-Nicht-Keanu binnen der nächsten Viertelstunde komplett ins Aus katapultiert.

Hinter mir ertönt ein Klingeln. Nach und nach wird es um uns herum leiser. Ich rücke meinen Stuhl ein Stück nach hinten und verdrehe den Hals, um zur Theke zu schauen. Abigail legt gerade ein goldenes Glöckchen beiseite, dann verschränkt sie die Hände vor dem Körper. Im Hintergrund stellt Joe seine Arbeit ein, die Kaffeemaschine gibt noch einen Seufzer von sich, danach ist es mucksmäuschenstill. Als wüssten alle hier, wie wichtig Abigail ihre Eröffnungsreden sind.

Sie lässt den Blick über den Gastraum wandern, dann nickt sie zufrieden. «Jetzt, da wir vollzählig sind, freue ich mich, euch alle zu Eddertons erstem Datingevent willkommen heißen zu dürfen.»

*Vollzählig?* Unwillkürlich schaue ich zum Mittvierziger hinüber – der nicht länger alleine ist. An seinem Tisch sitzt ein hübscher Mann im ähnlichen Alter, der es geschafft hat, die Miene seines Gegenübers aufzuhellen. Obwohl ich keinen von beiden kenne, wünsche ich ihnen, dass es funktioniert. *Warum wünschst du dir das nicht einfach mal selbst?*, wispert ein zynisches Stimmchen in mir, das verdächtig nach Jas klingt. Ich bringe es mit einem Biss auf meine Zunge zum Schweigen und konzentriere mich wieder auf Abigail.

«...mich also kurzfassen», behauptet sie gerade, was bisher nie geklappt hat. «Die meisten von euch wissen sicher von Instagram, was euch heute erwartet, aber lasst mich den Ablauf trotzdem kurz umreißen. Den ersten Schritt habt ihr bereits geschafft, denn ihr habt alle den richtigen Platz gefunden.»

Hier und da Gelächter, Lionel bleibt still, ich tausche einen Blick mit Jas. Seiner Miene zufolge hat er dieses Instagram-Posting also auch nicht gesehen. Vielleicht sollten wir den Stadtaccount doch öfter checken ...

«Der Name des Events lässt es erahnen, denn ‹Pumpkin Date Latte› ist nicht nur eine Hommage an mein liebstes Herbstgetränk, sondern kombiniert gleich drei Dinge, die überraschend gut zusammenpassen.» Abigail hebt die Hand, um abzuzählen: «Dating, leckere Getränke und natürlich Kürbisse.» Mit einer Geste deutet sie Richtung Küche, deren Tür wie aufs Kommando aufschwingt.

Der alte Graeme selbst balanciert einen Stapel oranger Kürbisse herein, dicht gefolgt von seiner Frau Ella, die genauso voll beladen ist. Sofort eilt Joe den beiden zu Hilfe, und mir schwant Übles ...

Abigail lässt sich einen besonders großen Kürbis reichen. «Es sind nicht nur die ersten in diesem Jahr, wir haben sie heute Morgen ganz frisch von unserem eigenen Feld geerntet.» In ihrer Stimme schwingt der typische Stolz mit. «Gleich werden wir herumgehen, um euch alle mit einem dieser Prachtexemplare zu versorgen, und damit kommen wir auch schon zum nächsten Schritt. In den Kästen auf eurem Tisch findet ihr verschiedene Werkzeuge zum Schnitzen. Vorher müssen die Kürbisse natürlich ausgehöhlt werden, was ihr am besten ...»

*Shit*. Abigails Anleitung rauscht einfach an mir vorbei, während ich zurück zu Jas sehe. Er funkelt mich vielsagend an, die Lippen geschürzt, als müsste er sich wieder ein Lachen verkneifen. Kein Wunder. Nach unserer Kürbiskatastrophe letztes Jahr habe ich geschworen, diese Dinger nur noch anzufassen, wenn sie als Suppe enden sollen ... Ich werfe Jas einen mahnenden Blick zu, schließlich war er daran auch nicht ganz unbeteiligt, aber er zuckt nur mit den Schultern und lässt sich lässig zurücksinken, einen Ellenbogen auf die Stuhllehne gestützt.

Als Caitlin unseren lautlosen Dialog bemerkt, wende ich mich schnell zurück Richtung Abigail.

Graeme, Joe und Ella haben angefangen, die riesigen Kürbisse unter den Teilnehmenden zu verteilen. Zwei pro Tisch, dazu jeweils zwei Teelichter.

«So oder so ähnlich könnte es am Ende aussehen.» Abigail dreht ihren Kürbis um hundertachtzig Grad, und ich muss aufpassen, nicht selbst loszuprusten. Wenn *das* der Maßstab sein soll, bin ich so was von raus. In die Rückseite wurde ein regelrechtes Kunstwerk geschnitzt, ein Puffin, umringt von Herbstblättern. «Natürlich könnt ihr jeweils an eurem eigenen Kürbis arbeiten, *oder* ihr nutzt die Chance, euch gemeinsam an einem Kunstwerk zu versuchen», erklärt Abigail. «Aus Erfahrung kann ich sagen, dass nichts schneller das Eis bricht als gemeinsame Handarbeit.»

*Hat sie gerade echt ...?* Jemand lacht schallend auf, und sofort drehen alle den Kopf in diese Richtung. Es ist Fenella, die entschuldigend die Hand hebt, aber gleichzeitig nicht aufhören kann zu lachen. «Verzeihung, meine Liebe», japst sie zwischen zwei kurzen Atemzügen. «Aber diese Zweideutigkeit …» Sie winkt ab, während ihr Gegenüber mitkichert, als wären sie beide fünfundsechzig Jahre jünger.

Es ist genau dieser Moment, der *das Eis* im gesamten Café zu brechen scheint. Während Abigail perplex zu den beiden Alten schaut, breitet sich das Gelächter aus, Blicke werden getauscht, hier und da wird getuschelt, ich höre Caitlin lachen, und als ich zu Lionel schaue, haben sich seine Mundwinkel gehoben.

«Äußerst erwachsen, Fenella», tadelt Abigail über die Unruhe hinweg.

Derweil stellt Ella zwei Kürbisse auf unseren Tisch, dann legt sie die Teelichter daneben und beugt sich zu mir runter. «Abigail wird es nie lernen», flüstert sie hörbar amüsiert, und ich schüttle nur grinsend den Kopf. «Was darf ich euch denn zu trinken bringen?»

Ich bestelle meinen Pumpkin Spice Latte, und zu meiner Überraschung schließt Lionel sich an. Irgendwie hätte ich ihn eher für Typ Schwarzer-Kaffee gehalten. So viel zu meinen Schubladen.

Mit ihrem Glöckchen bringt Abigail das Gelächter zum Erliegen. «Okay, kürzen wir es ab», sagt sie mit einem Seufzer. «Offiziell geht das Event zwei Stunden. Heute Abend seid ihr dann alle eingeladen, eure Werke bei unserem Kürbiswettbewerb zu präsentieren. Acht Uhr, draußen auf dem Marktplatz. Den Siegenden winken tolle Preise, wie Gutscheine für Lydia's Bookshop oder ein Mittagessen im Whistling Shepard. Sollten zwei von euch gemeinsam gewinnen, erwartet euch als Hauptpreis ein Romantikwochenende in Golspie – inklusive Besuch von Dunrobin Castle. Es lohnt sich also, die *kreativen Energien* zu bündeln. War das eindeutig genug, Fenella?» Leicht schnippisch schaut sie zu Fenella, die nur kichernd den Daumen hebt, während der ältere Herr ihre freie Hand tätschelt. «Schön. Dann bleibt mir nur noch zu sagen: Viel Spaß beim ersten *Pumpkin Date Latte*.»

Ein paar applaudieren, mich selbst eingeschlossen, die meisten wenden sich sofort ihrem Gegenüber zu. Darunter Jas, dessen Grinsen eine Spur *zu* begeistert ist. Andererseits hat er ein Date mit Caitlin, die nicht nur schön ist, sondern eine scheiß nette Ausstrahlung hat. «Und, wie sieht's aus?», höre ich sie fragen. «Einzelprojekt oder *gemeinsame Handarbeit?*»

Jas' Antwort ist ein raues Lachen. «Ich weiß nicht, wie du zu Schlossbesuchen in Golspie stehst, aber ich würde sagen: Holen wir uns den Hauptpreis.» Da ist dieser vertraute Ehrgeiz in seiner Stimme, der einen *etwas* falschen Eindruck vermittelt. Wüsste Caitlin um seine zwei linken Hände, würde sie den anderen Kürbis sicher weniger enthusiastisch unter den Tisch stellen.

Jemand räuspert sich. «Ich finde, wir sollten uns auch an einem versuchen. Also, zusammen.» Erst als Lionel mich anspricht, merke ich, dass ich ihn vergessen habe. Für zwei Sekunden. Oder vielleicht drei, vier.

«Äh.» Peinlich berührt huscht mein Blick zu den Kürbissen, dem Holzkasten mit den Schnitzmessern, zur gewachsten Tischdecke, der Schale für die Kürbisreste (warum ist mir das nicht früher aufgefallen?), hoch zu meinem Blind Date. Spiele ich gleich mit offenen Karten oder mache ich einen auf Jas und tue so, als hätte er mit mir echte Chancen auf den Hauptgewinn? «Ich würde sagen, das kommt ganz darauf an, wie dringend du nach Golspie möchtest», erwidere ich ausweichend, als Ella unsere Bestellung serviert. Zwei große Gläser mit einer Menge Milchschaum, Zimtdekor und Glasstrohhalm. «Danke.» Ich schenke ihr ein flüchtiges Lächeln, Lionel nickt ihr nur zu.

Dann wendet er sich wieder an mich, um an meine Frage anzuknüpfen: «Das hier ist ein Wettbewerb, richtig? Wer möchte da nicht gewinnen?»

Ich suche in seiner Miene nach einem Necken, einem Feixen, einem Hauch von Ironie, aber da ist nur Ernsthaftigkeit. Warum bin ich sicher, dass *er* dieses Posting von Abigail gelesen hat?

«Okay.» Ich zupfe mit den Zähnen an meiner Unterlippe herum und umklammere mein Glas fester. «Dann formulieren wir es so: Die Erfahrung hat gezeigt, dass es besser ist, wenn man mir kein Messer in die Hand drückt, solange ein Kürbis in der Nähe ist. Aber ich kann gerne vom Rand aus cheerleaden.»

Lionels Augenbrauen zucken hoch, natürlich beide gleichzeitig, und ich weiß nicht, ob es Überraschung, Irritation oder Skepsis ist. «Wer geht zu einem Event, das *Pumpkin* Date Latte heißt, wenn er auf Kriegsfuß mit Kürbissen steht?» Japp, er hat das Posting eindeutig gelesen. Genau wie Caitlin, die Jas am Nachbartisch gerade erzählt, wie sie zufällig über den Beitrag gestolpert ist und dachte, das wäre doch eine *nette Idee*. Was Jas angeblich genauso sieht.

In meinem Magen ballt sich etwas zusammen. Lionel und ich driften so was von in die falsche Richtung ab. Zeit für einen Kurswechsel.

Schulterzuckend hebe ich mein Glas an. «Vielleicht bin ich ja für die anderen zwei Drittel hier?» Ich bemühe mich um einen neckenden Unterton, ein kleiner Flirtversuch – der Wirkung zeigt.

Während ich an meinem Strohhalm ziehe, wird Lionels Blick wärmer. «Touché.» Er greift zu seinem Glas, deutet einen Toast an und nimmt ebenfalls einen Schluck, gefolgt von einem Naserümpfen. «Okay, ich glaube, ich bin wiederum für andere zwei Drittel hier als du», scherzt er, und obwohl ich vermute, dass er Dating und Kürbisse meint, ergibt es mathematisch überhaupt keinen Sinn.

«Genau genommen sind wir zu einem Drittel aus denselben Gründen hier, und ... Weißt du was, spielt keine Rolle.» Ich winke ab, als der Fluchtinstinkt in mir erneut aufwallt. So viel zum Thema Kurswechsel.

Lionel schiebt seinen Ärmel zurück. Darunter kommt eine auffällig rote Armbanduhr zum Vorschein. «Wir haben noch knappe zwei Stunden, um etwas zu kreieren, das die Jury umhaut», sagt er mit Blick auf das Ziffernblatt, auf dem ein fettes Logo prangt. Ein buntes C, kein bekanntes Label. «Was hältst du von Arbeitsteilung?»

«Du kreierst Kunst, ich trinke meinen Latte? Perfekt.»

«Komm schon, es geht hier um einen *Kürbis*. Solange du ihn nicht in der Mitte zerhackst, kann nicht viel schiefgehen», versucht er mich zu überreden. «Wir könnten ihn zusammen aushöhlen, und die Details übernehme ich. Das sollte laut Teilnahmebedingungen ausreichen, um uns für den Hauptgewinn zu qualifizieren.» Er hat sogar die *Teilnahmebedingungen* gelesen?! «Was sagst du? Haben wir einen Deal?»

In meinem Kopf tauchen Bilder auf. Oktober letztes Jahr, Jas und ich in seiner WG-Küche, der kleine Kürbis in der Mikrowelle («Vertrau mir, Jas, ich hab mal gelesen, dass man sie leichter verarbeiten kann, wenn sie weich sind» – gilt übrigens nur für Kochrezepte), die *winzige* Explosion, der Kürbismatsch in absolut jeder Ecke, der zweite Versuch ohne Hitze ...

Als könnte Jas direkt in meinen Kopf sehen, schaut er zu mir rüber. Er hält Caitlin gerade eine Schale hin, um das Innenleben des Kürbisses loszuwerden; in seinen Grübchen versteckt sich ein frivoles Grinsen. *Arsch.* Leider lenkt Caitlin seine Aufmerksamkeit zurück auf sich, bevor ich reagieren kann – und mir fällt ein, dass Lionel noch auf eine Antwort wartet. Ups.

«Oder was hältst du von folgendem Vorschlag?» Ich lege die Unterarme auf den Tisch und beuge mich ein Stück vor. «Ich berechne dir anhand der Wandstärke, des Volumens und der Dichte, wie viel Kraft du brauchst, um dieses Ding möglichst effizient auszuhöhlen, und du …» Als ich seine zweifelnde Miene bemerke, unterbreche ich mich. «Ich studiere Flugzeugtechnik», füge ich hinzu. «Mit ziemlich viel Mathe. An der UHI. In Inverness. Die Stadt mit dem roten Schloss, direkt am River Ness, etwa vierzig Minuten von hier, du weißt schon …» Okay, den hätte ich mir verkneifen sollen, aber er ist mir wie von selbst über die Zunge geglitten.

Lionel zieht die Augenbrauen zusammen. «Das erklärt einiges», erwidert er mit einem Unterton, der zwischen Feixen und Spott balanciert – eher zu Letzterem geneigt. «Kunststudent. Ebenfalls an der UHI.»

«Das erklärt einiges», gebe ich ungerührt zurück. «Wenn ich raten dürfte, würde ich sagen, Fachrichtung Kürbisschnitzen?» Meine Stimme ist ein bisschen zu hoch, zu süß, zu angriffslustig. Ich schiebe es auf den Ausdruck in Lionels Augen, den ich schon so oft gesehen habe. Die klassische Angst eines männlichen Egos, ich könnte mich ihm überlegen fühlen, nur weil ich etwas studiere, das man immer noch primär Männern zutraut. Was absurd ist, wenn man bedenkt, dass die Geschlechterverhältnisse in meinen Kursen fast ausgeglichen sind.

Lionel späht zu Jas und Caitlin, die gerade ihre Aufgaben getauscht haben. Jetzt gräbt Jas in dem Kürbis rum, während sie die Schale hält – und zu uns sieht. Ein fragender Blick, unter dem sowohl Lionel als auch ich ertappt zusammenzucken. Unangenehm.

«Sorry.» Lionel schürzt die Lippen. «Können wir noch mal zurück auf Anfang gehen und so tun, als hätte ich nicht wie ein Arsch auf deinen Studiengang reagiert?» Er zieht das große Messer aus dem Holzkasten und hält es mir mit dem Griff voran hin.

Ich runzle die Stirn. «Danke, aber ich bin nicht der Typ für blutige Rache.» *Und eigentlich warst du auch schon vorher ein Arsch*, füge ich gedanklich hinzu.

Er verdreht die Augen. «Das soll ein Friedensangebot sein.» Dieses Mal gibt er sich hörbar Mühe, den scherzenden Ton in seiner Stimme gewinnen zu lassen. «Weil ich darauf vertraue, dass du unser Kunstwerk nicht mit dem ersten Schnitt versauen wirst.»

«Mutig», erwidere ich und nehme ihm das Messer ab. «Aber du musst versprechen, mich nicht vor Gericht zu zerren, sollte das hier in einer Katastrophe enden.»

«Gut, dass ich kein Jurastudent bin.» Er stellt einen der Kürbisse weg und schiebt den anderen zu mir rüber. «Je weniger Fläche wir verlieren, desto mehr Platz für Kreativität.» Allmählich habe ich das Gefühl, er ist einzig und allein der Kürbisse wegen hier ...

Ich setze das Messer an, gerade so weit entfernt vom Stiel, dass die Öffnung groß genug zum Aushöhlen werden sollte. Ein kurzer Blick zurück zu Lionels Händen ... Okay, vielleicht brauche ich doch mehr Platz ... Etwas Nachjustieren, und ...

Ein Scheppern lässt mich zusammenfahren. Ich versenke das Messer, während mein Blick zur Seite zuckt. Caitlin hat ihre Kaffeetasse umgeschmissen. Dunkelbraune Flüssigkeit verteilt sich auf dem Tisch, ein schmales Rinnsal tropft zu Boden.

Jas reagiert natürlich sofort. «Hier.» Er hat eine Packung Taschentücher rausgeholt und hält Caitlin das erste hin. Mit der anderen Hand hebt er die Schale an, unter der sich eine Kaffeelache gebildet hat.

«Perfekt vorbereitet», säuselt Caitlin und nimmt das Taschentuch entgegen. «Immerhin hat unser künftiges Meisterwerk nichts abbekommen.»

Jetzt eilt auch Joe herbei, bewaffnet mit Lappen und Eimer, um das Malheur zu beseitigen. Etwas in mir drängt darauf, ihm Hilfe anzubieten, aber ich habe keine Lust, auf Knien vor Caitlin und Jas herumzurutschen. Oder vor Lionel. Letzterer scheint seinem säuerlichen Blick nach sowieso wieder ein Problem zu haben.

«Was?», frage ich offensiv.

«Jetzt weiß ich, warum man dich mit Messern nicht in die Nähe von Kürbissen lassen sollte», erwidert er und nickt runter zu unserem Tisch. Die Klinge steckt mitten im Fruchtfleisch, genau in Lionels kostbarer Leinwand.

«Ich hab dich ja gewarnt.» Ohne Schuldgefühl drehe ich den Kürbis samt Messer zu ihm herum. «Ist zum Glück nur ein winziger Schnitt. Das wird schon keinen Punktabzug geben.»

Anstatt darauf einzugehen, zieht Lionel das Messer heraus. Er nimmt einen hörbar tiefen Atemzug, gefolgt von einem Lächeln, das *zu* bemüht wirkt. «Vielleicht übernehme ich lieber den ersten Schnitt.»

«Wenn du glaubst, ich wäre im Auskratzen besser, muss ich dich leider enttäuschen», erwidere ich. «Aber falls es dich tröstet: Ich bezweifle, dass die Jury nachvollziehen kann, wer welchen Arbeitsschritt übernommen hat. Du hast also meine volle Erlaubnis, zu behaupten, ich wäre maßgeblich beteiligt gewesen.»

«Abigail ist Teil der Jury.» Mit vielsagender Miene zieht Lionel den Kürbis zu sich heran und beginnt, ihn fachmännisch zu öffnen.

Abigail steht hinter der Theke. Sie redet mit Graeme, allerdings schweift ihr Blick tatsächlich immer wieder über den Gastraum. Wenn ihr eins noch heiliger ist als ihre Eröffnungsreden, dann sind es Regeln. Andererseits habe ich sowieso keine Lust, mit Lionel irgendein Romantikwochenende zu verbringen ...

Während er den Deckel vom Kürbis hebt, bin ich mit halbem Ohr am Nachbartisch. Reden die beiden etwa über *Kanada?!* Klingt ganz so, als wäre Caitlin auch schon da gewesen, und langsam wird es fies, denn Kanada steht auf Jas' und meiner Bucketlist ganz weit oben – was er Caitlin natürlich sofort erzählen muss. Ohne mich zu erwähnen.

Etwas windet sich in meinem Magen. Ich versuche, es zu ignorieren, aber mit jedem Satz, den die beiden tauschen, jedem Auflachen und jedem Funken, den ich von hier aus fliegen sehe, wird es heftiger. Lionel scheint ebenfalls zu merken, wie gut sich die beiden verstehen, wohingegen bei uns Eiszeit herrscht. Ob er lieber ein Date mit Caitlin gehabt hätte? Bestimmt. Schließlich wäre ich gerade auch am liebsten woanders, und gleichzeitig kann ich nicht gehen. Weil mich dieses Gewicht im Magen an meinen Stuhl zu fesseln scheint.

«Hier.» Lionel schiebt mir den geöffneten Kürbis zu. «Abigail schaut gerade zu uns rüber.»

«Na dann.» Da ich sowieso nichts Besseres zu tun habe, ziehe ich einen Löffel aus dem Holzkasten. Falsche Entscheidung. Lionel klärt mich auf, dass das Innenleben zu hart ist und ich erst mit dem Messer vorarbeiten muss. Also habe ich wieder eine Klinge in der Hand, und dieses Mal gebe ich mir sogar Mühe.

Als ich die erste Ladung Kürbismatsch in die Schale werfe, fühlt es sich an wie ein Sieg. Der schnell verglüht, denn Lionel geht zu den klassischen Erstes-Date-Fragen über. Antwort für Antwort werden mir mehr Unterschiede bewusst. Ich laufe morgens – er schläft aus. Ich liebe Rockkonzerte – er bevorzugt Opern («halt etwas mit Anspruch»). Ich mag Schokoeis – er isst gar keins. Mein Dad ist Polizist – seiner sammelt Strafzettel. Irgendwann habe ich den Eindruck, dass er aus Prinzip immer das Gegenteil sagt, aber es ist mir recht. Die Gespräche am Nachbartisch sind sowieso spannender, auch wenn ich einen Teufel tun würde, es mir anmerken zu lassen.

Nach einer gefühlten Ewigkeit ist unser Kürbis ausgehöhlt, ich habe einen zweiten Latte bestellt, Lionel hat seinen halb ausgetrunken zurückgehen lassen und durch schwarzen Kaffee ersetzt, der Kürbis wechselt zurück zu ihm, und ich habe *endlich* Ruhe. Während ich gelangweilt den Ellenbogen auf den Tisch stütze und mein Kinn auf der Hand ablege, setzt Lionel mit akribischer Sorgfalt sein Cuttermesser an. Keine Ahnung, ob es überhaupt im Holzkasten stand oder ob er es selbst mitgebracht hat. Wäre bei seinem Ehrgeiz nicht überraschend.

Ich lasse den Blick verstohlen zum Nachbartisch schweifen. Okay, *wow*. Was auch immer Lionel kreiert, gegen Caitlin hat er keine Chance. Schon jetzt erkenne ich auf ihrem Kürbis eine Reihe filigraner Linien, die Umrisse eines Schlosses. Schnitzt sie echt Dunrobin Castle?! In einen fucking *Kürbis*?! Ich kann nicht anders, als zu Jas zu sehen – aber er hat nur Augen für sie. Ein Schlag in die Magengrube, heftiger als erwartet.

Ich wollte *nie* die Art beste Freundin sein, die eifersüchtig wird, sobald eine andere Frau ins Spiel kommt. Ich wollte die sein, die ihn darin bestärkt, sich auf die Sache einzulassen, die sich für ihn freut und ihre Chance sieht, vielleicht selbst eine neue Freundin ...

Meine Gedanken geraten ins Stolpern, als Caitlin das Messer wechselt. Dabei rutscht ihr Ärmel ein Stück hoch und legt eine Armbanduhr frei. Knallrot mit einem bunten L im Ziffernblatt. So markant, dass es kein Zufall sein kann. Binnen Sekunden weben sich Fäden ineinander, die ich bisher nur lose betrachtet habe: Dieses Gespräch beim Hereinkommen, der ständige Blickwechsel, das Auslandssemester in Kanada, die künstlerische Ader, der geteilte Ehrgeiz, die gleiche Uhr mit anderem Buchstaben, C wie Caitlin, L wie Lionel ... *Ach du Scheiße!* Die beiden sind *zusammen* hier. Um sich eine doppelte Gewinnchance zu sichern!

Mein Puls schießt derart schnell nach oben, dass mein aufgestützter Ellenbogen abrutscht. Gefolgt von einem lauten Scheppern – und fliegendem Kürbismatsch. Ich hab die elende Schüssel erwischt. *Fuck!* Ehe ich reagieren kann, klatscht mir das Zeug auf den Sweater, am Kinn spüre ich ebenfalls was Kaltes, am Hals, an der Wange ...

Lionel springt sofort auf, aber ich hebe abwehrend die Hände. «Wenn ihr das nächste Mal jemanden verarschen wollt, kauft euch andere Uhren.» Mein Stuhl scharrt lautstark über den Boden, als ich aufstehe.

Lionel ist wie versteinert, Caitlin sieht entsetzt rüber, und Jas wirkt irritiert. Wie gerne würde ich meine Erkenntnis mit ihm teilen, aber dann fällt etwas Kürbismatsch von meinem Sweater zu Boden, und ich reiße mich von der Gruppe los.

Warum habe ich es nicht früher gecheckt?! Meine Wangen glühen unter einer Mischung aus Ärger und Scham, als ich Richtung Toiletten stürme.

Kurz vorm Ziel schiebt sich Ella vor mich. «Besetzt», informiert sie mich. «Nimm lieber das Waschbecken in der Küche. Handtücher liegen auf dem oberen Regalbrett, Seife müsste noch da sein.»

«Danke.» Mit einem schwachen Lächeln wechsle ich den Kurs, stapfe an Joe, Graeme und Abigail vorbei und stoße die Schwingtür zur Küche auf.

Der Raum ist nicht sonderlich groß, aber ähnlich liebevoll eingerichtet wie der Rest des Cafés. Holzmöbel, auf einem Regalbrett Töpfe mit frischen Kräutern, die Arbeitsplatte scheint aus dem gleichen Granitstein wie das Waschbecken.

Ich drehe den Hahn auf, eine Spur zu stark, sodass mir eine kleine Fontäne entgegenspritzt. Erschrocken keuche ich auf, dabei macht es auch keinen Unterschied mehr.

Lionel und Caitlin. Ich komme echt nicht darauf klar. Wie kann man dermaßen berechnend sein? Kopfschüttelnd beuge ich mich übers Becken und fange an, den Matsch von meinem Gesicht zu waschen. Leider gibt es keinen Spiegel, sodass ich mich auf mein Gefühl verlassen muss. Wangen, Kinn, Hals – wow, wie tief ist das Zeug bitte in meinen Ausschnitt gerutscht?

Ich greife nach dem Saum meines Sweaters. Als ich den Stoff gerade über den Kopf ziehe, höre ich, wie die Küchentür geöffnet wird. Was für ein Timing. Immerhin trage ich einen simplen schwarzen Sport-BH.

«Oh, sorry, ich wusste nicht …»

Mit dem Sweater in der Hand wirble ich herum. Jas. Er steht in der Tür und fährt sich sichtlich verlegen durchs Haar.

«Ich sollte wohl besser wieder …»

«Schon okay», unterbreche ich ihn. «Ist ja nichts, was du nicht schon gesehen hättest.» Obwohl es stimmt, fühlt es sich an wie eine Lüge. Sagt zumindest das Prickeln in meinem Nacken, als Jas die Tür hinter sich zufallen lässt und näher kommt.

Mit einer fahrigen Bewegung wende ich mich wieder dem Becken zu, um den Sweater abzuwaschen. Jas lehnt sich ein paar Schritte entfernt gegen die Arbeitsplatte.

«Ich hab's erst nicht gecheckt», sagt er. «Aber kaum dass du weg warst, hatten unsere beiden Dates einen *winzigen* Streit darüber, wessen miese Idee es war, sich hier anzumelden. Anscheinend sind sie schon länger zusammen und haben nur mitgemacht, um das Wochenende in Golspie zu gewinnen. Zwei Dates, doppelte Gewinnchance.»

«Genau meine Theorie», murmle ich und spüre dabei Jas' Blick, der mein Inneres rebellieren lässt. Dabei hat er mich schon tausendmal so angesehen – mindestens.

«Ich hoffe, du bist nicht enttäuscht?», fragt er. «Ich meine, Lionel und du scheint euch echt gut verstanden ...»

Unwillkürlich rutscht mir ein Lachen raus. «Scheiße, nein! Es war *furchtbar*.» Ich drehe den Wasserhahn zu und greife nach einem Handtuch. Als ich Anstalten mache, mich abzutrocknen, schüttelt Jas den Kopf und schaut demonstrativ an mir runter.

Meinen Rock hat es also auch erwischt, war ja klar. Mit einem Seufzer feuchte ich das Tuch an und wische den Fleck so gut wie möglich ab. «Besser?» Fragend mustere ich Jas, der sich nur mit verstohlenem Grinsen auf die Unterlippe beißt. Ich verdrehe die Augen. «Okay, Herr Perfektionist, dann übernehmen Sie die Sache doch bitte selbst.» Auffordernd halte ich ihm das Tuch hin.

«Ich und perfektionistisch?» Er stößt sich von der Theke ab, begleitet von einem rauen Lachen, das das Prickeln weiter über meine Haut treibt. «Gib her.» Als er mir das Tuch abnimmt, streifen seine Fingerspitzen meine. Ein vertrautes Gefühl, und gleichzeitig behauptet mein Körper, es wäre heute ein Herztaumeln wert, ein Flattern, ein Atemanhalten, obwohl es einfach nur *Jas* ist. Oder *weil* es Jas ist?

Ich versuche den Gedanken zu vertreiben, als er vor mir stehen bleibt. Zu nah, um meinen Rock von Spuren befreien zu können, aber sein Blick hat sich ohnehin an meinem Gesicht festgeheftet. Dann hebt er langsam die freie Hand. Mit dem Daumen fährt er über mein Kinn, brennende Spuren auf nackter Haut.

«Hier ist noch was», murmelt er. Die Daumenspitze wandert zu meiner Wange. «Und hier ...» Weiter zu meiner Kieferlinie. «Und hier ...» Jede Millisekunde, in der er mich berührt, lässt das Flattern zu einem unvernünftigen Tanzen wachsen. «Und hier ...» Er streicht runter zu meinem Schlüsselbein.

Ein Schnappen nach Luft, Hitze auf meiner Haut. Als hätte Jas es ebenfalls gemerkt, zieht er sich abrupt zurück. Jedes Molekül meines Körpers jault protestierend auf, will ihn wieder spüren.

Sekunden vergehen, in denen keiner was sagt, dann sieht er mir in die Augen. «Fuck it», knurrt er, sein Brustkorb hebt und senkt sich in schweren Atemzügen. «Du hast dein verdammtes Glück verdient, Sadie, aber ich hätte vor Erleichterung *schreien* können, als du aufgesprungen und vor diesem sexy Keanu-Reeves-Abklatsch geflohen bist. Weil mich der Gedanke *rasend* gemacht hat, du könntest mit ihm mitgehen, in seinem Bett landen, dir von ihm Frühstück servieren lassen. Weil es mich jedes Mal rasend macht, wenn du auf einem Date bist, und weil ich jedes Mal hoffe, dass du mir das Signal gibst und dir irgendwann durchs Haar fährst, weil ich nicht will, dass dich überhaupt jemand abschleppt.

Nicht hier, nicht heute, nicht morgen, nicht nächste Woche, nicht ...»

«Jas.» Ich greife nach seinem Handgelenk. Einen atemlosen Moment sehen wir einander an, mein Herz drängt mit solcher Wucht gegen meinen Brustkorb, dass ich sicher bin, er hört es, in meinem Magen ein Vibrieren, das *mich* rasend macht. «Ich bin auch froh, dass es nicht Caitlin ist», flüstere ich dann, und mehr braucht es nicht.

In Jas' Augen glimmt eine Hitze auf, die mich in Brand steckt. Er streift zärtlich meine Hand ab, nur um seine Finger erneut nach meinem Gesicht auszustrecken. Tausend Funken knistern, als er meine Wange berührt, als er zu meinem Nacken streicht, mir ins Haar greift. Dann zieht er mich an sich. Mir entkommt ein Seufzer, ehe seine Lippen auf meine treffen. Sehnsucht stirbt tausend Tode, zerspringt, formt sich zu Begierde, die meine Hände auf Jas' Hüften wandern lässt. Ich schiebe sie unter den Saum seines Pullovers, während er meine Lippen mit solcher Zärtlichkeit küsst, dass es körperlich wehtut. Weil ich nicht wusste, wie gut sich ein Kuss anfühlen kann, weil ich nicht wusste, wie gut *er* sich anfühlen kann.

Er schmeckt nach Pumpkin Spice, duftet nach Herbst, nach Nähe, nach *Jas*. Wie von selbst öffnen sich meine Lippen, und als seine Zunge zärtlich dazwischenfährt, spüre ich ein Fehlen, in dem gleichzeitig Bestätigung liegt. Denn zum ersten Mal dreht sich in mir kein Gedankenkarussell, ich öffne keine Schubladen, suche keine Ausflüchte, fürchte mich *nicht* davor, jemand könnte wirklich am nächsten Morgen frühstücken wollen. Stattdessen kann ich nicht aufhören, Jas' Lippen auf meinen zu genießen, das Necken seiner Zungenspitze zu erwidern, meinen Körper so dicht an seinem zu spüren.

Er löst die Hand aus meinem Haar und lässt dafür beide runter zu meinem Hintern wandern. Hatte er nicht eben noch das Tuch ... Egal. Mit Leichtigkeit hebt er mich auf die Theke. Ich warte nur darauf, dass er sich näher an mich drängt, den Kuss intensiviert, aber stattdessen weicht er zurück und holt etwas aus seiner Hosentasche.

Mein Ahornblatt. Es sieht etwas lädiert aus, aber er hat es wirklich aufgehoben ...

«Das schönste Accessoire aller Zeiten», raunt er und steckt es zurück in mein Haar. Seine Berührung jagt einen Schauer über meine Wirbelsäule, wohlig und elektrisierend zugleich.

Atemlos beiße ich auf meine Unterlippe. «Und jetzt?»

Jas' Augen funkeln vielsagend. «Jetzt fahren wir irgendwohin, wo es keine Kürbisse gibt.» Er grinst, und mir entgleitet ein befreites Lachen.

Dann verschränke ich die Arme in seinem Nacken und ziehe ihn näher. Bis alles, was ich fühle und atme und schmecke, nur noch der Mann ist, auf den mein Herz so lange heimlich gewartet hat.

**Kira Mohn** hat schon die unterschiedlichsten Dinge in ihrem Leben getan. Sie gründete eine Musikfachzeitschrift, studierte Pädagogik, lebte eine Zeit lang in New York, veröffentlichte Bücher in Eigenregie unter dem Namen Kira Minttu und hob zusammen mit vier Freundinnen das Autorinnen-Label Ink Rebels aus der Taufe. Mit der Leuchtturm-Trilogie erschien sie erstmals bei KYSS, mit der Kanada-Reihe gelang ihr der Einstieg auf die SPIEGEL-Bestsellerliste. Kira wohnt mit ihrer Familie in München, ist auf Instagram aktiv und tauscht sich dort gern mit Leser:innen aus.

Oktober

Kira Mohn

# Boo!

Wieso, um alles in der Welt, habe ich nur zugesagt? Verbissen mühe ich mich damit ab, die enge Latexhose vom Kostümverleih hochzukriegen. Dieses Ding ist ein Albtraum – es wäre einfacher gewesen, meine Beine in schwarze Farbe zu tauchen.

Ein Halloween-Dinner. Dagegen hätte ich ja nichts. Aber mit Verkleidungspflicht. Herrgott, ich bin beinahe dreißig! Wieso nur mache ich dieses Theater mit?

Das Oberteil ist ebenfalls verflucht eng. Ich meine, natürlich ist es eng, *alles* an diesem Kostüm ist eng, aber wo genau soll ich da denn meine Brüste unterbringen? Ich will als Catwoman gehen, doch irgendwie habe ich eher Ähnlichkeit mit einer fiesen Fetisch-Domina. Mit Katzenohren.

Skeptisch drehe ich mich vor dem Spiegel einmal um mich selbst. Hat Catwoman wirklich einen Schwanz? Dieses Lackding besitzt jedenfalls einen, und ich weiß jetzt schon, dass er mich beim Sitzen nerven wird.

Oh Gott. Vielleicht sollte ich absagen.

Mache ich natürlich nicht, weil Mia dann enttäuscht ist. Sie hat irgendeinen Elias für mich eingeladen – er passe perfekt zu mir, hat sie gesagt, und genauso sehr, wie ich mir wünsche, sie würde endlich aufhören, die Kupplerin zu spielen, hofft ein anderer Teil in mir, dass sie vielleicht recht hat. Wie gesagt, ich bin fast dreißig. Die letzten dreieinhalb Jahre waren geprägt von lockeren Bekanntschaften, und eine Weile war es auch genau das, was ich wollte. Mittlerweile allerdings würde ich es schon schön finden, mich mal wieder zu verlieben – so richtig, meine ich. Doch irgendwie scheint es für eine Frau meines Alters nahezu unmöglich zu sein, jemanden zu finden, der nicht entweder viel zu jung, viel zu alt oder viel zu vergeben ist.

Mia meinte, er sei Arzt.

Klingt gut. Vielleicht mag er ja meine Anatomie. Ist nicht so, als ob dieses Kostüm ein großes Geheimnis daraus machen würde.

Noch einmal mustere ich mich im Spiegel – ich bin beinahe sicher, Catwoman besitzt keinen Schwanz –, dann streife ich mir die Katzenohren aus meinen roten Locken, greife nach der schwarzen Ledermaske, stopfe beides in die Tasche meines langen schwarzen Mantels und mache mich auf den Weg.

«Hi!» Mia öffnet die Tür und fällt mir in die Arme. «Wow! Heiß siehst du aus!»

Sie schiebt mich in die Diele des eleganten und gepflegten Apartments, das sie sich mit ihrem Freund Daniel teilt. Sehr viel Weiß und Creme und ein bisschen Gold. Mia hat es mit Farben und Gestaltung, während ich mehr so der chaotische Typ bin. Liebevoll ausgedrückt.

Passend zur Wohnung trägt Mia eine Art sexy Elfenkostüm, die weißblonden Haare fließen ihr glatt und seidig über die Schultern, und sie wirkt wie immer so ätherisch und anmutig, dass ich mich in meinem Outfit gleich noch etwas beengter fühle. Mia sagt immer, ich solle mich nicht so anstellen – sie wäre froh, wenn sie Brüste hätte. Wir sind uns einig, dass die Gesellschaft uns verkorkst hat, weshalb wir nun mit unseren Figuren hadern. Immerhin jedoch lieben wir dafür den Körper der jeweils anderen, und das ist doch schon mal was.

«Wen habt ihr alles eingeladen?», frage ich und setze mir

vor dem Spiegel die Katzenohren ins Haar. Auf die Maske verzichte ich. Man kann es auch übertreiben.

Mia hängt meinen Mantel an die Garderobe, doch bevor sie mir antworten kann, kommt Daniel als Wikinger-Verschnitt in die Diele, mitsamt Helm, Tunika und Lederschulterklappen.

«Sammy, du lieber Himmel! Vielleicht solltest du den Mantel anbehalten, sonst kann sich ja keiner mehr aufs Essen konzentrieren!»

Ich verdrehe die Augen, aber das ist nun mal Daniel. Inzwischen kenne ich ihn gut genug, um zu wissen, dass er unter seiner polterigen Art einen sensiblen Kern versteckt, trotzdem ist er mitunter etwas schwer zu ertragen.

«Matteo und Clara sind schon da, Nathanael und Julia kommen noch. Und natürlich Elias – der ist auch schon hier.»

Mia zwinkert mir zu.

Drei Pärchen, dieser Elias und ich. Sehr viel deutlicher kann man es eigentlich nicht machen.

«Willst du was trinken?» Daniel streckt einladend einen Arm Richtung Wohnzimmer aus. «Rotwein, Sekt, Blutbowle?»

«Gern einen Rotwein.» Ein bisschen Alkohol kann in dieser Situation nicht schaden. Auch wenn ich weiß, dass sich alle dieser albernen Kostümpflicht unterworfen haben, komme ich mir noch immer ein bisschen lächerlich vor. Zumindest den Schwanz hätte ich entfernen sollen.

Die Lichter im Raum sind gedimmt, aus den Lautsprechern kriecht irgendein unheilvoller Schauersoundtrack.

«Sam, hi!» Clara winkt mir vom Kamin aus zu, über dem kunstvoll Spinnweben drapiert wurden. Zusammen mit Matteo steht sie neben einem Mann, bei dem es sich wohl um Elias handeln muss.

Ich benötige einen zweiten Blick, um zu erkennen, dass ich auf der Stelle kehrtmachen und wieder nach Hause gehen sollte.

Clara ist eine Art blutiges Rotkäppchen, Matteo dürfte dann wohl der dazu passende Wolf sein, und dieser Elias ... Also ...

Kurz kontrolliere ich, ob mein Begrüßungslächeln noch sitzt.

Herrje.

Ein Beck's-Shirt und ein Kronkorkenkäppi? Ernsthaft jetzt?

Wäre es möglich, ich würde mein eigenes Kostüm auf der Stelle gegen etwas weniger Körperbetontes austauschen. Wieso bin ich nicht als Kartoffel gegangen?

«Du siehst ja ... gewagt aus.» Clara öffnet den Kreis, damit ich mich dazustellen kann. «Kriegst du da drin überhaupt Luft?»

Clara gehört zu den Menschen aus Mias Bekanntenkreis, die ich irgendwie meistens ganz gerne mag, mitunter aber auch nicht. Sie und ihr Mann Matteo besitzen eine Apotheke und nehmen das Leben sehr ernst – mit meinem Job als selbstständige Illustratorin können sie beide nicht viel anfangen. Als wir zum ersten Mal darüber sprachen, hat Matteo mich gefragt, was ich denn irgendwann mal so richtig machen will, und in die darauf entstehende Pause hinein hat Clara gelacht und eilig das Thema gewechselt. Seitdem wissen wir eigentlich, wie wir miteinander umgehen müssen.

«Kennt ihr euch schon?», fragt Clara jetzt. «Das ist Elias. Er ist angehender Kardiologe. Oder? Das stimmt doch, Elias?»

Ein angehender Kardiologe – na, wenn sich Clara den nicht in ihren engeren Freundeskreis holt.

Der Kronkorkenkäppi-Mann lächelt etwas gequält und

sieht knapp an mir vorbei. «Hallo», sagt er. «Nein, wir kennen uns noch nicht.»

Und wenn ich seine Körpersprache richtig dechiffriere, legt er auch keinen Wert darauf, mich näher kennenzulernen.

Tja, dann nicht. Beruht auf Gegenseitigkeit. Schade für Clara, dass sie nicht Single ist. Es wäre das perfekte Match.

«Hi», sage ich, um endlich einmal etwas anderes zu tun, als nur zu lächeln. «Als angehender Kardiologe hast du ja ein interessantes Kostüm gewählt.»

So. Damit wären die Fronten dann gleich mal geklärt. Er findet meine Verkleidung unangemessen und ich seine dämlich. Nicht zu glauben, dass ich mich für einen Typen mit einem Kronkorken auf dem Kopf in diese Hose gezwängt habe – darüber muss ich später mit Mia noch reden.

«Bitte sehr, einmal der Rotwein für die Lady in Lackschwarz.» Daniel drückt mir ein Glas in die Hand. «Ich wusste gar nicht, dass Catwoman einen Schwanz hat.»

«Finger weg.» Ich ziehe die puschelige Fellschlange aus seinen Händen und liebäugele damit, mich zu Mia in die Küche zu flüchten. Allerdings klingelt es in diesem Moment, und ich sehe meine Freundin durch die Diele laufen, um Nathanael und Julia hereinzulassen. Daniel geht ihr hinterher, und ich wende mich notgedrungen wieder Clara, Matteo und dem angehenden Kardiologen zu.

«Wir unterhalten uns gerade über den Fachkräftemangel im Pflegebereich und über die steigenden Arzneimittelpreise. Das beschäftigt uns ja alle sehr», zwitschert Clara, während Matteo unter seiner Wolfsmaskenkapuze gedankenverloren in sein Weinglas starrt. «Aber das bekommst du natürlich nicht so mit.»

«Stimmt, ich lese ja nur gelegentlich die Schlagzeilen auf

den Zeitungsboxen, wenn ich zum Einkaufen gehe», erwidere ich betont freundlich. Wo bin ich hier nur reingeraten?

«Darf ich fragen, was Sie beruflich machen?» Kronkorkenkäppi-Elias mustert mich zum ersten Mal direkt.

«Ich bin Illustratorin», erwidere ich. «Hauptsächlich für Kinderbücher.»

«Spannend.»

Bevor ich darauf etwas entgegnen kann, kommt Mia mit Julia im knappen Krankenschwesteroutfit samt blutigem OP-Besteck und einem weiß geschminkten Nathanael im Vampirdress zur Tür herein, die beide von Daniel bereits mit Gläsern versorgt wurden.

«So, damit wären wir komplett. Ich würde vorschlagen, dass wir uns jetzt direkt an den Tisch setzen, bevor mein Hauptgericht zu lange im Ofen steht.»

«Was gibt es denn?», fragt Julia.

«Pesto-Lasagne.»

«Klingt lecker.»

«Klingt nicht nur so.»

Mia schiebt Julia und Nathanael zum gedeckten Tisch, wir anderen folgen. Auf dem dunklen Holz leuchten weiße Servietten und Kerzen in Totenkopfhaltern, und auf jedem Teller liegt eine schleifenverzierte Phiole mit einer schimmernd bunten Flüssigkeit darin. Mia hat das edle Silberbesteck hervorgeholt und mit Tischkarten die Sitzordnung festgelegt. Sie und Daniel sitzen jeweils am Kopfende, und auch die anderen Paare sowie Elias und ich haben unsere Plätze einander gegenüber – zumindest bis Clara ihr Kärtchen mit meinem tauscht, um neben Matteo sitzen zu können. Dadurch lande ich nun zwischen Elias und Daniel, was Mia mit einem leichten Achselzucken zur Kenntnis nimmt.

«Die Glasröhrchen könnt ihr einfach neben eure Teller

legen. Wir brauchen sie erst nachher, wenn die Spiele beginnen», sagt sie.

Spiele? Im Gegensatz zu Clara, die ihrem Mann einen kurzen Blick zuwirft und dabei die Augenbrauen hochzieht, freue ich mich darauf. Ich liebe beinahe alle Spiele – man kann mir sogar mit Kniffel kommen.

Als Vorspeise serviert Mia knusprige Bruschetta, die köstlich nach Knoblauch duftet.

«Nichts für dich», sagt Daniel und grinst den verwirrten Nathanael im Vampirkostüm an, bei dem es ein paar Sekunden dauert, bis er es kapiert.

«Ich habe eine Knoblauch-Desensibilisierung hinter mir», erklärt er und beißt ins Brot hinein. «Zum Glück – das schmeckt wirklich hervorragend.»

Während wir die Silberplatte leeren, erzählt Clara Apotheken-Anekdoten. Das macht sie gern, und man muss ihr zugutehalten, dass sie wirklich eine großartige Erzählerin ist. Ein paar ihrer Geschichten habe ich mittlerweile schon häufiger gehört, doch wenn sie das pikierte Gesicht des Kunden imitiert, der nicht nachvollziehen konnte, wieso sie keine Lust hatte, seine verklebte Hämorrhoidensalbe auseinanderzurollen, um herauszufinden, welches Präparat er bekommt, muss ich trotzdem jedes Mal lachen.

«Also gut, bevor wir zur Lasagne kommen», erklärt Mia schließlich, «dürft ihr eure Phiolen öffnen.»

«Wie, öffnen? Nur die Schleife aufmachen oder den Inhalt trinken?», fragt Nathanael.

«Beides, wenn ihr wollt.» Mia grinst. «Wobei ich euch empfehlen würde, erst nach dem Hauptgericht damit anzustoßen, damit ihr ein bisschen mehr im Magen habt.»

Erst beim Auswickeln des Röhrchens entdecke ich den zusammengerollten Zettel unter der Schleife.

«Ihr dürft niemandem zeigen, was auf eurem Zettel steht», warnt Mia. «Clara, auch nicht Matteo!»

«Hatte ich doch gar nicht vor.» Clara lässt das Papierchen sinken, das sie gerade noch Matteo unter die Nase halten wollte.

«Das sind eure Aufgaben für heute Abend. Ihr müsst sie erledigen. Wer es nicht tut, wird bestraft», ruft Mia und lacht.

Das gefällt mir. Ich lehne mich zurück und entrolle meinen Zettel: *Irgendwann heute Abend ergreift eine unbekannte Macht Besitz von deinem Hirn, und du wirst grauenvolle Dinge tun.*

Eigentlich wäre das Claras Zettel gewesen, und ich frage mich, worin jetzt wohl ihre Aufgabe besteht. Meine ist auf jeden Fall ein Kinderspiel – so viele Möglichkeiten. Zufrieden falte ich das Papier zusammen und schiebe es unter meinen Teller.

Auf einmal schreit Julia los, ein lang gezogener, schriller Schrei, bei dem sich Matteo, der gerade sein Glas an die Lippen gesetzt hat, einen Schwung Wein ins Gesicht kippt.

«Was zum ...», stößt er hervor und tastet nach seiner Serviette.

Elias und ich sind aufgesprungen, warum auch immer. Um Julia zu retten, nehme ich an, die uns in diesem Moment jedoch nur süß anlächelt. «Okay, ich habe meine Aufgabe erfüllt.»

«Oh Gott, Julia!» Mia fächelt sich Luft zu. «Das hätte ich dir wirklich nicht zugetraut.»

«Solltest du uns allen einen Herzschlag verpassen?» Clara ist ein wenig blass um die Nase.

«*Imitiere einen Schrei aus deinem Lieblingshorrorfilm.* Ich habe zwar keinen, aber ich gehe mal davon aus, dass in solchen Filmen genau so geschrien wird.»

Ich pruste los, während Mia applaudiert. Zu gut. Und Mia hat recht – niemals hätte ich erwartet, dass ausgerechnet Julia diese Anweisung so hervorragend umsetzen würde. Sie ist das sanftmütigste Lamm auf der Welt. Neben ihr wirken sogar Gänseblümchen aggressiv.

«Haha», kommentiert Clara säuerlich und rückt ihren Stuhl wieder ein Stück näher an den Tisch, während Matteo mit der Serviette mittlerweile seine Hose bearbeitet. Zum Glück befand sich nicht mehr viel Wein in seinem Glas, doch nicht nur die Hose, auch die Tischdecke hat – passend zum Abend – ihre ersten blutroten Flecken.

«Ich muss mal kurz ins Bad», sagt Matteo schließlich.

«Ich gehe die Lasagne aus dem Ofen holen.» Mia erhebt sich ebenfalls.

«Brauchst du Hilfe?», frage ich.

«Nein, ist alles schon vorbereitet.»

Ich wüsste ja zu gern, welche Aufgaben noch erfüllt werden müssen. Auch wenn sich dieser Elias leider bereits als Flop herausgestellt hat, verspricht es ein lustiger Abend zu werden.

Während des Hauptgangs ereignen sich keine weiteren Zwischenfälle. Julias Schrei hat das Level meiner Aufgabe um einiges erhöht. Simples Verrenken wäre jetzt definitiv unter meiner Ehre, es muss schon etwas Spektakuläreres sein. Noch habe ich allerdings keine Ahnung, was ich tun werde.

«Wie sind Sie dazu gekommen, als Illustratorin zu arbeiten?»

Ich habe mir gerade eine zu große Portion Lasagne in den Mund geschoben und drehe mich deshalb im ersten Moment nur kauend zu meinem Sitznachbarn um. Unwillkürlich streift mein Blick das Kronkorkenkäppi, und Elias hebt eine

Hand, als wolle er es absetzen. Tja, mein Guter, zu spät. Erster Eindruck und so.

«Ich habe immer gern gezeichnet», erkläre ich jetzt. «Und ich würde vorschlagen, wir duzen uns.»

Er nickt. «Das heißt, du hast dein Hobby zum Beruf gemacht.»

«Ich würde eher sagen, ich habe das, was ich am meisten liebe, zu meinem Beruf gemacht. Und du? Wolltest du schon immer Arzt werden?»

«Mein Vater ist Arzt», erwidert er.

«Ah. Da musstest du ihm natürlich folgen.»

«Wieso auch nicht?», schaltet sich Clara ins Gespräch ein, während Matteo aufsteht und unsere Tischrunde ein weiteres Mal verlässt. Der Mann hat eine schwache Blase. «Ich sehe nichts Verkehrtes daran, seine Eltern stolz machen zu wollen.»

«Genau genommen hat es mich immer beeindruckt, dass mein Vater Menschen helfen konnte, deshalb habe ich Medizin studiert.» Elias schenkt mir ein leichtes Lächeln. «Ich hätte auch Gärtner werden können, wenn das mein Traum gewesen wäre.»

Okay, Punkt für den Mann mit dem Beck's-Shirt, Pluspunkt sogar.

«Welche Bücher hast du illustriert? Könnte ich welche davon kennen?», fragt er jetzt.

«Unwahrscheinlich. Es sei denn, du stehst auf Lektüre für Leseanfänger.»

«Ich lese manchmal auf der Kinderstation vor.»

Es ist dieser Satz, der dazu führt, dass ich ihn mir unter seinem bescheuerten Käppi zum ersten Mal genauer anschaue. Er ist auf eine unaufdringliche Art attraktiv, mit dichtem, dunklem Haar und einem leicht herausfordernden

Zug um die Mundwinkel, wenn er – so wie in diesem Moment – lächelt.

Trüge er nicht diesen Kronkorken auf dem Kopf, wäre mir das bestimmt schon vorhin aufgefallen.

«Elias, das finde ich ganz wundervoll», säuselt Clara. «Wirklich. Ich glaube aber, sonderlich bekannte Bücher hast du noch nicht illustriert, oder, Sam?»

«Ich habe ...», erwidere ich, verschlucke mich in der nächsten Sekunde jedoch an meinen eigenen Worten, weil plötzlich die Tür zum Wohnzimmer mit so viel Schwung aufgerissen wird, dass sie gegen die Wand kracht, und eine Gestalt mit weißem Gesicht und einem riesigen Messer brüllend auf den Tisch zurennt.

Wer alles aufschreit, lässt sich nicht so genau sagen, ich gehöre in jedem Fall dazu, und erst, als Matteo sich lachend die Michael-Myers-Maske abstreift, stelle ich fest, dass meine Finger sich in Elias' Oberschenkel gebohrt haben.

«Verzeihung.» Hastig ziehe ich die Hand zurück. «Tut mir leid, das war ...»

«Ein wenig schmerzhaft», beendet Elias meinen Satz mit einem Grinsen.

«Verdammt, Matteo! Hast du sie noch alle?» Clara sieht nicht so aus, als wäre ihr nach einem Grinsen zumute, wohingegen Mia sich am Kopfende des Tisches vor Lachen vermutlich gleich ins Elfenkleidchen macht.

Matteo rückt seinen Stuhl ein Stück von seiner Frau weg, bevor er sich setzt. «Es war meine Aufgabe», verteidigt er sich und zieht einen Papierstreifen aus der Hosentasche. «*In der Wäschetruhe im Bad findest du ein Kostüm – mach was draus*.»

«Mach was draus!», schnappt Clara. «Mach was draus! Mia, hör auf zu lachen! Wenn das so weitergeht, hast du hier bald eine echte Leiche!»

«Sorry.» Mia wischt sich die Tränen aus den Augen. «Tut mir leid, Clara, aber die Aufgaben sind schon verteilt. Ich kann für nichts mehr garantieren.»

«Ich muss aufs Klo.» Clara wirft ihre Serviette, die sie gerade noch umklammert hat, neben ihren Teller und steht auf. Vermutlich frage nicht nur ich mich, ob sie geht, um Vorbereitungen für ihre eigene Challenge zu treffen.

«Großes Kino, Matteo», sagt Nathanael, sobald Clara das Zimmer verlassen hat, und hebt sein Glas.

«Danke.» Matteo wirkt ausgesprochen zufrieden. Ich würde mal schätzen, im Moment ist Clara die Einzige, die diesem Abend nicht sonderlich viel abgewinnen kann.

«Müsst ihr eigentlich auch was machen, du und Daniel?», frage ich.

«Ja, jeder von uns hat sich eine Aufgabe für sich selbst überlegt – die der andere nicht kennt.» Mia grinst über den Tisch hinweg Daniel an. «Okay, wie wäre es mit einem Dessert? Es gibt Würmer in Friedhofserde, und wir haben auch noch massenhaft Blutbowle. Mit Litschi-Augen. Mögt ihr die etwa nicht?»

Sie greift nach dem schweren Bräter mit den Resten der giftgrünen Lasagne, und Elias beugt sich vor, um die Teller zusammenzustellen. Als er sie hinausträgt, bin ich geneigt, ihm das Beck's-Shirt zu verzeihen. Nur der Kronkorken – tut mir leid, aber der geht einfach nicht. Trotzdem sehe ich ihm hinterher, während er in die Küche geht, und seufze innerlich. Er hätte einen sehr attraktiven Vampir abgegeben. Zu schade, dass er offenbar ein Bier-Fetischist ist.

Clara kehrt zurück, und wir alle mustern sie erwartungsvoll.

«Was ist?» Sie sieht sich um. «Ich war wirklich nur auf dem Klo.»

«Das Dessert.» Mia platziert eine rechteckige, flache Auflaufform auf dem Tisch, in der sich regenbogenfarbene Gummiwürmer durch braune Brösel winden. «Mousse au Chocolat mit Cookiekrümeln aus selbst gebackenen Schokoladenkeksen. Der Grabstein ist aus Styropor, den bitte nicht mitessen.»

Clara beugt sich vor. «Das ist aber nicht vegan, oder?»

«Doch, na klar.»

Sowohl Mia als auch ich leben seit Jahren vegan, ein Punkt, der immer mal wieder zu anstrengenden Diskussionen mit Clara führt, die diese Lebensweise für ungesund hält.

«Okay, dann will ich lieber gar nicht wissen, was da drin ist», sagt sie jetzt.

«Dann frag einfach nicht», erwidert Mia fröhlich. «Wem darf ich etwas auftun?»

Wir alle halten unsere Schälchen hoch, auch Clara, die genau weiß, dass es dämlich wäre, es nicht zu tun – Mia kocht brillant. Kurz darauf löffeln wir zufrieden vor uns hin.

«Seidentofu?», fragt Elias und sieht Mia dabei an.

«Aquafaba», antwortet sie.

«Aquafaba? Was ist das?», erkundigt sich Clara, die sich gerade zum zweiten Mal bedient.

«Das willst du nicht wissen», sagt Mia liebenswürdig.

«Okay, dann nicht. Auf jeden Fall schmeckt es unglaublich. Obwohl es vegan ist.»

Mia wirft mir einen schnellen Blick unter leicht hochgezogenen Brauen zu, den Clara zum Glück nicht bemerkt, während ich nicht umhinkomme festzustellen, dass ich mich von Elias' peinlichem Kostüm vielleicht ein wenig sehr habe blenden lassen.

«Sag nicht, du kochst mit Seidentofu?», frage ich schließlich.

«Doch, gelegentlich.» Elias schiebt sich einen Löffel Mousse au Chocolat in den Mund, und irgendwie glaube ich, ich muss mich doch noch einmal genauer mit ihm befassen. Ich meine – das Kronkorkenkäppi kann man schließlich abnehmen. Ein tätowiertes Beck's-Logo auf der Stirn wäre definitiv schlimmer.

Mir wird bewusst, dass wir uns noch immer ansehen, und ich drehe mich zur Seite. Liegt es am Wein, dass sich plötzlich ein Kribbeln in mir ausbreitet? Er hat grüne Augen. Ich mag grüne Augen. Und sein Lächeln hat mittlerweile wirklich etwas *sehr* Herausforderndes. Das mag ich auch.

Plötzlich gehen die Lichter aus, und auch die Schauermusik erstirbt.

«Was? Was soll das jetzt schon wieder?», ruft Clara, deren Augen im Schein der Kerzen riesengroß wirken. «Wer hat das Licht ausgeschaltet?»

Nathanael fehlt. Dass er das Zimmer verlassen hat, habe ich nicht mitbekommen. Offensichtlich bin ich gerade zu abgelenkt gewesen.

Mia steht auf. «Ich kontrolliere mal den Sicherheitskasten.»

«Tu das. Und Nathanael, wo auch immer du bist: Wehe, du hast es auf mich abgesehen!» Clara wirft einen hektischen Blick unter den Tisch. «Da hat er sich nicht versteckt, oder?»

Julia tätschelt ihr tröstend den Arm. «Bleib einfach hier sitzen, dann passiert schon nichts.»

«Bestimmt gehen die Lichter gleich wieder an», füge ich hinzu. «Willst du meine Hand halten?» Ich strecke Clara über den Tisch meine Hand entgegen, und sie ergreift sie tatsächlich.

«Das ist mir alles zu gruselig!», jammert sie, und ich will gerade etwas Beruhigendes erwidern, als sich mir etwas

Eiskaltes und Feuchtes in den Nacken legt. Mit einem Satz springe ich auf, was Clara einmal mehr einen Schrei aussto-ßen lässt.

Hinter mir steht ein geduckter Nathanael, und es ist zwar dunkel, jedoch nicht so sehr, als dass sich nicht erkennen ließe, wie seine Schultern vor unterdrücktem Lachen beben.

«Mission erfüllt!», ruft er und bückt sich nach dem wei-ßen Ding, das hinter meinem Stuhl auf dem Boden liegt. Vor meinen Augen lässt er einen prallgefüllten Gummihandschuh an einem der Finger schwingen. «Das eiskalte Händchen aus dem Gefrierfach hat ein Opfer gefunden.»

«Okay, pass bloß auf – ich habe *meine* Aufgabe noch nicht erfüllt!»

Und meine Rache wird furchtbar sein.

«Wo bleibt denn Mia?», fragt Clara in leidendem Ton. «Und wann geht das Licht endlich wieder an?»

«Du kannst ja mal nach ihr gucken gehen», erwidert Daniel lachend.

«Auf gar keinen Fall.» Sie verschränkt die Arme vor der Brust.

«Wo ist denn der Sicherheitskasten?» Ich stehe auf.

«In der Abstellkammer neben der Küche.»

«Also gut, gleich haben wir wieder Licht.» Ich greife mir eine der Kerzen.

«Soll ich mitkommen? Immerhin ist Mia da draußen, und wer weiß, was sie vorhat.» Elias sieht zu mir hoch, und als ich knapp nicke, erhebt er sich ebenfalls.

Es ist nicht so, dass ich mich ohne ihn nicht in die Küche trauen würde – vielmehr gefällt mir einfach der Gedanke, ihn neben mir zu wissen. Über diese Erkenntnis denke ich noch nach, als wir den dunklen Flur betreten.

Dann geschehen mehrere Dinge nahezu gleichzeitig. Irgendetwas raschelt, das Licht der Kerze fällt auf ein grauenerregendes, verzerrtes Gesicht, und vor Schreck lasse ich sie fallen. Im nächsten Moment wird die Tür zum Wohnzimmer zugeschlagen, dahinter ertönt ein weiterer Schrei – ich tippe auf Clara –, und während ich in der nun stockfinsteren Diele nach etwas taste, das mir Orientierung bieten könnte, streift mich eine Hand und packt zu.

«Was …?»

Ich habe gerade noch Zeit, schockiert nach Luft zu schnappen, bevor ich mitgezerrt werde, und weil ich noch immer die grässliche Fratze vor Augen habe, schlage ich dabei wild um mich.

«Uff!»

Elias' Stimme. Ich halte in meinem Herumgefuchtel inne.

«Okay, Aufgabe erfüllt», höre ich ihn sagen, als mit einem Klicken eine Tür ins Schloss fällt. «Du wurdest hiermit entführt.»

Sein Arm, der gerade noch um meine Taille lag, sinkt herab, und irgendwie bedaure ich das, jetzt, wo ich weiß, dass ich mich nicht in den Fängen des Horrorwesens aka Mia befinde. Wir stehen im Schlafzimmer, und obwohl die Vorhänge zugezogen sind, ist es hier drin nicht ganz so finster wie im Flur. Elias ist ein Schatten unmittelbar vor mir.

«Alles okay?», fragt er jetzt und klingt ein wenig besorgt. «Bist du in Ordnung?»

«Geht so. Und du?», erwidere ich. «Wo habe ich dich erwischt?»

«Höchstwahrscheinlich hast du mir die Nase gebrochen – aber ich hab's ja verdient.»

Lächelnd hebe ich eine Hand, vielleicht will ich ihm entschuldigend über die Wange streichen, doch als ich ihn berühre, macht mein Herz einen Satz. «Weißt du was?», flüstere ich.

Elias weicht nicht zurück, auch nicht, als ich mit den Fingerspitzen bis zu seinem Hals hinunterfahre.

«Was?», fragt er leise.

«Ich bin besessen.» Diese wunderbare Besessenheit für Nathanael verschleudern, um ihm das eiskalte Händchen heimzuzahlen? Auf gar keinen Fall.

«Besessen?» Seine Hand legt sich auf meine, presst sie gegen seine Haut. «Was bedeutet das?»

«Irrationale Handlungen. Definitiv bin ich gerade nicht mehr bei Verstand.»

Schnell strecke ich mich und hauche ihm einen Kuss auf die Lippen, gerade so flüchtig, dass er noch auflachen und zurücktreten könnte. Stattdessen zieht er mich langsam an sich. Ich könnte mich herauswinden – hey, ich bin Catwoman! –, aber ich will nicht.

Ihn zu küssen, setzt etwas in mir in Brand, und ich möchte es auf den Wein schieben, auf die Dunkelheit und auf die Aufregungen des Abends – aber vielleicht sind es auch seine Stimme, seine grünen Augen und dieses verflucht attraktive Lächeln. Ich fahre ihm durch die Haare und bleibe dabei am Kronkorkenkäppi hängen.

«Ist dir eigentlich klar, dass du in dem mit Abstand idiotischsten Kostüm des Abends herumläufst?», murmele ich gegen seine Lippen.

«Leider ja.» Er wischt sich die Kappe vom Kopf und wirft sie achtlos zur Seite. «Und soll ich dir sagen, wie man sich fühlt, wenn man als bescheuerte Bierflasche verkleidet ist und plötzlich die aufregendste Frau, die man je gesehen hat, zur Tür hereinkommt?»

«Hier steckt ihr!» Das Licht flammt auf. «Was treibt ihr

denn da, wenn ich fragen darf?» Daniel steht in der Tür und grinst so breit, dass vermutlich gleich die obere Hälfte seines Kopfes nach hinten klappen wird.

Ich hake mich bei Elias unter und ziehe ihn an Daniel vorbei zur Tür hinaus. «Er hat mich entführt, ich war kurz besessen – alle Aufgaben erfüllt!»

Als wir ins Wohnzimmer zurückkehren, sitzt Mia mit verschränkten Armen auf ihrem Stuhl. «Warum musst du nur immer so verflucht neugierig sein?»

Ihre Worte gelten Daniel, der davon unbeeindruckt ihr gegenüber Platz nimmt. «Hey, ich musste doch nachsehen, wo unsere Gäste abgeblieben sind. Das gehört sich so.»

Mia verdreht die Augen, hat aber mit Sicherheit längst registriert, dass Elias und ich uns so nah nebeneinandergesetzt haben, dass unsere Schultern sich berühren. Ich kann gerade selbst nicht glauben, was vor wenigen Minuten im Schlafzimmer passiert ist. Aktionen dieser Art fanden das letzte Mal vor bestimmt zehn Jahren in meinem Leben statt, und eigentlich dachte ich, ich sei mittlerweile vernünftiger und reifer und erwachsener.

Ich sehe rasch zur Seite und begegne einem Blick aus grünen Augen und einem angedeuteten Lächeln.

Zum Glück bin ich all das nicht.

«Haben jetzt eigentlich alle ihre Aufgaben erfüllt?», fragt Julia.

«Clara noch nicht», stellt Matteo fest.

Die seufzt demonstrativ, greift nach ihrer Phiole, die neben ihrem Teller liegt, schraubt sie auf und kippt den rosafarbenen Inhalt in Matteos Weinglas. «Es ist ein Liebestrank», sagt sie. «Dann bin ich mal auf nachher gespannt.»

So, wie Matteo sie daraufhin angrinst, hätte er den Trank nicht gebraucht.

«Daniel hat auch gekniffen», stelle ich fest. «Oder?»

«Stimmt.» Das Grinsen, das sich jetzt auf Mias Gesicht ausbreitet, ist ein völlig anderes als das von Matteo. «Das heißt, du wirst bestraft.»

«Werde ich?» Daniel lehnt sich auf seinem Stuhl zurück. «Darf ich mich darauf freuen?»

«Natürlich darfst du das – du übernimmst den kompletten Abwasch.»

Sogar Clara lacht über den ernüchterten Ausdruck in Daniels Gesicht. Sie und Matteo sind die Ersten, die aufstehen.

«Also dann, vielen Dank für den Abend, der mich Jahre meines Lebens gekostet hat.»

«Es war wirklich sehr nett», fügt Matteo hinzu. «Nächstes Jahr machen wir das bei uns.»

«Auf gar keinen Fall.»

Die beiden haben den Startschuss zum Gehen eingeläutet. In der Diele wird es ein bisschen eng, während alle nach ihren Sachen suchen. Ich umarme Mia und Julia und Clara und dann noch einmal Mia, lasse mir von Elias in den Mantel helfen und stehe mit ihm bereits auf der Schwelle, als Daniel ruft: «Hey, du hast mein Shirt noch an!»

Elias dreht sich um. «Kriegst du die Tage gewaschen zurück. Die Kappe liegt im Schlafzimmer.»

Hinter den anderen steigen wir die Stufen hinunter.

«Du hattest also kein Kostüm», stelle ich fest.

Er nickt. «Und das habe ich extrem bereuen müssen.»

Vor der Haustür verabschiedet sich noch einmal jeder von jedem, und dann stehen wir da, Elias und ich, und zum ersten Mal fühle ich mich fast etwas gehemmt.

«Also gut», beginne ich. «In welche Richtung musst du?»

«Mein Auto steht die Straße runter, aber ich glaube, das lasse ich besser stehen und fahre mit der U-Bahn.»

«Das habe ich auch vor.»

Gemeinsam schlendern wir los. Ich ziehe meinen Mantel fester um mich, während ich mir den Kopf darüber zerbreche, was ich in diesem Moment sagen könnte, ohne aufdringlich, unbeteiligt oder gar abweisend zu wirken.

«Vielleicht ... Also, wenn du Lust hättest, könnten wir uns ja mal wiedersehen.» Elias' Schritt hat sich verlangsamt, und als ich ihn jetzt ansehe, bleibe ich stehen.

«Ja, warum nicht?», erwidere ich und verliebe mich ein wenig in das Lächeln, das daraufhin sein Gesicht erhellt.

«Wann?», fragt er.

«Wie wäre es mit morgen?»

«Da habe ich noch nichts vor.»

«Ich auch nicht.»

«Und hätte ich etwas vor, wäre es mir egal.»

«Mir auch.»

Er greift nach meiner Hand, warm schließen sich seine Finger um meine, und als wir jetzt weitergehen, fühlt sich Halloween fast ein bisschen wie Weihnachten an.

**Ivy Leagh** wurde 1992 geboren und lebt gemeinsam mit zu vielen ungelesenen Büchern bei Würzburg. Die Autorin von mehreren SPIEGEL-Bestsellerromanen arbeitete eine Weile als freie Journalistin in Berlin und London und widmet sich mittlerweile ausschließlich dem Schreiben. Ihrer Liebe zu Großbritannien gibt sie während ihrer Aufenthalte im englischen Birmingham nach. Auf Instagram und TikTok nimmt sie ihre Leser:innen mit in ihren kreativen Alltag.

*November*

Ivy Leagh

# We Should Talk

Sarah erzählt irgendwas, während sie die Einkäufe auspackt, aber ich schaffe es nicht, ihr zuzuhören. Ich beobachte ihre Hände, die in den Korb greifen, voll wieder herauskommen, etwas auf dem Tisch ablegen und zurück in den Korb wandern. Sie war auf dem Weg hierher im Supermarkt und hat alle Zutaten für unser vegetarisches Friendsgiving-Dinner besorgt. Ich bin froh, dass sie das übernommen hat. Die Menschen hätte ich gerade nicht ertragen. Hier im Haus ergeht es mir allerdings auch nicht besser. Es ist düster und einsam. Regen prasselt seit Stunden gegen die Fenster. Er sammelt sich zwischen den Holzlamellen der Außenjalousien und tropft in ein ungenutztes Hochbeet darunter.

Früher haben meine Eltern eigenes Gemüse und Obst im Garten angebaut. Um diese Zeit war es Dads und meine Aufgabe, die Beete winterfest zu machen. Zwischendrin brachten Mom und Helen uns selbst gemachten Früchtetee nach draußen. Eine Thanksgiving-Familientradition. Aber wir sind keine Familie mehr.

«Heather?» Sarah zieht einen Stuhl zurück und setzt sich. «Ist es denn wirklich in Ordnung für dich, wenn wir das Dinner hier stattfinden lassen?» Sie lächelt. Ich kann kein einziges Es-tut-mir-leid-was-passiert-ist-Lächeln mehr ertragen, dennoch erwidere ich es.

«Schon gut. Ich habe Judd schon Bescheid gesagt. Er wird bestimmt trotzdem fragen, ob wir zu ihm rübergehen wollen, falls seine Familie damit einverstanden ist. Du kennst ihn ja ...»

«Typisch Judd.» Sarah rollt mit den Augen. «Er ist so durchschaubar.»

«Mhm ...» Ist er das wirklich? Er hat während der Fahrt vom College zurück nach Hause kaum mit uns geredet und nur aus dem Beifahrerfenster in den Regen gestarrt.

«Was?», hakt Sarah nach. «Kommt es dir immer noch so vor, als würde er Schluss machen wollen?»

Ich lehne mich mit dem Rücken gegen die Anrichte und schließe für einen Moment die Augen. Solange sie zu sind, ist die Küche um mich verschwunden. Warum gibt es so etwas nicht auch für Gedanken? «Ich weiß es nicht, Sarah», gestehe ich. «Vielleicht interpretiere ich zu viel hinein. Es ist unser erstes Jahr am College, wir sind alle gestresst, oder? Und Judd spielt zusätzlich fast jedes Wochenende fürs Footballteam.» Ich öffne die Augen wieder und knibbele an meinen Fingernägeln herum. «Aber irgendwie ... Ich meine, sind das nicht typische Anzeichen dafür, dass jemand Schluss machen will und nicht weiß, wie er es tun soll? Weniger Gespräche. Weniger Zeit. Mehr Ausreden. Kein Sex.»

«Klingt fies.» Sarahs Tonfall ist mitfühlend, aber es liegt noch etwas anderes darin. Resignation? Es ist nicht das erste Mal, dass ich ihr mit diesem Thema in den Ohren liege. «Denkst du, ihr könnt die Thanksgiving-Ferien endlich dazu nutzen, um miteinander zu reden? Wir sind wieder zurück zu Hause ... Haben für ein paar Tage frei ... Du weißt schon.»

Ich nicke widerwillig. «Bestimmt», murmle ich und ignoriere das mulmige Gefühl, das dabei in mir aufwallt. Zurück zu Hause, sagt sie. In einer kleinen Stadt an der Ostküste, wo wir alle gemeinsam in derselben Straße aufgewachsen sind. Seit ich zum Studieren ans College geflohen bin, war ich nicht mehr hier. Und ich weiß seit unserer Rückkehr auch ganz genau, wieso. Sie starren mich an. Als wäre es erst gestern passiert.

Ich bin nur zurück, weil meine Eltern über Thanksgiving zu meiner Tante gefahren sind, die mit ihrer Familie eine knappe halbe Stunde von hier entfernt wohnt. Ein paar Tage Auszeit von den Blicken, den Nachfragen und all den schmerzhaften Erinnerungen. Sie haben gefragt, ob ich solange nach dem Haus sehen kann. Und zusammen mit Judd, Sarah und Luke herzukommen und dabei meinen Eltern nicht begegnen zu müssen, fühlte sich weniger angsteinflößend an. Hoffentlich bereue ich es nicht.

Mein Blick wandert durch die leere Küche und bleibt am Kühlschrank hängen, an dem Koch- und Backrezepte mit bunten Magneten befestigt sind. ‹Lemon Jello Salad› steht auf einem. Schnell senke ich den Kopf, doch Helens empörtes *Wie könnt ihr ihn nicht mögen?* erklingt als ein perfektes Echo ihrer klaren Stimme in meinen Ohren.

«Uh, der Lemon Jello Salad ...» Sarahs Blick ist meinem gefolgt. «Hat deine Mom nicht immer alle Zutaten vorrätig? Vegane Schlagsahne, Früchte, Marshmallows und Lemon Pulver, oder?» Bei der Erwähnung der Marshmallows zieht sich alles in mir zusammen. Helen hat sich am Abend vor Thanksgiving jedes Mal in die Küche geschlichen und die ganze Packung aufgegessen, weshalb Mom immer eine zweite im Vorratsschrank hinter dem Lemon-Jello-Pulver aufbewahrte, von der meine jüngere Schwester nichts ahnte. «Wir könnten –»

«Schon gut», unterbreche ich sie unwirsch, weil ich nicht zulassen will, dass sich irgendetwas im Haus meiner Eltern wie früher anfühlt. Denn es ist nichts wie früher. Es stapelt sich kein Berg ausgeliehener Bibliotheksbücher auf dem Küchentisch. Es liegen keine abgetretenen Converse darunter.

Und neben dem Wasserspender findet sich keine leere Packung bunter Marshmallows. «Ich ...» Meine Stimme bricht. Es wird nie mehr wie früher sein. Helen ist tot. «Es ist schon okay.»

Sarah steht wortlos auf und zieht mich in eine Umarmung, bei der ich ihr erlaube, mich fest an ihren Körper zu pressen. Ich vergrabe das Gesicht an ihren Schultern und atme ihr Parfüm ein. Sarah ist die einzige Person, mit der ich über alles reden könnte. Sie hat einen logischen Blick auf die Dinge und wir sind seit dem Kindergarten beste Freundinnen.

«Sarah?», flüstere ich, während ich mich langsam von ihr löse und ihr Gesicht nach etwas absuche, das es mir leichter macht, ihr die Wahrheit zu sagen. Ich finde nichts. «Es gibt etwas, worüber ich nicht mit dir reden will, aber vielleicht muss.» Weil mir der Knoten in meinem Hals sonst die Luft abdrückt.

Sarahs braune Augen mustern mich prüfend. Sie zieht ihre Brauen enger zusammen, wodurch das Muttermal oberhalb ihrer linken fast schwarz wirkt. «Okay. Soll ich mich lieber wieder hinsetzen?» Ein, zwei Sekunden lang zögert sie, dann streicht sie mir den rausgewachsenen Pony aus der Stirn und lässt sich zurück auf den Stuhl sinken.

Ich brauche Zeit, um meine Gedanken zu sortieren. Wie fasse ich etwas zusammen, das mir erst vor Kurzem den Boden unter den Füßen weggerissen hat? Das sich genauso wenig verarbeiten lässt wie Helens Tod? Mit einem Seufzen setze ich mich Sarah gegenüber. «Es hört sich vermutlich ziemlich verrückt und kompliziert an, und wahrscheinlich ist es das auch», beginne ich. «Ist es schon mal vorgekommen, dass Luke dir etwas verschwiegen hat, du es herausgefunden hast und du daran ... verzweifelt bist?»

«Das passiert hin und wieder», behauptet sie. «Luke reibt

nach dem Händewaschen nie das Waschbecken nach, obwohl ich ihn ständig darum bitte.»

«Es ist ein wenig komplizierter als das.» Ich spüre, wie sich mir langsam die Kehle zuschnürt. «Das Verrückte an dem, was Judd mir verschwiegen hat, ist ...» Es bringt nichts. Ich muss es einfach aussprechen. «Er war am Abend vor dem Unfall mit Helen im Kino.»

«Was? Warum bist du dir da so sicher?» In Sarahs Stimme liegt dasselbe Misstrauen, das ich auch in mir trage.

«Ich hab vor ein paar Wochen eine Eintrittskarte in Judds Sommerjacke entdeckt. Und Helens Ticket habe ich in ihrem Portemonnaie gefunden, nachdem es uns die Polizei ausgehändigt hat. Ich habe mir all ihre Sachen immer wieder angesehen und abgespeichert. Die Eintrittskarte war die letzte Erinnerung an Helen. Ich kenne jedes winzige Detail daran. Uhrzeit, Kinosaal, Datum und der Film, den sie sich angesehen hat. Sie waren zusammen im Kino. Und sie haben mir beide nichts davon erzählt.»

Es braucht ein paar Atemzüge, bis meine Worte bei Sarah ankommen. Wahrscheinlich hat sie erwartet, dass ich ihr etwas weniger Bedeutsames beichten werde. Etwas, das kein Geheimnis offenlegt, das alles, was ich über meine Schwester und meinen Freund zu wissen glaubte, verändern könnte. Ihre Augen verengen sich zu schmalen Schlitzen. «Du glaubst doch nicht etwa, dass die beiden –»

Mein Herz schmerzt. «Nein ...»

Ich umklammere die Tischkante zu fest, als könnte sie mich daran hindern, auseinanderzufallen. Trotzdem wäre es an mir, etwas anzufügen, das überzeugender klingt als eine schwache Verneinung. Doch ich schaffe es nicht.

Sarah legt ihre Hand auf meine und drückt sie sanft. «Hast du Judd darauf angesprochen?»

«Noch nicht», presse ich hervor. «Ich habe Angst. Direkt nach Helens Tod, bevor wir ans College gegangen sind, hat er mir so sehr geholfen. Er hat all diese Leute mit ihren Beileidsbekundungen abgewimmelt und ... er war einfach *da*, weißt du?» Wir haben in diesen Wochen oft stundenlang auf seinem Bett gelegen und uns nur im Arm gehalten. Und das war genug. Aber anscheinend haben wir den Punkt verpasst, an dem wir hätten anfangen müssen zu reden. «Und als wir ans College sind und ich gemerkt habe, dass er immer weniger Zeit mit mir verbringt, dachte ich, das ist eben seine Art zu trauern. Darauf hat er ja auch ein Recht! Er kannte sie schließlich genauso lang wie ich, und wir haben so viel Zeit zu dritt verbracht. Vielleicht muss er an sie denken, wenn er mich sieht, und meidet mich deswegen. Aber ... Ich will ihn angucken und den alten fröhlichen Judd sehen, ich *brauche* diese Normalität. Was total egoistisch ist.» Und sich falsch anfühlt. Es fühlt sich falsch an, leben zu wollen, wenn meine Schwester nicht mehr lebt. «Ich weiß nicht mehr, was ich denken soll. Bestimmt war der Kinobesuch total harmlos, da könnte es ja eine Million Gründe für geben, und er hat es mir einfach nicht erzählt, weil es ihm nicht wichtig erschienen ist. Aber was, wenn sein Schweigen doch den schlimmsten aller Gründe hat? Oder wenn er einfach so Schluss machen will? Das muss ja gar nichts damit zu tun haben, dass er mit Helen im Kino war, vielleicht kommt er auch einfach nicht damit klar, wie die Trauer *mich* verändert hat! Oder er ist in Wirklichkeit zufrieden mit unserer Beziehung und wäre total verletzt, wenn ich ihm erzähle, was für Sorgen ich mir wegen diesem Kinobesuch mache, und dann wäre es letztendlich genau *das*, was unsere Beziehung zerstört!»

«Wow», stößt Sarah hervor. «Das ... Wow. Das *ist* kompliziert.»

«Hab dich vorgewarnt.» Mein Ton ist eine Spur zu bitter.

In der Küche wird es still. Ich fühle mich eingeengt zwischen dem Lemon-Jello-Rezept am Kühlschrank und der drückenden Leere im Rest des großzügig geschnittenen Raums. Fühle mich fremd in einem Haus, das mir vertrauter ist als jeder andere Ort auf der Welt.

«Was soll ich jetzt tun, Sarah? Ich überlege ständig, warum die beiden zusammen im Kino waren. Und ich fürchte mich vor der Antwort. Wie normal kann es wieder zwischen Judd und mir werden, wenn er mit meiner kleinen Schwester womöglich glücklicher gewesen wäre, als ... er es mit mir ist? Das macht alles nur noch viel schlimmer.»

«Hey ...» Sarah beugt sich über den Tisch und legt ihre Arme um meine Schultern. «Du hast es doch eben selbst gesagt. Es gibt eine Million Gründe, warum dein Freund mit deiner Schwester ins Kino gehen sollte.»

«Ja», schluchze ich und löse mich aus Sarahs Umarmung. «Über jeden einzelnen habe ich in den vergangenen Wochen nachgedacht. Wenn Helen doch nur hier wäre, verdammt! Mit ihr könnte ich über alles reden. Wir hatten keine Geheimnisse.» Bis auf dieses. Aber ich klammere mich an die Vorstellung, dass Helen mir noch davon erzählt hätte, wenn ihr ein bisschen mehr Zeit geblieben wäre.

«Heath ...», flüstert Sarah. «Wenn du im Moment nicht mit Judd darüber reden kannst, dann könntest du Helens Brief –»

«Nein!» Ich packe Sarahs Hände, als könnte ich sie so davon abhalten, nach oben in Helens Zimmer zu gehen. Doch sie macht keine Anstalten, aufzustehen. Wir schlucken beide. Gemeinsam rutschen wir ein Stück auf unseren Stühlen nach vorn, aufeinander zu, dann erwidert Sarah den Druck meiner Hände. Ich spüre es, und gleichzeitig stecke ich tief in meinen Erinnerungen, fahre in ihnen hundertmal mit den Fingern die Kanten des Briefs entlang. Und hundertmal verschließe ich mich vor dem, was meine Schwester mir nicht ins Gesicht sagen konnte oder wollte. Lange Zeilen. Unzählige Worte. Keine durchgestrichenen Sätze oder ausgebesserte Stellen. Mehr konnte ich nicht erkennen, als ich das Papier damals gegen das Sonnenlicht gehalten habe.

Sarah war bei mir, als ich Helens Brief in meinem Zimmer fand. Meine Schwester hatte ihn auf mein Bett gelegt, während ich übers Wochenende ans College gefahren bin. Nachdem sie mit Judd im Kino war? Oder davor?

«Du wirst ihren Brief irgendwann lesen müssen, weißt du», murmelt Sarah in meine Gedanken hinein. «Du kannst nicht ewig vor dem weglaufen, was Helen dir mitzuteilen hatte. Es ist vermutlich ein schlechter Zeitpunkt, weil dich der Kinobesuch sehr verunsichert hat, aber ... das ändert nichts daran.»

Ich hole gequält Luft. «Ich *kann* nicht, Sarah. Warum um alles in der Welt hat sie mir einen Brief geschrieben? Sie hat mir sonst immer alles direkt gesagt. Es muss irgendwas Schreckliches drinstehen. Seit ich von dem Kinobesuch weiß, habe ich auch eine Idee, was. Wenn Helen noch leben würde, könnten wir darüber reden, aber das tut sie nicht. Und das kann ich nicht ertragen! Ich kann doch die Erinnerungen, die ich von ihr habe, nicht auch noch verlieren, und ich kann Judd nicht verlieren, ich kann einfach nicht!» Noch mal hole ich zittrig Luft. «Ich bin zu schwach.»

Sarah schüttelt heftig den Kopf. «Du bist nicht schwach. Es fällt mir nur sehr schwer zu ertragen, wie du –»

In diesem Moment vibriert mein Handy von Judds Anruf.

Wahrscheinlich konnte er meine Sorgen bis zu sich nach Hause hören, was nicht sehr schwer ist, weil wir seit unserer Kindheit Nachbarn sind. Judds Familie wohnt in einem Reihenmittelhaus direkt gegenüber. Seine Eltern haben vor ein paar Jahren die Garage umgebaut, damit Judd oder eines seiner Geschwister in den Semesterferien darin übernachten kann. Und obwohl wir keine fünfzig Meter voneinander entfernt sind, fühle ich mich ihm fremd. Er erzählt mir, dass die Heizung im unteren Stockwerk ausgefallen ist und wir deshalb nicht bei seinen Eltern feiern können, anschließend fragt er, wann er rüberkommen soll. Und die Distanz hakt sich zwischen jedes Wort und treibt mich weiter von ihm weg. Obwohl ich das gar nicht will.

Ich sehne mich seit Wochen nach Nähe, die ich mir im selben Atemzug verbiete. Es kommt mir so vor, als übermale meine Sehnsucht die bunten Blätter im Park neben dem Studentenwohnheim, als durchtränke sie den herbstlichen Frühnebel auf den Feldern mit Schwermut. Sie kontrolliert unsere Gespräche und verdunkelte jeden Blick, den ich Judd zuwerfe.

«Heather?», fragt Judd, als ich nicht antworte. «Ist alles okay?» Ich schaue zu Sarah, die mich kurz mustert. Dann geht sie zur Anrichte und beginnt damit, Gemüse klein zu schneiden. Es ist irrsinnig, dass ihr dabei zuzusehen so viel an die Oberfläche spült, was ich lieber in den Tiefen darunter halten will. Helens Lachen schallt durch die Küche. Sie reißt das Lemon-Jello-Pulver auf und kippt es sich auf die Zungenspitze, nur um Sekunden später das Gesicht zu verziehen. Judd schlingt währenddessen seine Arme um mich, legt das Kinn auf meiner Schulter ab und gemeinsam betrachten wir meine jüngere Schwester. Es stört mich, dass der Kinobesuch Schatten auf diese Erinnerung wirft. Sie trübt.

Ich kenne niemanden, den Helen nicht von sich begeistern konnte. Dessen Leben nach dem Unfall nicht zertrümmerte. Und der jetzt nicht damit zu kämpfen hat, unter den Scherben wieder Hoffnung zu finden. *Helens Licht strahlte für uns alle*, sagt die Pfarrerin in meinen Gedanken, und meine Brust fühlt sich eng an.

«Nein», antworte ich endlich. Meine Stimme klingt erstickt. «Ich hasse Thanksgiving. Und ich hasse das Haus meiner Eltern. Trotzdem möchte ich hier Thanksgiving feiern, falls das irgendwie Sinn ergibt.»

«Weil du während der Feiertage an Helen denken musst? Noch häufiger als an den restlichen Tagen?»

Ich schaffe nicht mehr als ein stilles Nicken. Und sogar das ist zu viel, weil Sarah währenddessen flüsternd nachfragt, wo ich das Suppengrün hingelegt habe. Für die Sauce. Helen hat alles auf ihrem Teller in Bratensauce ertränkt, wofür meine Eltern sie jedes Mal tadelten. Ich habe nie geahnt, wie grässlich das Gefühl von Sehnsucht ist. Der Wunsch danach, dass alles für einen Sekundenbruchteil wieder so sein möge, wie es jahrelang ganz selbstverständlich gewesen ist.

Ich mache eine schwache Geste in Richtung Kühlschrank, und da erst bemerke ich, dass Judd mein Nicken anscheinend gehört hat. Jedenfalls fragt er nicht nach. Er kennt mich so gut.

«Aber das ist noch nicht alles, oder?»

Er kennt mich *wirklich* gut.

Mich durchfährt ein brennender Schmerz. Er ahnt etwas. Plötzlich bin ich mir sicher, dass Judd weiß, worüber ich mir in den vergangenen Wochen den Kopf zerbrochen habe. «Ich weiß nicht, was du …» Weiter bringe ich den Satz nicht.

Was ist, wenn dieser Moment der letzte ist, bevor ich die Wahrheit über Judd und Helen erfahre? Womöglich auch der letzte, in dem ich die beiden noch lieben kann?

«Mh», macht Judd nur. Und mir schnürt sich die Kehle zu.

«Luke ist noch nicht da, aber du kannst schon rüberkommen und uns bei den Vorbereitungen helfen», lenke ich eilig ab, ehe Judd etwas sagen kann.

Ihm entweicht ein überraschter Laut. «Heath, ich muss dich etwas fragen.»

Mir stockt der Atem. «Was denn?», flüstere ich. Ich bemerke, dass Sarah mich ansieht, und gehe aus der Küche in den Flur. Helens Regenjacke hängt neben der grünen Jagdweste meines Dads. Ich senke den Blick auf den Fransenteppich und blinzle die Tränen weg. «Helen und ich hatten keine Geheimnisse», platzt es aus mir heraus, als Judd zu einer Antwort ansetzt.

«Ich weiß», bestätigt er mit einem tiefen Seufzen. «Das ist unser Problem, richtig?»

Mein Herz zieht sich zusammen. «Was meinst du damit?»

«Du befürchtest, dass du dich nicht mehr auf diese unausgesprochene Regel verlassen kannst.»

Ich trete auf Helens Jacke zu, nehme den rauen Stoff zwischen die Finger, beuge mich nach vorn und rieche daran. Diesmal halte ich die Tränen nicht zurück. Ich schluchze.

«Heath?», kommt es von Judd. «Hast du die Kinokarte gefunden?»

Hilflos nicke ich.

«Lass uns darüber reden. Ich kann nicht rückgängig machen, was passiert ist, aber ich kann dir erzählen, was Helen –»

«Wenn meine Schwester mir etwas zu sagen hatte, dann ist es allein an ihr, es zu tun», unterbreche ich ihn wütend. Ich lasse die Jacke los, entferne mich von ihr und von ihren Geheimnissen. «Sprich nicht für sie!» Ich schlucke schwer.

Dann lausche ich Judds Schweigen. «Komm einfach rüber, wenn du so weit bist, okay?»

Ich höre ihn noch «okay» sagen. Dann lege ich auf.

Es fühlt sich furchtbar an. Aber auch unausweichlich. Es ist, als stünde ich vor Gericht, um dort mein Leben zurückzuklagen. Doch die Richterin bin ich. Und ich will, dass ich den Fall verliere – und mich gleich mit dazu.

«Heather, ist alles okay bei dir?», ruft mir Sarah aus der Küche entgegen.

«Ja», presse ich mit zusammengebissenen Zähnen hervor. «Judd kommt gleich rüber. Wir sollten uns beeilen.»

Ich achte sorgsam darauf, meinen Gesichtsausdruck unter Kontrolle zu halten, um Sarah nicht zu beunruhigen. Aber offenbar entgleitet er mir schon nach wenigen Sekunden. Als Sarah daraufhin auf mich zuläuft und mich in ihre Arme schließt, kommt es mir vor, als würde das Telefonat mit Judd mit einem Mal wie ein Meteorit in meinen Verstand einschlagen. Ich zittere am ganzen Körper.

«Lass uns mit den Pumpkin Rolls anfangen.» Ich eile zurück zur Anrichte, auf der Sarah bereits einige Speisen zubereitet hat. Die nächste halbe Stunde halte ich mich beschäftigt. Ich schäle Äpfel für den Apple Pie nach dem Rezept von Lukes Großmutter, schneide einen Supermarkt-Kürbis klein, während ich es vermeide, daran zu denken, dass wir das Gemüse jedes Jahr aus dem eigenen Garten geholt haben. Nachdem ich die Cranberry-Cider-Sauce fertig habe, schalte ich den Fernseher für die Thanksgiving-Parade ein.

Doch die bunten Kostüme und Luftballons lenken nicht ausreichend ab. Immer wieder muss ich gegen meine brennenden Augen anblinzeln. Ständig denke ich über Helen und Judd nach. Viel zu oft starre ich auf meine Hände, bis Sarah es bemerkt und ich hektisch so tue, als wäre ich mit einer hartnäckigen, dunklen Stelle an einer Süßkartoffel beschäftigt. Wahrscheinlich wäre Sarah ohne meine Hilfe doppelt so schnell.

«Ich brauche einen Moment für mich», lasse ich meine Freundin irgendwann wissen und wende mich von ihr ab.

Kurzerhand hält sie mich am Arm fest. «Bitte hör auf damit», flüstert sie, wodurch ihre Stimme nur noch bedrohlicher wirkt. «Ich weiß, was du hier tust. Du verschließt dich vor allem, was etwas an der Art und Weise ändern könnte, wie du Helen in Erinnerung behalten willst. Du kanntest sie seit ihrem ersten Atemzug. Ihr wart unzertrennlich. Aber es gab etwas, das Helen dir in diesem Brief sagen wollte. Stell dir vor, wir wären an dem Wochenende nicht zum College gefahren. Statt einen Brief zu schreiben, wäre Helen zu dir gekommen. Sie bittet dich um ein Gespräch – hörst du ihr zu?»

Ich erstarre. Sarahs Frage liegt schwer auf meinen Schultern. Ich atme krampfhaft gegen dieses Gewicht an. Es gelingt mir nur halb. «Natürlich!»

«Wieso tust du es dann jetzt nicht? Lies ihren Brief!»

«Er könnte alles verändern. Ich weiß nicht, ob ich bereit dafür bin.» Ich löse mich von Sarah, und diesmal hält sie mich nicht auf, als ich ihr meinen Rücken zuwende.

«Du hast vor einer Veränderung Angst, die längst geschehen ist. Weil sie Helen betrifft – und nicht dich. Irgendetwas ist im Leben deiner Schwester passiert, etwas, das sie mit dir teilen wollte. Dir ist es so wichtig, dass ihr keine Geheimnisse voreinander hattet. Und ihr war das genauso wichtig. Sonst hätte sie den Brief nicht geschrieben. Vielleicht hat sie dir etwas nicht sofort erzählt. Aber letztendlich wollte sie es dir eben doch sagen.»

Ich blinzle. So habe ich es noch nie betrachtet.

«Lies ihren Brief», wiederholt Sarah. «Selbst wenn es keine gute Veränderung war – lass deine Schwester damit nicht allein, Heath.»

Es klingt so verdammt logisch. Und ist es das nicht auch? Es ist doch wie mit der Ärztin, die Stunden nach Helens Unfall im Krankenhaus auf meine Eltern und mich zukam. Zwischen der Notaufnahme und dem Wartezimmer lagen exakt zehn Sekunden. Das weiß ich so genau, weil ich mir tagelang gewünscht habe, zur ersten Sekunde zurückzuspringen, um etwas zu verhindern, das bereits geschehen, das unwiderruflich und unveränderbar war.

Eins, zwei, drei ... Die Ärztin schüttelt den Kopf.

Vier, fünf, sechs ... Ihre Lippen öffnen sich.

Pause. *Helen lebt. Sie muss noch atmen. Es geht nicht anders. Sie darf mich nicht allein lassen.*

Sieben, acht, neun ... Ich will aufspringen und meine Hand auf den Mund der Ärztin pressen. Sie soll es nicht sagen. Erst, wenn sie es laut ausspricht, ist es die Realität.

Zehn. *Es tut mir leid, Ihnen sagen zu müssen, dass Ihre Tochter und Schwester verstorben ist.*

Es kann sein, dass Helens Brief alles verändert. Kann sein, dass ihre Wahrheit die zerbrechliche Schutzmauer, die ich um mich errichtet habe, einreißt und ich wieder tagelang heule. Und vielleicht kommt es mir danach so vor, als würde ich sie ein weiteres Mal verlieren. Aber egal, was passiert ist, ich kann es nicht rückgängig machen, indem ich wegsehe.

Und egal, was passiert ist, Helen ist meine Schwester. Sie war einer der wichtigsten Menschen in meinem Leben. Ich bin ohne sie nur halb.

Aber ... ich werde Helen nie nur halb lieben.

Wenn ich zu viel darüber nachdenke, was ihr Brief für mich und Judd bedeuten könnte, werde ich doch noch einen Rückzieher machen, also tue ich das nicht. Konzentriere mich auf die Einsicht, dass es mit ihm und mir ohnehin nicht so weitergehen kann wie im Moment.

Sarahs Finger streifen meinen Arm. Noch ein sanftes Stupsen, dann gehe ich schluchzend die Treppe nach oben zu Helens Zimmer. Ich weiß nicht, wie ich die einzelnen Gefühle jetzt noch voneinander trennen soll. Angst, Aufregung, Schmerz, Trauer und Hoffnung vermischen sich unaufhaltsam miteinander, durchdrungen von alten Erinnerungen, während ich meine Hand an die Türklinke lege. Sie ist kühl. Doch meine innere Hitze wärmt das Metall schnell auf. Ich drücke sie runter und die Tür öffnet sich wie zur Einladung einen Spalt.

Schniefend spähe ich in Helens Zimmer. Der Regen, der weiterhin gegen das Fenster prasselt, verstärkt meine innere Unruhe.

Ich stoße die Tür mit dem Fuß weiter auf und schaue auf Helens gemachtes Bett. Mom hat Winston auf das Kissen gelegt – meine Stoffkatze. Helen besaß das gleiche Kuscheltier, das sie überall mit hingeschleppt hat, weshalb wir es ihr ins Grab gelegt haben. Winston war die ganze Zeit hier bei Helen, während ich es nicht über mich gebracht habe, zurückzukommen.

Eine schwache Brise ihres Geruchs weht mir entgegen. Womöglich bilde ich ihn mir nur ein, denn das einzige Fenster im Raum ist geschlossen. Der Schreibtisch darunter wurde ordentlich aufgeräumt, eine Vase mit vier rosafarbenen Dahlien steht darauf. Helens Lieblingsblumen, die Mom im Supermarkt gekauft haben muss, denn in unserem Garten wächst nichts mehr, nachdem Dad am Tag nach dem Unfall jede Pflanze aus dem Boden gerissen und weggeworfen hat. Einige Bücher stehen nach Größe sortiert in den Regalen, der flauschige Teppich ist verschwunden. Ich weiß nicht, ob ich es gut finde, dass Mom so viel verändert hat. Nur würde es auch nichts besser machen, wäre in Helens Zimmer noch alles beim Alten. Es bringt sie ja nicht zurück. Und genauso wenig tun es die Verbote und Regeln, die ich mir nach Helens Tod auferlegt habe. Ich spüre, dass ich bereit bin.

Ich betrete das erste Mal seit Monaten das Zimmer, in dem ich früher jeden Tag Zeit verbracht habe. Die Jahre ziehen an mir vorbei, als würde jemand so lange die Vorspultaste drücken, bis die gesuchte Stelle erreicht wird. Mein Blick schweift dabei automatisch zur Schreibtischschublade. Jeder Gedanke daran war bisher wie Folter. Doch jetzt fühlt es sich anders an. Irgendwie richtig.

Aufgeregt strecke ich die Hand aus und gehe auf den Schreibtisch zu. Ich schaffe es nicht mehr, mich zu bremsen. Ich weiß nicht, wie ich den Brief überhaupt so lange ignorieren konnte. Wieso habe ich Helen vier Monate lang damit allein gelassen? Die Vorstellung, dass wenigstens Winston hier war, tröstet mich.

In meinem Magen sticht es. Kann ich wirklich …? Die Frage bleibt unbeendet. Weil ich keine andere Wahl habe, als meine Hand an die Schublade zu legen und sie endlich zu öffnen. Ich möchte mir einreden, dass Helen mich dabei lenkt. Aber ich bin es allein. Ich muss endlich die Wahrheit erfahren. Ganz gleich, was sie mich kosten wird.

Der Regen trommelt unaufhörlich gegen das Fenster. Der Himmel öffnet die dicke Wolkendecke keinen Millimeter. Wie schön es wäre, würden sich ein paar Regenwolken so verschieben, dass ein wenig Sonnenlicht bis zu mir dringen würde.

Mein Herz krampft. Ich lese die erste Zeile.

*Hi.*

Nur ein Wort. Eines, in das ich nichts hineininterpretieren kann. Ich lese weiter.

*Habe ich deine volle Aufmerksamkeit? Gut. Ich verspreche dir, nichts durchzustreichen oder auszubessern, aber sei mir nicht böse, wenn ich mein Versprechen breche. Bitte lies den Brief, wenn du kannst. Es ist okay, an dieser Stelle aufzuhören und ihn erst in acht Wochen weiterzulesen. Ich warte auf dich. Klopf viermal an meine Zimmertür, wenn du so weit bist, dann habe ich noch zehn Sekunden Zeit, mich vorzubereiten.*

Ich lausche vergebens auf Geräusche um mich herum, versuche zu spüren, ob Helen da ist – irgendwie. *Bist du hier, Helen?* Nach einigen Sekunden stehe ich auf und gehe zurück in den Flur. Von unten höre ich Sarahs Stimme, sie telefoniert leise mit irgendjemandem. Vermutlich Luke.

«Ich vermisse dich jeden Tag», flüstere ich vor Helens Zimmertür, dann klopfe ich viermal gegen das helle Holz. «Ich dachte, ich könnte dein Zimmer nie wieder betreten. Ich wollte nicht wissen, was du mir zu sagen hattest. Unser Haus ist ohne dich leer und voller Trauer. Aber ich … Ich bin jetzt so weit.»

Es zieht mich zurück an Helens Schreibtisch.

*Ich habe Angst. Seit wir uns gestern verabschiedet haben, steckt ein dicker Kloß in meinem Hals fest. Bald sehen wir uns nicht mehr jeden Tag, du und ich. Wir werden nicht mehr gemeinsam einschlafen, wenn es draußen gewittert, nicht mehr abwechselnd Notizen in meine Bücher schreiben und bis tief in die Nacht Serien schauen. Das alles muss ich nun allein tun. Ich sollte*

*zufrieden sein, dass Mom und Dad endlich nur noch Zeit für mich haben, oder? Doch das bin ich nicht. Ich habe Angst.*
*Wenn du gehst, dann werde ich nicht länger wissen, wo ich zu Hause bin. Schon die Vorstellung, dass du ein neues Leben am College beginnst und ich kein Teil davon sein werde ... Heath, du bist mein Zuhause. Gehst du, ohne mich, dann packe ich das vielleicht nicht. Wirst du mich nach meinem Abschluss in einem Jahr am College begrüßen? Mich in den Arm nehmen und so lange drücken, bis ich lache und dir sage, dass niemand so filmreif vermissen kann wie du? Oder weißt du schon an Thanksgiving nicht mehr, wer ich bin? Ich habe Angst. Angst davor, ohne dich zu sein.*

Schluchzend presse ich den Brief an meine Brust, beuge mich schließlich vor, öffne das Fenster und höre ... nichts. Es hat aufgehört zu regnen. Die Luft ist regenfrisch. Ich atme einmal tief ein. Vögel beginnen zu zwitschern, als ich das Fenster wieder schließe und mich auf das Fensterbrett setze, den Brief in der Hand. Hätte ich einen einzigen Wunsch frei, ich würde mir wünschen, dass Helen mir zuschaut.

«Helen?», flüstere ich, meine Stimme dünn. «Kannst du mich sehen? Bist du hier?»

Eine Weile sitze ich still auf der Fensterbank und betrachte die undurchdringliche Wolkendecke, dann lese ich weiter.

*Nachdem ich dir gestern von der Veranda aus gewunken habe, saß ich auf der Treppe und musste eine gefühlte Ewigkeit weinen. Tausendmal habe ich versucht, mich zusammenzureißen, und als es dadurch nur noch schlimmer wurde, habe ich Judd eine Nachricht geschrieben. Ich habe Angst, war das Erste, was ich zu ihm sagte, als er kurz darauf zu uns rüberkam. Ich will, dass Heather bleibt, das Zweite. Die Erleichterung, die mich durchströmte, als Judd seine Arme tröstend um mich schlang, brannte wie Säure. Sie war falsch. Doch sie riss gleichzeitig mehr Geständnisse mit sich. Ich redete weiter, bis ich leer war.*

*Judd verriet mir, dass auch er Angst hat. Vieles am College wird fremd sein und anstrengend. Was, wenn ihr euch, ohne es zu merken, verändert und es dann nicht mehr funktioniert? Was, wenn ihr euch trennt? Kommt danach einfach ein neues Kapitel? Wird es so sein, als hätte es eure Beziehung nie gegeben? Judd hat mir versprochen, mit dir darüber zu reden, sobald du heute Nachmittag vom Campus zurückkommst, weshalb es in Ordnung geht, dass ich es hier erwähne. Wieso ich dir das alles mitteile? Ich zwinge mich seit Wochen, das Gegenteil von dem zu fühlen, was eigentlich in mir drin los ist. Und es würde mich auffressen, wenn du bald völlig ahnungslos ans College verschwindest. Es ist schon schlimm genug, dass du in diesem Augenblick dort bist. Ich bereue es, nicht längst mit dir über meine Sorgen gesprochen zu haben. Eigentlich haben wir doch keine Geheimnisse. Wenn dir nun auf dem Rückweg etwas zustößt, wenn gestern unser letzter Abschied war … Sei nicht so dramatisch, rät mir die Heather in meinem Kopf.*

*Darum habe ich mit Judd einen Deal abgeschlossen. Wir reden beide mit dir darüber, was wirklich in uns vorgeht. Ich weiß nicht, ob er sich daran hält, aber ich erfülle meinen Teil der Abmachung mit diesem Brief.*

*Obwohl sich die Wahrheit gerade nicht einfach anfühlt, das Gespräch mit Judd hat mir gezeigt, dass sie es das irgendwann wird. Es braucht nur Zeit. Oder einen Kinobesuch und jemanden, der anschließend einen Lemon Jello Salad mit dir in der umgebauten Garage seiner Eltern zubereitet. Judd ist der großartigste Freund, den ich mir für dich wünschen könnte. Er ist der Grund, warum ich dir den Brief schreibe. Und nur wegen ihm verschone ich euch alle dieses Thanksgiving mit meinem Lemon Jello Salad. Ich weiß, dass ihr ihn hasst. Aber ich ... Ich werde so sehr geliebt.*
*Und deshalb ist es unlogisch, Angst zu haben, oder? Weil du meine Schwester bist. Und Judd der ältere Bruder, den ich nie hatte. Weil wir wundervolle Eltern haben. Und eine Familie sind.*
*Die Wahrheit ist einfach, wenn ich sie mit euch teilen darf. Aber es ist mir trotzdem wichtig, dass du weißt, wie unerträglich es für mich sein wird, wenn du ans College verschwindest. Du bist mein Zuhause. Mit dir will ich jedes Weihnachten verbringen, und nur du darfst auch weiterhin so tun, als würdest du meinen Lemon Jello Salad mögen. Bitte versprich mir, dass es andersherum genauso sein wird. Ich will deine Trauzeugin sein, die Patentante deiner Kinder, und ich möchte für immer deine beste Freundin sein. Lass mich niemals los. Rede immer mit mir. Versprochen?*

«Versprochen», hauche ich. «Ich werde dich niemals loslassen. Ich werde immer deine Schwester sein, jeden Glücksmoment mit dir teilen und auch alles, was mich traurig stimmt. Ich werde dich immer lieben, und ich glaube ganz fest daran, dass du mir gerade zuhörst.» Ich schließe lange die Augen.

«Heath?», fragt Judd irgendwann leise vom Flur.

Ich reagiere nicht. Kein dünnes *Ja*, kein Schluchzen oder Zusammenbrechen. Ich kann nur die Wärme spüren und wie sie Stück für Stück in mich durchdringt. Mich einhüllt. Beschützt. In ihrer Sicherheit werde ich ruhiger.

«Du hast den Brief gelesen.» Es ist wieder Judds Stimme, die an meine Ohren dringt, näher diesmal.

Ich hebe den Kopf und nicke. Das Papier falte ich wieder zusammen und lege es zurück auf den Schreibtisch. «Helen hatte Angst, dass ich sie loslasse, doch das habe ich», bringe ich hervor. «Ich habe sie im Stich gelassen und bin ans College verschwunden.»

«Nein», weist mich Judd mit ungewohnter Härte in der Stimme zurück, als er auf mich zukommt, die Hände nach mir ausgestreckt. «Du warst immer bei ihr, Heath.»

Mein Blick folgt seinem und trifft auf meine Kuschelkatze. «Winston», sage ich erstickt. «Es ist nicht dasselbe, es ...»

«Es ist genug.» Er umfasst mein Gesicht mit seinen warmen Händen, streicht sanft mit dem Daumen über meine Haut. «Hörst du?»

«Aber ...»

Ein plötzlicher Windstoß reißt an den Fensterläden, bringt Zweige und Äste im Garten zum Rascheln und mich zum Schweigen.

«Okay», murmle ich mit wild pochendem Herzen. «Es ist genug.»

Judd lächelt. «Ich hätte längst mit dir reden müssen. Ich war in letzter Zeit kein guter Freund. Das College ist härter, als ich dachte, aber ...» Judd stockt. «Es soll keine Entschuldigung dafür sein, dass ich dich gemieden habe.»

Ich greife nach seiner Hand, verschränke seine Finger mit meinen. «Ich hätte auch mit dir reden müssen.»

Judds Lächeln wird zu einem schiefen Grinsen. «Wir sind da nicht sonderlich talentiert drin, oder?»

Das sind wir wohl wirklich nicht. Das mussten wir bisher einfach nicht, weil alles zwischen uns immer wundervoll leicht war. Aber mit einem Mal spüre ich eine Zuversicht in mir, dass wir es lernen können. Helens Brief hat diese geweckt. Und er gibt mir auch die Kraft, die nächsten Worte auszusprechen. «Wollen wir vielleicht jetzt damit anfangen?»

Judd nickt. «Das fände ich schön.»

Nur mit Blicken kommen wir überein, uns auf Helens Bett zu setzen. Allerdings weiß ich absolut nicht, wie das Gespräch weitergehen soll. «Willst du mit mir Schluss machen?», platzt es nach einem Moment des Schweigens aus mir heraus. Im nächsten Moment beiße ich mir auf die Lippe. Warum musste ich mit dieser Frage anfangen? Die Antwort ist einfach. Weil das die Frage ist, die mir am meisten Angst macht. Trotzdem verfluche ich mich innerlich.

«Was? Nein!», ruft Judd entsetzt. «Natürlich nicht.»

Endlich kann ich ihm wieder ins Gesicht schauen. Und endlich habe ich das Gefühl, freier atmen zu können.

«Dachtest du das etwa? Weil ich so abweisend war?»

Ich nicke stumm, warte darauf, dass er verletzt sein wird. Aber er zieht mich nur an sich und küsst mich auf die Schläfe.

«Verdammt, Heather, das tut mir so leid.» Er rückt wieder von mir ab, lässt seine Hände aber auf meinen Oberschenkeln liegen. Unsicherheit spiegelt sich in seinen Augen. «Aber du willst doch auch nicht mit mir Schluss machen, oder?»

Wild schüttele ich den Kopf. «Natürlich nicht.»

«Jedenfalls jetzt, wo du weißt, dass ich nichts mit deiner Schwester hatte.»

Er grinst. Ich verziehe trotzdem das Gesicht, denn ich

fühle mich erwischt. «Ich weiß nicht, wie ich das je denken konnte.»

Judd sieht mir fest in die Augen. «Hey. Es ist okay.»

«Wirklich?»

«Natürlich. Ich hab mich so dämlich verhalten, da kann ich dir das doch nicht vorwerfen. Es kam einfach so unglaublich viel zusammen. Helens Tod, dass sie und ich davor im Kino waren, das College, und ...» Er fährt sich durch die Haare.

«Und was?»

«Ich weiß nicht, wie ich das sagen soll, ohne dass es blöd klingt.» Er atmet einmal tief durch. «Ich kam mir so hilflos vor. Ich hatte immer das Gefühl, nicht richtig für dich da sein zu können. Weil ich selber so fertig war. Und weil ich dich normalerweise immer zum Lachen bringe, wenn du traurig bist, was gerade natürlich keine Option ist. Aber Humor ist das Einzige, was ich einigermaßen gut draufhabe. Ich habe Angst vor deiner Trauer, Heath. Weil ich kein Mittel dagegen finde, obwohl das mein Job ist.»

Diesmal bin ich diejenige, die ihm über die Wange streicht. «Das ist nicht dein Job. Es ist mein Job. Du kannst mich dabei nur unterstützen.»

Judd schnaubt. «Das habe ich ja wohl auch nicht gemacht.»

«Doch, am Anfang schon.»

«Wirklich? Das hat dir geholfen?»

Ich nicke.

«Ich hatte das Gefühl, es hat nur mir selbst geholfen. Tatsächlich hatte ich ein ziemlich schlechtes Gewissen deswegen. Das war einer der Gründe, warum ich mich am College zurückgezogen habe. Als ich dich nicht mehr vor den ganzen aufdringlichen Leuten abschirmen musste.»

Ich blinzele irritiert. «Judd, das ergibt echt überhaupt keinen Sinn.»

Seine Mundwinkel zucken nach oben. «Wir sollten wirklich öfter miteinander reden.»

Ich nicke und muss auch ein bisschen lächeln. Allerdings nicht lange. Schnell stelle ich meine nächste Frage. «Aber du kannst akzeptieren, dass ich gerade einfach nicht glücklich bin, oder?»

«Na ja, ich kann nicht sagen, dass ich es nicht hasse, dich leiden zu sehen.» Meine Finger verkrampfen sich. Judd merkt es und streicht beruhigend darüber. «Aber Heath, ich liebe jede Version von dir. Ganz egal, ob du traurig oder glücklich bist – du bist diejenige, die mein Herz in ihren Händen hält.»

Meine Augen werden feucht. «Ich habe dich nicht verdient», flüstere ich.

«Stimmt», erwidert er ohne Zweifel in der Stimme. «Du verdienst etwas viel Besseres.»

Ich muss lachen und umklammere meinen Körper, als könnte ich die Freude so daran hindern, zu tief in mich zu dringen. «Ist es okay, wenn ich dich so lange behalte, bis jemand Passenderes vorbeikommt?»

«Das ist mehr als okay.»

Ich würde ihn gerne an mich ziehen und küssen, aber ich spüre, dass er noch etwas zu sagen hat, also warte ich.

«Kannst du denn auch meine Trauer akzeptieren?», fragt er schließlich. «Es kommt mir so falsch vor, niedergeschlagen zu sein, wo es für dich doch viel schlimmer ist und –»

«Scht», unterbreche ich ihn. «Womit ich nicht umgehen könnte, wäre, wenn du *nicht* traurig wärst. Denn das würde bedeuten, dass du Helen nicht wertgeschätzt hättest.» Und mit einem Mal stimmt das. Ich wollte seine Trauer nicht sehen, weil ich diesen Zustand nicht kannte. Weil ich Angst hatte, er würde bedeuten, ihn zu verlieren. Aber jetzt weiß ich, dass das nicht stimmt.

Judd atmet auf. Dann beginnt er, mit einer Ecke von Helens Tagesdecke herumzuspielen. Ich warte wieder. «Ich wollte noch fragen, also – es ist nicht dein Ziel, dein restliches Leben lang unglücklich zu sein, oder? Weil du das Gefühl hast, dass du kein Glück verdient hast, weil sie es nicht mehr haben kann? Ich meine ... Heath, du weißt, dass du Helen nicht retten konntest?»

Natürlich. Helen war angeschnallt. Sie hielt sich an das Geschwindigkeitslimit, war nicht betrunken. Es regnete heftig und die Brücke wurde in Sekundenschnelle so glatt wie bei Blitzeis. Helen verlor die Kontrolle über den Wagen und prallte frontal gegen einen Truck. Sie hatte keine Schuld und keine Chance. Ich weiß das. Es ist nur ... Ich bin ihre ältere Schwester. Ich hatte immer gedacht, dass ich es fühlen würde, wenn ihr etwas zustößt, wenn sie mich braucht. Doch da war nichts. Und das ist das Allerschlimmste. Ich habe es nicht gemerkt, als sie gegangen ist. Das frisst mich auf.

Oder es hat mich aufgefressen. Inzwischen kann ich mit einem Mal Helens Stimme in meinem Kopf hören, die mich fragt, was das denn für ein bescheuerter Gedanke sei.

Ich nicke, um Judd zu antworten. «Jetzt, wo ich den Brief gelesen habe, fühle ich mich auf jeden Fall besser. Und ich will versuchen, wieder mehr Glück zuzulassen. Aber», meine Zeigefinger beginnen, sich umeinanderzudrehen, «ich werde das wahrscheinlich nicht sofort schaffen. Ich werde immer wieder in alte Gedankenmuster rutschen, bis es irgendwann seltener wird.» Ich habe mal eine Doku über Menschen gesehen, die sich selbst verletzen, und inzwischen erkenne ich da einige Parallelen zu mir selbst, auch wenn ich mir nie körperliche Schmerzen zugefügt habe. «Kannst du Geduld mit mir haben?»

Judd streicht mir über den Handrücken. «Na klar. Und kannst du mir verzeihen, dass ich dir nicht von dem Kinobesuch mit Helen erzählt habe? Ich hatte so ein schlechtes Gewissen, weil ich derjenige sein durfte, der sie zuletzt gesehen hat, und hatte Angst, wie du darauf reagieren würdest ...»

In diesem Moment entscheide ich, dass das Gespräch an dieser Stelle beendet ist. Wir haben noch unser ganzes restliches Leben Zeit, um über Dinge zu reden. Und mittlerweile bin ich mir sicher, dass wir das auch tatsächlich tun werden. «Ja. Gott, Judd, ja, natürlich verzeihe ich dir! Ich liebe dich. Danke, dass du für Helen da warst. Und dass du es für mich bist.»

Ich klammere mich an ihm fest, lasse mich von ihm an seine Brust pressen. Judds Lippen streifen meine Wange, berühren meinen Mundwinkel. Dann küsst er mich. Wieder vermischen sich die Gefühle miteinander, nur diesmal spüre ich deutlich Hoffnung heraus. Zu früh löst sich Judd von mir. «Als ich vor ein paar Minuten rübergekommen bin, habe ich deinen Vater im Garten gesehen ...»

Ich schaue ihn fragend an. «Was? Meine Eltern sind zu Tante Edith gefahren. Sie ...»

«Ich glaube, Sarah hat ihre Finger im Spiel. Und ich war auch nicht ganz untätig», gesteht er mir. «Möchtest du mit nach unten kommen?»

Mit klopfendem Herzen gehe ich die Treppe runter. Die Angst, dass mich dieses Haus verschlucken wird, ist geschrumpft. Und als ich durch die offene Tür in die Küche schaue und mein Blick vier vertrauen Augenpaaren begegnet, verschwindet sie ganz.

«Mom? Dad?», flüstere ich, als ich mich mit Judd meinen Eltern gegenüber an den Tisch setze, wo Luke und Sarah bereits Platz genommen haben. «Was macht ihr denn hier?»

«Ach, weißt du ...» Meine Mutter zwinkert mir zu, dann wischt sie sich über die Augen. «An Thanksgiving gehört in diesem Haus ein Lemon Jello Salad auf den Tisch. Alles andere würde sich falsch anfühlen. Zum Glück hat Judd daran gedacht.»

Ich muss lächeln, als mein Blick auf den mit kleinen, bunten Marshmallows garnierten Lemon Jello Salad inmitten der reichlich gedeckten Thanksgiving-Tafel fällt. Unter dem Tisch greift Judd nach meiner Hand und drückt sie ganz fest.

«Außerdem musste ich dringend die Äpfel vom Baum pflücken, wenn es dieses Jahr sonst schon nichts zu ernten gibt.» Dad weist mit dem Kinn aus dem Fenster in Richtung Garten. «Heath? Schatz? Hilfst du mir in den nächsten Tagen dabei, die Beete winterfest zu machen? Da muss einiges an Unkraut entfernt werden. Ich könnte deine Unterstützung gut gebrauchen.»

Ich atme tief durch, dann willige ich ein. Meine Augen brennen, während ich den Kopf zu Sarah drehe und mit den Lippen ein stilles *Danke* forme. Sie lächelt und gibt Luke einen Kuss auf die Wange, der auf den Rosenkohl mit Cranberry-Sauce schielt.

«Lasst uns essen, ehe es kalt wird», schlage ich vor.

Anschließend schaue ich den anderen dabei zu, wie sie ihre Teller beladen. Judd hält mich. Selbst als er sich auftut, liegt seine freie Hand dabei fest in meiner. Und für einen Moment wird der Raum ganz friedlich, frei von Angst. Seit Helens Tod ist es der erste Augenblick, in dem wir wieder eine Familie sind. Ich weiß nicht, wie lange er anhalten wird. Vielleicht zu kurz. Vielleicht wird dieser Moment auch irgendwann wieder zu einem Zustand. Das ist gerade nicht wichtig.

Weil wir zusammen sind. Weil wir einander lieben. Und uns niemals loslassen werden. Wir alle. Sarah, Luke, Mom, Dad, Judd, ich und ... Helen.

Sie wird immer bei uns sein. Ich weiß auch genau, was sie sich für uns wünscht. Und ab heute werde ich alles tun, um ihr ihren Wunsch zu erfüllen: Ich werde nie wieder aufhören, mit den Menschen, die ich am allermeisten liebe, zu reden.

**Anya Omah**, geboren in Nordrhein-Westfalen, hat als medizinisch-technische Laborassistentin und Wirtschaftspsychologin gearbeitet, bevor sie sich als Autorin selbstständig machte. Über diese Entscheidung sagt sie Folgendes: «Ich war verrückt genug, meine Leidenschaft zum Beruf zu machen, und kehrte dem sicheren Bürojob den Rücken. Aber mal ehrlich ... wie verrückt kann es sein, einen Traum zu leben, wenn man die Chance dazu bekommt?»
Im März 2014 veröffentlichte sie ihren Debütroman, es folgten zahlreiche weitere New-Adult-Romane. Mit der Sturm-Trilogie erschien die SPIEGEL-Bestsellerautorin erstmals bei KYSS.

Dezember

Anya Omah

# Blind Date mit Santa

*Hey Sleepyhead,*
*wenn du das hier liest, bin ich vermutlich schon in der Bibliothek und versuche zu lernen, damit aus mir irgendwann ein gescheiter Astrophysiker wird. Du hast Glück, dass ich kein egoistisches Arschloch bin, sonst hätte ich dich aus dem Schlaf geholt, um noch einen Abschiedskuss zu bekommen. Aber dir ein bisschen beim Schlafen zuzusehen, hatte auch was (creepy, ich weiß). Du bist wunderschön. Glaube, das habe ich in den letzten zwölf Stunden vergessen, dir zu sagen.*
*Normalerweise würde ich dir jetzt meine Nummer unterjubeln, in der Hoffnung, dass du die Zeit mit mir genauso genossen hast wie ich mit dir. Und dann würde ich alle zehn Sekunden checken, ob du mir geschrieben hast, und mir einreden, dass ich wohl doch nicht so ein krasser Typ bin, wie ich denke. Was das angeht, ist mein Ego mindestens genauso fragil wie groß. Besonders wenn mir eine Frau so gut gefällt wie du.*
*Da ich ab Juli sowieso für fünf Monate in Neuseeland ein Praktikum mache, schlage ich etwas vor, das wesentlich romantischer ist als der Druck, sich melden zu müssen: Wenn du nach einem halben Jahr noch Lust hast, mich wiederzusehen und näher kennenzulernen, sei am 22. Dezember ab dreizehn Uhr vor dem großen Weihnachtsbaum in der Eingangshalle der Garden State Mall. Damit wir uns schneller finden (und für den unwahrscheinlichen Fall, dass du bis dahin vergessen*

*haben solltest, wie gut ich aussehe, hahaha, Scherz), kleiden wir uns beide komplett in Rot. Bin gespannt, ob du kommst. Ich werde da sein.*
*Pass auf dich auf!*
*David*

# Zola

Weißt du denn überhaupt noch, wie dieser David aussieht?», fragt Shannon, während ich in meinen knallroten Pulli schlüpfe. Wir sind im Umkleideraum des *Tasty Greens*, des Restaurants, in dem wir beide kellnern. Eines von vielen, die es in der *Garden State Mall* gibt.

«Nicht im Detail, aber ich weiß, dass er gut aussieht.» Meine Antwort ist genauso schwammig wie die Erinnerung an Davids Gesicht, weil es die meiste Zeit, in der wir zusammen waren, dunkel war. Außerdem liegt unsere erste und einzige Begegnung nun schon sechs Monate zurück. Dafür ist das Gefühl seiner Hände und Lippen überall auf mir omnipräsent. Und ich erinnere mich noch an sein klangvolles Lachen, in das ich in jener Nacht vor sechs Monaten so oft eingestimmt habe. Weil er unglaublich witzig war und wir den gleichen Humor haben. Und es gibt nichts, was einen Typen attraktiver macht.

«Okay, anders gefragt. Würdest du ihn denn wiedererkennen, wenn er vor dir steht?» Shannon sieht mich zweifelnd an.

«Nackt auf jeden Fall», scherze ich.

«Zola!» Shannon verschluckt sich beinahe an dem Kaffee, den sie vor zwei Sekunden aus dem Becher getrunken hat.

«Wenn er wie vereinbart vor dem großen Weihnachtsbaum im Erdgeschoss steht und komplett in Rot gekleidet ist, wird das sicherlich nicht allzu schwer sein.»

«Aha ... Jetzt ergibt dein Outfit einen Sinn.» Sie deutet auf meine roten Thermoleggings, zu denen ich gleichfarbige

Sneakers trage. «Heißt das etwa, dass auch er nicht weiß, wie du aussiehst?»

«Doch, schon.» Hoffentlich. Denn im Sommer hatte ich noch Braids. Jetzt trage ich meine Afrolocken offen, so wie eigentlich jeden Winter. «Aber ich bin schließlich nicht die einzige Schwarze Frau in dieser Mall.»

Shannon wackelt verheißungsvoll mit den Augenbrauen. «Uhhh ... Dann habt ihr ja quasi ein Blind Date.»

«So was in der Art.»

«Wie aufregend.»

«Es ist nur ein Date.» Ich winke ab, als wäre es keine große Sache. Als hätte ich Davids Namen nicht in Großbuchstaben und mit drei Herzchenaugen-Emojis in meine Kalender-App eingetragen. Seit Wochen – nein, Monaten – denke ich an diesen Tag. Und daran, was ich mache, wenn er mich nicht erkennen sollte oder enttäuscht ist, sobald ich vor ihm stehe, weil er mich anders in Erinnerung hatte. Schöner, schlanker, lustiger, netter, klüger und ...

Ein Klopfen stoppt meine panische Gedankenspirale. Shannon und ich fahren mit dem Kopf herum, als die Tür des Umkleideraums einen Spaltbreit geöffnet wird und sich die unverkennbare Nase unseres Managers hindurchschiebt.

«Du hast Gäste, Shannon. Kommst du?», dringt Deans Stimme durch den fußbreiten Spalt. Man hört ihm quasi die fest zusammengekniffenen Augen an.

«Bin in drei Minuten vorne, okay?»

«Du hast eine.»

Shannon schnaubt, während sich die Tür wieder schließt.

«Und dir einen schönen Feierabend, Zola», wirft Dean noch hinterher. «Viel Spaß auf deinem Date. Ich hoffe, er kommt!»

«Danke», rufe ich zurück.

«Seid ihr jetzt beste Freunde oder wieso weiß er von deinem Special-Date?»

«Er hätte mir an dem Samstag vor Weihnachten doch niemals freigegeben. Irgendwie musste ich ihm klarmachen, dass ich genau heute frei brauche.»

«Stimmt. Aber so eine romantische Ader hätte ich unserem Boss ja gar nicht zugetraut ...»

«Ich auch nicht.»

«Meine Minute ist um», stellt Shannon nach einem kurzen Blick auf ihr Handy fest. Als hätte sie eine Stoppuhr mitlaufen lassen.

«Wie spät ist es denn?»

«Fünf vor eins.»

«Was? O mein Gott!» Ich stürze zu meinem Spind, reiße meine Daunenjacke vom Haken, klaube meine Tasche vom Boden und stopfe meine Arbeitsklamotten von der Frühschicht in den Spind. Nachdem ich diesen abgeschlossen habe, ziehe ich Shannon in eine Umarmung.

«Viel Spaß. Oder lieber Glück?»

«Gerne beides. Muss um eins im Erdgeschoss sein und mir noch die Wimpern tuschen.» Ich löse mich von ihr. «Ein Hoch auf den verspiegelten Fahrstuhl.»

«Das schaffst du noch rechtzeitig.»

«Nicht, wenn an jeder verdammten Etage haltgemacht wird.»

«Schreib ihm doch, dass ...»

«Wir haben keine Nummern getauscht. Schon vergessen?» Ich drehe mich zur Tür und eile in den Gang.

«Dann nimm die Treppen. Sind ja nur zehn Etagen», ruft sie mir nach, die Stimme von Ironie durchzogen.

«Klar. Weil ich ja auch so eine Sportskanone bin!» Dennoch renne ich nun richtig los. In der einen Hand meinen

Mantel und in der anderen meinen vollgestopften Shopper, komme ich mir vor wie ein Packesel auf der Flucht.

Kurze Zeit später stehe ich schwer atmend in einem der Aufzüge. Noch muss ich mir die circa vier Quadratmeter kleine Fläche mit niemandem teilen. Deshalb krame ich rasch meine Wimperntusche aus dem Seitenfach meiner Tasche und schminke mir die Wimpern so schnell wie nie zuvor. Als zwei Etagen später eine ältere Dame und zwei weitere Personen hinzusteigen, bin ich schon fertig und beschließe spontan, mir noch einen Lidstrich zu ziehen.

«Sie haben aber eine ruhige Hand», bemerkt die Dame.

Durch den Spiegel hindurch begegne ich ihrem freundlichen Blick. «Ist Übungssache.»

Sie winkt ab. «Ich hatte über sechzig Jahre Zeit zum Üben und bekomme das nicht so gut hin wie Sie.» Die Falten um ihren Mund werden glatter, als sie mir ein anerkennendes Lächeln schenkt. Ich erwidere es und wünsche ihr einen schönen Tag, als sie aus- und der Weihnachtsmann einsteigt. Also *ein* Weihnachtsmann, nicht *der* Weihnachtsmann. Vermutlich ein von der Mall bestellter Santa Claus, der wie jedes Jahr kurz vor Weihnachten als Attraktion für die Kinder unter den Riesentannenbaum beordert wurde.

«Hi», sage ich, auf den Lippen ein flüchtiges Lächeln, das er zu erwidern scheint. Wirklich erkennen lässt sich das unter seinem schneeweißen Polyester-Rauschebart nämlich nicht. Dieser reicht ihm bis unter die Nase, auf der er eine Brille mit runden Gläsern und goldenem Gestell trägt. Und die Weihnachtsmütze hängt ihm so tief in der Stirn, dass wirklich nur die Partie um seine Augen frei ist.

Sein «Hallo» gleicht durch den Bart gedämpft eher einem mürrischen Brummen. Er ist vermutlich total gefrustet, weil es unter seinem Kostüm entsetzlich heiß ist. Das weiß ich aus Erfahrung. Ich habe letzten Winter in der Not auch als Weihnachtsfrau herhalten müssen und mich nach jeder Schicht nass geschwitzt aus den Klamotten geschält.

Ein mitleidiges Lächeln kann ich mir gerade noch verkneifen und wende mich wieder dem Spiegel zu. Ich will auf keinen Fall mit nur einem Lidstrich vor David stehen. Vorsichtig setze ich den Eyeliner wieder an, als plötzlich der Fahrstuhl ruckartig zum Stehen kommt. Ich kann mich gerade noch festhalten, aber der Blick in den Spiegel lässt mich einen frustrierten Laut ausstoßen. Statt einer zarten Linie entlang meines Wimpernkranzes habe ich mir einen schwarzen Balken quer über die Augenbraue bis zur Stirnmitte gemalt. Und natürlich ist der Liquid Eyeliner wasserfest.

Ich stöhne auf.

Dass ein nicht abwaschbares, an Kriegsbemalung erinnerndes Augen-Make-up mein kleinstes Problem ist, wird mir erst klar, als ich *Santa* wiederholt den Knopf zum Erdgeschoss drücken sehe, ohne dass sich der Fahrstuhl auch nur um einen Millimeter weiterbewegt.

«Was ist los?» Sorge schwingt in meiner Stimme mit, weil ich die Antwort bereits ahne.

«Wir stecken wohl fest», brummt Santa.

# David

Das muss ein Scherz sein. Eine Szene aus der schlechtesten Comedyserie aller Zeiten oder ‹Verstehen Sie Spaß?›. Ich ertappe mich tatsächlich kurz dabei, wie ich mich nach einer versteckten Kamera umsehe, obwohl mir klar ist, dass ich keine finden werde. Denn das hier passiert tatsächlich. Ich stecke, verkleidet als Santa Claus, mit der Frau im Aufzug fest, die ich gleich daten werde.

Zola.

Beim Betreten des Fahrstuhls war ich mir nicht auf Anhieb sicher, ob sie es wirklich ist. Dabei hätte ihr Outfit schon ein eindeutiger Hinweis sein müssen. Ganz in Rot, wie abgemacht. Ihre Frisur hatte mich kurz verunsichert, weil sie ihr Haar anders trägt. Schulterlange Afrolocken anstatt der vielen kleinen Zöpfe, die in wellenförmigen Bahnen an ihrem Kopf entlanggeflochten waren und ihr bis zur Taille reichten. Also habe ich erst mal weiter einen auf Santa gemacht und nichts gesagt. Bis auf meine genuschelte Begrüßung. Ich wollte nicht wieder einer dieser Weißen sein, für die alle Schwarzen gleich aussehen. Nachdem mir Mike – mein Mitbewohner und bester Freund – mal erklärt hat, wie sehr es ihn nervt, nur wegen seiner braunen Haut ständig mit anderen Typen verwechselt zu werden, versuche ich solche Situationen zu vermeiden. Indem ich mein Gegenüber ein kleines bisschen länger in Augenschein nehme. Bei Zola hatte allerdings schon der zweite Blick in ihr Gesicht genügt. Beziehungsweise in den Spiegel, vor dem sie ihre großen dunklen Augen schminkte.

Diese Augen ...

Ich kann mich noch genau an den glasigen und leicht erstaunten Blick erinnern, als ich sie zum Kommen gebracht habe und sie sich für ein paar glorreiche Momente komplett verlor. Dieser Ausdruck hat sich in mein Gedächtnis gebrannt, auch weil ich mehrere Versuche gebraucht hatte, um sie zum Orgasmus zu bringen. Nicht, dass diese Nacht nur deshalb unvergesslich schön gewesen wäre, weil wir ein paarmal miteinander geschlafen haben. Es war vielmehr die Mischung aus Rumalbern, Lachen, tiefsinnigen und ehrlichen Gesprächen. Letzteres eben auch über Sex. Und dieser wurde ab dem Moment richtig gut, als sie mich wissen ließ, was sie mag. Wo und vor allem wie sie von mir berührt werden wollte. So offen hatte ich bis dato noch mit keiner über ihre Bedürfnisse und Vorlieben gesprochen. Zola hatte mir in dieser Nacht nicht nur gezeigt, wie ich sie am besten zum Höhepunkt brachte, sondern auch, dass Kommunikation den Sex auf ein komplett neues Level heben konnte. Oder anders gesagt: Diese Sommernacht mit ihr war auf allen Ebenen Next Level. Next-Level-Schön. Next-Level-Lustig. Und, wie schon erwähnt, Next-Level-Heiß.

Wobei Letzteres auch auf meine aktuelle Körpertemperatur zutrifft. Mir von meinem Kommilitonen, der hier als Weihnachtsmann jobbt, das Kostüm zu borgen, war eine Scheißidee. Ein nicht zu Ende gedachter Scherz, mit dem ich Zola dieses süße, ansteckende Kichern entlocken wollte, sobald sie vor mir stehen würde. Keine Ahnung, wie Chester es aushält, stundenlang in diesem Kostüm rumzulaufen und die Kids zu bespaßen. Ich komme mir schon nach nicht mal zehn Minuten wie in einem Brutkasten vor. Und dieser verdammte Bart juckt so sehr, dass ich ihn am liebsten abreißen würde, um mich im ganzen Gesicht zu kratzen. Doch die

Verlockung, vor Zola noch ein bisschen länger undercover zu bleiben, ist zu groß. Hat ein bisschen was von einem Ich-sehe-dich-aber-du-mich-nicht. Oder als wäre ich doch bei ‹Versteckte Kamera›, nur eben ohne Kamera. Keine Ahnung, was ich so an ihr zu entdecken erhoffe. Oder wie sie reagieren wird, wenn sie checkt, wer ich bin.

Als Zola sich zu mir umdreht, muss ich mich echt zusammenreißen, nicht loszuprusten. Sie sieht aus, als hätte sie versucht, sich ein Clownsgesicht aufzumalen. Das Lachen, das gerade meinen Rachen hochkriecht, könnte mich jedoch eher als gewollt verraten. Mike sagt immer, dass man mich in einer Gegenüberstellung allein an meinem Lachen identifizieren könnte. Irgendwie gelingt es mir, ernst zu bleiben. Zumal wir wirklich festzustecken scheinen, was eigentlich gar nicht lustig ist. Ich habe zum Glück keine Probleme mit engen Räumen. Bei ihr bin ich mir jedoch nicht sicher, so hektisch und wahllos, wie sie auf den Tasten des Bedienfeldes herumdrückt. Ohne dass es etwas bringt.

«Ähm ...» Ich räuspere mich und verstelle wie auch vorhin schon minimal meine Stimme, ehe ich weiterspreche. «Versuch es doch mal mit der Notruftaste.»

Sie schnaubt. «Ich hatte gehofft, dass das nicht nötig sein würde.»

«Sieht aber leider so aus.»

Ihre Lippen verziehen sich zu einem Schmollmund. «Ausgerechnet heute.»

Ich kann nicht anders, als ihre gemurmelten Worte auf unser Date zu beziehen. Sie scheint unserem Treffen genauso entgegengefiebert zu haben wie ich, und das freut mich. Würde der juckende Rauschebart nicht meinen kompletten Mund verdecken, könnte Zola sehen, wie breit ich grinse.

Der Anweisung folgend hält Zola den Notrufknopf länger

als drei Sekunden gedrückt. Es dauert nicht lange, bis die Verbindung zu der 24-Stunden-Einsatzzentrale hergestellt ist. Eine Frau vergewissert sich, dass wir auch wirklich stecken geblieben sind und nicht versehentlich die Notruftaste gedrückt haben, bevor sie uns mitteilt, dass das Problem innerhalb der nächsten sechzig Minuten behoben sein wird. Das kann in zehn Minuten schon der Fall sein oder eben erst in einer ganzen verdammten Stunde.

«So lange?», stößt Zola entsetzt aus.

«Es tut mir sehr leid, Miss ...»

«Johnson. Zola Johnson.»

«Wir geben unser Bestes, um Ihnen schnellstmöglich zu helfen, Miss Johnson. Bitte entschuldigen Sie die Unannehmlichkeiten.»

«Das ist nicht bloß eine Unannehmlichkeit, sondern eine Katastrophe, weil ich zu einem wichtigen ... Termin muss.»

*Ein Termin also.* Ich schmunzele vor mich hin.

«Diesen Termin darf ich auf keinen Fall verpassen, weil ...»

Sie kneift die Augen zusammen und scheint angestrengt nachzudenken. Okay, auf diese Begründung bin ich nun aber gespannt.

«Ach, scheiß drauf», fährt sie stattdessen fort. «Ich habe ein Date, okay? Ein Date, auf das ich mich seit Monaten freue. Mit einem Typen, von dem ich die Nummer nicht habe. Ich weiß nicht, wie lange er dastehen und auf mich warten wird. Aber ich mag ihn, obwohl wir uns erst einmal gesehen haben.»

*Sie mag mich.* Mein Schmunzeln wird breiter, und mein Herzschlag beschleunigt sich.

«Ich will nicht, dass er denkt, ich hätte ihn versetzt. Versetzt zu werden, ist ein Scheißgefühl. Menschen, die anderen so was antun, sind echt gemein und respektlos. Er soll mich nicht für einen schlechten Menschen halten. Und außerdem will ich ihn ganz dringend wiedersehen. Weil er echt nett war. Ich meine, so richtig nett. Nett-nett. Bookboyfriend-nett. Und wenn Sie Bücher lesen, dann wissen Sie, was ich meine», redet Zola ohne Punkt und Komma auf diese Frau ein.

Ich frage mich, was mir gerade schwerer fällt: mein Lachen zu unterdrücken oder mir endlich diesen verfluchten Bart vom Gesicht zu reißen und Zola zu sagen, dass ich sie auch mag. Dass ich sie ebenfalls book-boyfriend-nett finde, was auch immer das genau heißen soll. Platonisch klingt es jedenfalls nicht, und das ist gut. Denn ich will definitiv mehr. Ich will unser Date in diesen Fahrstuhl verlagern, die Begrüßung überspringen und sie einfach nur küssen. Tief und ausgiebig. So wie in jener Nacht. Bis wir beide jegliches Zeitgefühl verlieren und es keine Rolle spielt, ob der Fahrstuhl in sechs Minuten oder einer Stunde wieder fahrbereit ist.

# Zola

Das klingt, als hätten Sie einen tollen Mann kennengelernt. Herzlichen Glückwunsch.» Selbst durch die Sprechanlage kann ich die Ironie in ihrer Stimme hören. «Mehr, als Ihnen beiden alles Gute zu wünschen, kann ich aber leider nicht. Sofern bei Ihnen also kein medizinischer Notfall vorliegt, bei dem Sie meine Assistenz benötigen, werde ich jetzt auflegen. Die Leitung sollte frei bleiben.»

Mich durchzuckt tatsächlich der Gedanke, eine kleine Panikattacke oder wenigstens Atemnot vorzutäuschen. Wie verzweifelt kann man bitte sein? David scheint mir in jener Nacht nicht nur nachhaltig das Gehirn, sondern auch jeglichen gesunden Menschenverstand weggevögelt zu haben. Anders kann ich mir wirklich nicht erklären, warum ich eine wildfremde Frau mit meiner Schwärmerei über einen Typen zugetextet habe, den ich kaum kenne. Das ist gruselig. Nicht mein Geschwafel, sondern was David in mir auslöst, oder vielmehr die Tatsache, dass er so viel in mir auslöst und ich ihn vermutlich nie wiedersehen werde.

Und das frustriert mich nur noch mehr, weil es in ganz New Jersey und Umgebung nur einen Mann zu geben scheint, der mich interessiert. Zumindest laut Tinder und Co.

«Uns fehlt nichts», sage ich schnell und entschuldige mich dafür, sie länger als nötig aufgehalten zu haben. «Dann warten wir. Danke für Ihre Hilfe.»

«Ich gebe mein Bestes, um Sie so schnell wie möglich aus dem Fahrstuhl zu holen.» Auf ihre Worte folgt ein kurzes Knacken, und dann ist die Verbindung gekappt.

Stöhnend lehne ich mich seitlich an die Wand, betrachte meinen misslungenen Lidstrich im Spiegel und versuche, mit meinem Handrücken das Desaster von meiner Stirn zu reiben. Natürlich vergeblich. Ich fange Santas Blick ein, der mich vermutlich für einen liebeskranken Freak hält. Aber das ist mir egal. «Du hast nicht zufällig weihnachtliche Superkräfte auf Lager und kannst machen, dass der Fahrstuhl wieder geht?» Mit einem müden, resignierten Lächeln auf den Lippen unterstreiche ich den Sarkasmus meiner Frage.

«Du scheinst mich mit Gandalf zu verwechseln. Ich bin leider nur der Typ mit den Geschenken.»

«Müsstest du dann nicht einen riesigen Sack haben?»

«Den habe ich auch, du siehst ihn nur nicht.»

Die Doppeldeutigkeit unserer Unterhaltung lässt mich aufkichern, als wäre ich vierzehn.

Er räuspert sich. «So war das natürlich nicht gemeint.» Seine Stimme klingt anders als zuvor. Amüsiert. Als würde er sich ein Lachen verkneifen.

«Ich weiß. Wir sollten vielleicht aufhören, über deinen unsichtbaren Sack zu reden, und das Thema wechseln.»

Wieder dieses Räuspern. «Ja, ist vermutlich besser.»

Da wir sicherlich noch eine Weile hier feststecken werden, beschließe ich, mir die Wartezeit so angenehm wie möglich zu machen. Also lasse ich meinen Eyeliner in meinem Shopper verschwinden und knülle meinen Mantel zu einem Kissen zusammen, auf dem ich nun Platz nehme. Die Beine zu einem Schneidersitz verschränkt, mache ich es mir auf dem Boden bequem.

«Erzähl mal, Santa Claus.» Ich lege den Kopf in den Nacken. «Wer oder was hat *dich* dazu gebracht, in diesen Fahrstuhl zu steigen? *Meine* Antwort auf diese Frage kennst du ja bereits», spiele ich auf meinen kleinen emotionalen Seelenstrip an. «Oder bist du bloß ein Weihnachtsmann auf dem Weg zur Arbeit? Was mich wieder zu der Frage führt, warum du keinen Sack voller Geschenke mit dir schleppst. Dann hätte ich darin rumwühlen und mich mit einem Geschenk oder Süßigkeiten trösten können.»

«Willst du die lange oder die kurze Version?»

«Die, mit der sich die meiste Zeit totschlagen lässt», antworte ich, woraufhin er sich zu mir gesellt. Der Stoff seines Kostüms raschelt, als er sich im Schneidersitz neben mich setzt – und ein Geräusch uns beide erstarren lässt. Es klang wie eine Mischung aus Knacken und Reißen.

Um zu lokalisieren, wo es herkam, blicke ich mich um. «Was war das? O Gott.» Mein Puls schießt in die Höhe. Was, wenn eins der Drahtseile des Fahrstuhls gerissen ist und wir jeden Moment abstürzen?

«Ich war das.»

«Du?» Verwundert, aber auch erleichtert drehe ich den Kopf zu ihm.

Seiner ist nach unten geneigt; er scheint seinen Schoß zu fixieren. «Das Geräusch meiner im Schritt geplatzten Hose.»

«Dir ist gerade nicht ernsthaft die Hose gerissen?»

Er fasst sich in den Schritt und nickt dann. «Jap! Eindeutig. Verdammt miese Verarbeitung. Gut, dass ich was drunter ...»

Der Rest seines Satzes geht in meinem Gelächter unter. Ich pruste so laut los, dass mich vermutlich nicht nur Shannon im Restaurant hören kann. Mir schießen Tränen in die Augen, während er sich – warum auch immer – das Lachen zu verbieten scheint. Aber seine Schultern zucken bereits auf und ab.

«Ich könnte ja jetzt ... noch mal zum Thema Sack kommen, aber ... das lasse ich wohl lieber», kann ich mir nicht verkneifen zu sagen und kichere vor mich hin. Aber als auch er seine Selbstbeherrschung verliert und hemmungslos zu lachen anfängt, höre ich schlagartig auf. Dieses klangvolle, tief und leicht kratzige Lachen ist mir vertraut. Vom letzten Sommer und jener Nacht mit David. Ich starre in das Gesicht des Typen, den ich zu kennen glaube, und suche seinen Blick. Bernsteinfarbene Augen, zum Strahlen gebracht von diesen kleinen, sexy Lachfalten. Die Ähnlichkeit ist verblüffend. Mir fallen plötzlich noch mehr auf. Wie zum Beispiel seine Körpergröße und die breiten Schultern. Die großen Hände und langen, gepflegten Finger. All dies gepaart mit seinem unverkennbaren Lachen kann unmöglich Zufall sein. Aber es gibt nur eine Möglichkeit, Gewissheit zu erlangen. Ich wappne mich mit einem tiefen Atemzug, bevor ich die alles entscheidende Frage stelle.

«David? Bist du das?»

## David

Zolas Blick spiegelt die gleiche Verwirrung und Unsicherheit, die ich jetzt auch in ihren ernsten Zügen ausmache. Aus Spaß scheint Ernst geworden zu sein. Und mich überkommt plötzlich die Sorge, sie könnte sich von mir verarscht fühlen. Habe ich mich zu lange als Fremder ausgegeben? Hätte ich sofort mit offenen Karten spielen sollen? Hoffentlich habe ich mit dieser Spontanaktion nicht alles ruiniert. Abwartend sieht Zola mich an. Nur kann ich null einschätzen, ob sie darauf wartet, mir um den Hals zu fallen oder mich zum Teufel jagen zu können.

Ich beantworte ihre Frage, indem ich erst die Mütze und dann – endlich – den Rauschebart abnehme.

«Oh mein Gott!» Mit großen Augen starrt sie mich an. «Du ... Du warst es die ganze Zeit?»

Ich nicke, obwohl mir klar ist, dass ihre Frage rhetorisch gemeint ist. «Bist du geschockt oder sauer?», frage ich und verziehe entschuldigend das Gesicht.

«Geschockt in jedem Fall. Warum hast du nichts gesagt? Sind wir überhaupt stecken geblieben oder ist das Teil deiner ...» Sie zeichnet Gänsefüße in die Luft. «*Inszenierung*? Dass wir in den gleichen Aufzug steigen und stecken bleiben, kann doch unmöglich Zufall sein.»

«Exakt mein Gedanke, als du plötzlich vor mir standest. Ich dachte für ein paar Sekunden, wir wären bei ‹Versteckte Kamera› oder so.» Ungläubig schüttelt sie den Kopf.

«Das Einzige, was ich tatsächlich geplant habe, war, mich als Weihnachtsmann zu verkleiden, weil ich dich zum

Lachen bringen wollte und mein Kleiderschrank nur aus schwarzen Klamotten besteht.» Ich erzähle Zola von meinem Kumpel, der mir seine Arbeitskluft geliehen hat. «Der wird sicher nicht erfreut darüber sein, dass ich ihm ein Loch in den Schritt gerissen habe.»

«Und wo war das Problem zu sagen: ‹Hi, Zola. Ich bin's, David›? Stattdessen hast du ... Oh mein Gott.» Sie stöhnt auf. «Du hast mit angehört, was ich der Frau im Apparat gesagt habe. Das ist so, so, so ...» Sie sucht vermutlich nach einem Wort wie ‹scheiße› oder ‹hinterhältig›. «So unglaublich entwürdigend und unfair.»

«War es das?» Ich gebe mich unwissend. «Ich habe gar nicht richtig hingehört. Was hast du denn gesagt? Ging es dabei um mich?»

«Haha. Sehr witzig.»

«Und genau deshalb habe ich nichts gesagt, weil ich ...» Nun ist es an mir, nach den richtigen Worten zu suchen. «Wann bekommt man schon die Gelegenheit, einen Menschen, der einen vom ersten Moment komplett aus den Socken haut, ein zweites Mal zum ersten Mal kennenzulernen? Das fand ich spannend und reizvoll. Dich in Verlegenheit zu bringen, war nie meine Absicht, Zola.»

«Ändert aber nichts daran, dass du Dinge gehört hast, die überhaupt nicht für deine Ohren bestimmt waren.» Ihre Mundwinkel zucken. «Wie soll ich denn jetzt so tun, als wärst du einfach nur irgendein Typ, mit dem ich mal Spaß hatte?»

«Du hattest also vor, einen auf cool zu machen und mich zappeln zu lassen?»

«Das hättest du nach dieser Aktion mehr als verdient.» Sie hebt anklagend eine Braue, während ein Schmunzeln ihren Mund umspielt, auf den ich am liebsten meine Lippen pressen möchte.

«Und …» Ich nehme die Brille von meiner Nase und fahre mir durchs platt gelegene, leicht verschwitzte Haar. «Wären wir denn quitt, wenn ich dir sage, dass ich gestern vor Aufregung Ewigkeiten wach gelegen habe, bevor ich endlich einschlafen konnte?»

«Ist das wahr?» Ein Funkeln tritt in ihre Augen.

«Okay, erwischt. Ich hatte sogar die komplette Woche davor Einschlafprobleme. Und während meines Praktikums habe ich mich immer wieder gefragt, warum ich nicht einfach nach deiner Nummer gefragt habe. Wie ich sie herausfinden kann. Oder ob ich einfach abreisen und vor deiner Haustür auftauchen soll. So dringend wollte ich dich wiedersehen. Weil fast kein Tag vergangen ist, an dem ich nicht an diese Nacht und den Morgen mit dir gedacht habe. Weil du echt nett warst. Ich meine, so richtig nett. Nett-nett. Bookgirlfriend-nett.» Grinsend mache ich mir ihre Worte zu eigen.

Sie verdreht die Augen, obwohl das Leuchten darin verrät, dass sie nur so tut, als wäre sie genervt. «Also, aus deinem Mund klingt das total kitschig.»

«Nicht nur aus meinem.»

Ein Konter, für den ich einen halbherzigen Boxhieb gegen den Oberarm kassiere. «Dabei wollte ich dir gerade eine Antwort geben.»

«Worauf?»

«Auf deine Frage, ob wir quitt sind, wenn du als Wiedergutmachung ein bisschen Süßholz raspelst.»

«Süßholz also …» Ich lache. «Und? Sind wir denn quitt?»

«Wie könnte ich bei so viel Süßholz Nein sagen. Außerdem mag ich Süßholz.»

«Ich mag deine Augen.» Tief und fest sehe ich hinein.

«Und was noch?» Ihre Stimme ist leiser geworden.

Ich lasse meinen Blick zu ihrem Mund hinabgleiten und antworte mit ebenfalls gesenkter Stimme. «Deine Lippen. Und wie es sich anfühlt, dich zu küssen.»

«Worauf wartest du dann noch?», wispert sie.

Verdammt. Ich würde sie am liebsten packen und ohne ein weiteres Wort verschlingen. Aber ich hatte sechs Monate Zeit, mir Gedanken zu machen. Über mich. Zola. Und ob daraus irgendwann ein Uns werden könnte. Ich bin definitiv nicht abgeneigt und muss wissen, ob sie ähnlich denkt. «Dann willst du also da weitermachen, wo wir vor einem halben Jahr aufgehört haben?» Mein Gesicht ist Zolas jetzt so nah, dass ihr Atem meine Haut wärmt.

«Wo genau haben wir denn vor sechs Monaten aufgehört?» Ich bemerke die Vorsicht in ihrer Stimme. Und die Unsicherheit.

«Ich war dabei, eine sehr, sehr coole Frau kennenzulernen, von der ich auf jeden Fall mehr als nur diese eine Nacht will.»

Das erleichterte Senken ihrer Schultern macht mir erst bewusst, wie angespannt sie war. «Das klingt gut», haucht sie ganz dicht an meinen Lippen und klettert seitlich auf meinen Schoß. «Sogar sehr gut, und jetzt küss mich endlich, Santa ...»

# Anya Omah
# **Regenglanz**

*512 Seiten*

Als Sportstudent Simon ein peinliches Tattoo – eine schmerzhafte Erinnerung an seine Ex-Freundin – loswerden will, trifft er in einem Tattoo-Studio in Hamburg auf die begabte Kunststudentin und Tätowiererin Alissa. Oh nein! Auf gar keinen Fall. Er kann das furchtbar demütigende Ding unmöglich einer Frau zeigen, zu der er sich spontan hingezogen fühlt. Dummerweise missversteht Alissa seine plötzliche Abwehrhaltung als Zweifel an ihrer Kompetenz, weil sie eine Frau ist – und reagiert entsprechend wütend. Mist! Das ging ja mal so richtig nach hinten los. Simon entschuldigt sich und bittet sie, ihm zu helfen. Während der Sitzungen lernen sich die beiden kennen und mit jedem Treffen knistert es mehr. Doch keiner der beiden ahnt zu diesem Zeitpunkt, dass sie mit ihrer beginnenden Beziehung gerade ein Tabu brechen ...

Ein Liebesroman mit Hamburg-Setting
Band 1 der Sturm-Trilogie

Weitere Informationen finden Sie unter **rowohlt.de**

# Dominik Gaida
# **Brynmor University – Geheimnisse**

*384 Seiten*

EINE ELITÄRE UNIVERSITÄT

Als Samuel das erste Mal die Brynmor University sieht, ist er überwältigt: Die jahrhundertealten Gebäude thronen majestätisch auf den Klippen an Cornwalls Küste. Doch im Gegensatz zu den anderen Erstsemestern ist er nicht zum Studieren hier.

EINE GEHEIME STUDENTENVERBINDUNG

Samuel ist nur in Brynmor, weil er herausfinden will, was hier vor zehn Monaten passiert ist. Sein Bruder hatte damals einen Unfall, liegt seitdem im Wachkoma. Die Umstände wurden nie aufgeklärt. Samuel entdeckt allerdings Hinweise auf eine mysteriöse Studentenverbindung mit gefährlichen Aufnahmeritualen.

EINE SCHICKSALHAFTE BEGEGNUNG

Liebe ist das Letzte, wonach Samuel der Sinn steht. Doch als er Connor, einen anderen Studenten, kennenlernt, kann er sich nicht gegen das Herzklopfen wehren. Die beiden kommen sich langsam näher, nicht ahnend, dass die Schatten der Vergangenheit bereits nach ihnen greifen ...

Weitere Informationen finden Sie unter **rowohlt.de**